乙女ゲーム攻略対象者の母になりました。

登場人物紹介
ルーカス・ラーエンハウアー
リリエンヌの夫である王子。表情が硬く、リリエンヌとは今まで事務的な会話しかなかったが、その言動の真意は……
リリエンヌ・ラーエンハウアー
冷遇されるばかりの半生を送ってきた王子妃。実家は公爵家。息子には愛情に包まれて育ってほしいと心から願っている。
クローディアス・ラーエンハウアー
リリエンヌとルーカスの息子。前世のリリエンヌが触れていた乙女ゲームではヤンデレ担当だった。

ロザリンド・
ラーエンハウアー
セドリックの妻である王子妃。
ルーカスとも昔から面識がある。
なぜかリリエンヌのことを
目の敵にしている。
セドリック・
ラーエンハウアー
ルーカスの兄である王子。
リリエンヌとも幼い頃から
面識がある。
オスカー・
フラネル
リリエンヌの育児に関する
提案を形にするため
呼ばれた仕立て屋。
体は男性だが
心は乙女。
アレン・
マーティアス
ロザリンドの護衛騎士。
クローディアス以外の
攻略対象者の一人に
よく似ていて……？

「　　　　　」

目の前で、この世のものとは思えないくらいに美しい人が、紫色の花を束ねたブーケを差し出していた。

その口は確かに動いているのに、なんと言ったのか、聞き取れない。私の名前を呼んでくれている筈なのに。

「君を見ていると、イライラする」

聞こえた声は透き通るように甘く、それでいて硬質だ。女性的な容姿ながら、声の高さから、その人物が男性である事が分かる。

言葉は、冷たい。だが、狂おしいほどの熱が伝わってくる。

宝石のように輝く菫色の瞳。うなじですっきりと一つにまとめられた、背の中ほどまで届く艶《つや》やかでまっすぐな黒髪。傾国と謳われる美女も並び立つのを恐れるほどに整った顔立ちをした彼は、この国の男性としては細身で小柄だ。

しかし、同年代の女である私と比べれば明確な差があり、手を引き寄せられると、その胸の中にすっぽりと納まってしまう。

「君が、私以外の誰かをその視界に映すのも、誰かと言葉を交わすのも、許せない」

独《ひと》り善《よ》がりな言葉に、だが、私の胸は、確かに喜びに高鳴っている。

誰に執着する事もなかった彼が、独占欲をはっきりと示してくれているのだ。

「いつか、失ってしまうのならば、今、私の手で閉じ込めてしまおう」

ぞっとするほど、綺麗に、赤い唇の両端が上がる。

「　　、君は、私のものだ」

美しい鳥籠に、囚われる。

これが、幸せなエンディング……？

＊　＊　＊

「ふぅぅぅぅ……！　ふぅぅぅぅぅ……！」

獣が、耳元で唸《うな》っている。

体がバラバラになりそうな痛みの中、ボーッとする意識の端で、あぁ、唸《うな》っているのは自分だった、とどこか冷静な部分が思う。

本当は声を噛み殺して唸《うな》るのではなく、身も世もなく「痛い痛い痛い」と絶叫したい。けれど、王子妃教育の家庭教師だったラダナ夫人の、

「王子妃たるもの、己の感情を表に出してはなりません！」

という厳しい声が、脳内で延々と流れている。

同時に、扇子で叩かれた掌の痛みまで思い出して、自然と眉が寄った。

生まれてこの方、公爵令嬢として、未来の王子妃として、危険から遠ざけられて生きて来た。ラダナ夫人に叩かれた時より痛いものがこの世に存在するなんて、知らなかった。

限界まで押し広げられた骨盤を、ごんごんとハンマーで叩かれているような衝撃が続く。股から背骨が縦に真っ二つに裂けてしまいそうな痛みの中で、せめて、と、肺の中の空気を吐き切る勢いで、「ふぅぅぅぅ……！」と唸《うな》る。

痛みが軽減した気は、しない。

掌に触れた敷布を握り込んで痛みをやり過ごそうとするものの、あまりの痛みと、恐らく酸素不足で、目の前がチカチカとしてきた。

「妃殿下！　目を閉じないでください！」

厳しい声を投げかけられて、ハッと意識を取り戻す。

「はい、次の波で息みますよ！」

誰だろう。いつも見る男性医師はおらず、複数の見知らぬ女性達に囲まれている事に戸惑う。

その時だった。

右の肋骨の下を内側からぐい、と押されて、まだそこにいるのか、と驚いた。

「まぁ、大変！　妃殿下、失礼致します。少し、お腹を押しますよ」

内側から突っ張られてお腹の形が山なりに変わっている所を、まだ名を聞いていない女性が、ぐいぐいと押してくる。そのまま、別の女性がお腹の上から、もう一人の女性が横から、押し出すように力一杯押して来て、息苦しさに呻《うめ》いた。

内臓が、潰れそう。こんなに押しても、大丈夫なのか。けれど、こんな時ですら、私が心配しているのは、お腹の子供の無事ではなかった。

もしも、お腹の子供を失ってしまったら……私はまた、あの苦痛を最初から繰り返す事になる。

そんな事、耐えられない。

「妃殿下！　あと少しです、頑張ってください！」

声が、遠い。

目を閉じるな、と言われたから、頑張って見開いていると、視界がどんどん白んでいって――……

私は、思い出した。

記憶の奔流が、空白となった脳内に流れ込んでくる。

見知らぬ景色、見知らぬ人々、けれど、私は確かに、その世界を知っている。同じ空の下の異国ではない。今いる世界とは異なる、世界。だが、それは私の妄想などではなく、確かに私がかつて生きていた世界なのだ。

女性が手に職を持ち、男性とまったくの平等とは言えずとも、等しい権利を主張できる世界。

女性は父親の、夫の持ち物で、すべての権利と決定権を男性が有するこの世界とは、違う世界。

私の結婚は政略的なもので、そこに私の意思は一片たりとも含まれていない。夫となった人とは、結婚以来、顔を合わせた回数が片手で足りるうえに、会ったと言っても公務のみで私的な会話はゼロ。妊娠すら、私一人でした。

……仕方がない、と諦めていた。ただ、求められた事を受け入れる事こそが、私の生きている理由なのだと、教わっていたから。

けれど。

異なる世界を思い出した私は、どうしても夫である彼に思ってしまう。こんなに痛くて辛くて仕方ない時くらい、隣で励まして欲しい。手を握って、汗を拭って、一緒に頑張って欲しい。……生まれて来る命を、待ち望んで欲しい。――それは、今の私にとって、あまりにも贅沢な願いだけれど。

前の人生の事は、朧《おぼろ》げにしか覚えていない。いくつまで生きたのか、どんな理由で死んだのか、それは分からない。でも、恐らく、出産は経験してから死んだのだと思う。望んで妊娠した愛する人との子供を、パートナーに励まされ、彼の手を握りながら出産した……そんな、気がする。

赤ちゃんは、望まれて生まれるべきだ。

そんな強い思いは、想定以上にあっさりと、自分の中で腑に落ちた。

私――リリエンヌとして生きてきた十九年。

ただ義務として、求められた役割として、結婚して、妊娠した。

私が望んだわけではないし、それどころか、妊娠するために必要な行為すら、夫である人は放棄した。私は一人で、医師の、それもまだ若い男性医師の前で、誰にも見せた事のない場所を開いて、処女のまま、妊娠したのだ。

愛ある行為の結果としての妊娠ではなかったからか、少しずつ大きくなるお腹を見ても、未知の感覚が恐ろしいばかりで、愛しさはなかった。悪阻《つわり》が重く、食事どころか水すら受け付けられずに吐き続ける日々。ようやく悪阻《つわり》が治まったと思ったら、胎動が始まった。お腹の中で確かに生きている、もう一度あの辱《はずかし》めを受けなくて良いのだ、と安堵する反面、自分の体に異物が入っている恐怖が、常に私を苛《さいな》んだ。

お腹の子は私の右脇腹に足を置く形で丸まっているようで、しょっちゅう、踵の形が皮膚を透かして見えるほどの強さで突っ張られ、痛みのあまりに寝る事ができなかった。肉体と精神の疲労が限界に達してから、意識を失うように眠りに落ちるのが精々で、お腹が膨らんでいくのとは裏腹に痩せていく体。

それでも、夫が労《いた》わってくれるわけもなく、ただただ無事に産む事だけが、私に課せられた義務。王家の血と公爵家の血を継ぐ子供、それも男児を産む事が、『リリエンヌ』の生まれた理由。義務で妊娠した子供だから、ずっと愛情を持てずにいたけれど……前世の記憶が蘇ったからなのか、じわり、と心の奥底から湧き起こる何かを感じる。

「妃殿下！　頭が見えてきましたよ！　あと一息です！」

「！」

意識が、陣痛の痛みへと戻った。

深く息をしなくては。母体が酸素不足になったら、へその緒で繋がっている赤ちゃんも苦しくなってしまうのだから。――これは恐らく、前世の知識。

子供を作るための閨事《ねやごと》は、ラダナ夫人がふんわりした表現――「王子殿下にすべてお任せになればよいのですよ」――で教えてくれたものの、出産の痛みや流れは、誰も教えてはくれなかった。

けれど、今の私は知っている。

深く深く、息を吸う。陣痛の痛みに合わせて、思い切り息んだ。ずるり、と股の間から、痛いくらいの熱さと共に抜け落ちたものがあって、急速に痛みが遠退《とおの》く。ドッドッと、こめかみが大きく脈打った。けれど、自分の事よりも、生まれた赤ちゃんが気に掛かる。

泣いて。早く、泣いて。

産声を上げて肺に酸素を取り込まなくては、赤ちゃんはこの世で生きていけないのだから。

「……ほにゃぁ……！」

……なんて、可愛い声なの。

「妃殿下、男の子です。若君ですよ」

望まれていた男児だった事に安心すると同時に、新しい命の誕生に、胸が一杯になる。

「顔を……」

出産を手助けしてくれた女性に掠《かす》れた声を掛けると、彼女は小さく笑って、布で包んだ生まれたばかりの赤ちゃんを見せてくれた。

べったりと頭に貼りついた薄い髪は、夫である殿下と同じ黒だろうか。閉じられた瞳の色は、分からない。今のところ、お世辞にも美少年とは言えない、ふやけてしわしわの真っ赤なお顔。黄色がかった白い胎脂《たいし》が、ぺとりとまとわりついている。

でも。

「可愛い……」

知らずに、涙が零れていた。

「ママよ」

私が、貴方のママよ。


生まれた赤ちゃんは、検査が必要との事で、顔を見せるとすぐに連れて行かれてしまった。せめて、一度でもこの腕で抱いてみたかった。

恐らく、私が赤ちゃんと共にいられる時間は短い。何も主張しなければ、抱っこさせて貰えるかも怪しい。何しろ、この国で必要とされているのは、夫であるルーカス殿下の血を引く男児。自宅である王子宮に一度も泊まった事のない彼と同じように、私と離れ、王宮で暮らすのだろう。

『リリエンヌ。初めに言っておく。今日を含め、今後一切、俺がお前を抱く事はない』

見た事もないほどに繊細なレースを使用した夜着を着て迎えた初夜。

夫の訪れを待っていた私に、彼は目も合わさずにそう言った。

『だが、子は必要だ。明日には、医師を寄越《よこ》すから、診察を受けるように』

ルーカス殿下が私に指一本触れる事のなかったあの夜、ただ一度だけ腰かけた事のある夫婦用の寝台は、大きかった。小柄な私であれば、横向きになっても寝られるだろう。そんな大きな寝台の真ん中で、私は一人きり、体を休めている。

部屋の中には、メイドもいない。静かな環境でゆっくりお休みください、と言われたけれど、王家の求める男児を産んだのだからお前は用済みだ、と捨てられたような気がした。

ズキズキと主張する痛みに、出産中、容赦なく押されたお腹を見てみたら、見事な青痣になっていた。青痣ができるほどの強さで押されていても気にならないくらい、出産の痛みは強いという事だ。

頭では、それだけ大変な仕事をしたのだと理解しているから眠ってしまえばいいのだけれど、出産を終えたばかりで神経がざわついているのか、一向に眠気は訪れない。

つらつらと思い浮かぶままに、先ほど思い出したばかりの前世の記憶を辿ってみる。私はなぜ、出産という人生で最も痛いタイミングで、異世界で過ごした記憶を取り戻したのか。

異世界、前世の記憶というキーワードから連鎖するように思い出したのは、「異世界転生」だ。

前世の私は、娯楽小説が好きだった。中でも、異世界転生やファンタジーの世界を舞台に書かれたライトノベルを好んで読んでいた。前世の記憶を持った異世界転生の定番と言えば、乙女ゲームや小説などの創作物の世界に転生する話だ。では、ここも、ゲームや小説の世界……？　この世界で、何かを変えるために、私は前世を思い出したという事……？

けれど、リリエンヌという名前に覚えはない。

リリエンヌ・ラーエンハウアー。それが、今の私の名前だ。

ハークリウス王国のルーカス・ラーエンハウアー王子殿下の妃となって、およそ九ヶ月。結婚前は、五公爵家の一つであるアーケンクロウ公爵家の娘だった。

もし、ここが乙女ゲームの世界だとしたら、ルーカス殿下は『攻略対象者』だろう。

何しろ、彼は誰もが見惚れる完璧な美形なのだ。艶《つや》のある黒髪は短く切り揃えられていて、前髪は顔に掛からないようにいつも後ろに上げられている。切れ長の鋭い双眸は、夜の藍色。白皙の美貌と称えられる冷たい容貌は、女性めいたところはないけれど、格好いいというよりも美しい。まっすぐ通った高い鼻梁と、酷薄そうにも見える薄い唇、すっと一筆で描かれたようなきりりとした眉が、完璧なバランスで収まっている。そのうえ、長身で、筋肉質だけれど無駄のないすっきりとした体つきでもある。

外見だけではない。王子としての公務と近衛騎士団長としての職務を兼務している彼ならば、攻略対象者と言われても頷ける。

でも。まったく記憶にないという事は、少なくとも、私が前世で遊んだ事のある乙女ゲームの攻略対象者ではない。

では仮に、ルーカス殿下が私の知らない作品の攻略対象者なのだとして、私の役回りはなんだろう？

ヒロインは、絶対にない。乙女ゲームのヒロインは、プレイヤーと似た環境が設定されている事が多い。公爵令嬢だった私は、ヒロインにするには身分が高過ぎる。

身分の高い令嬢に役が与えられるとすれば、ライバル役だろうか。いわゆる、悪役令嬢。正直なところ、スペックだけならば、悪役令嬢になれると思う。

ハークリウス王国に五つしかない公爵家の末娘。年の離れた兄が三人いて、両親が高齢になってから生まれた。銀髪に菫色の瞳という寒色系のカラーリングも、悪役令嬢向きだ。生まれた時から、いや、生まれる前から、王子妃となる事が定められていた。婚約者であり、現在は夫となったルーカス殿下からは、愛されていた時期がない。年の離れた三人の兄達にも、四十を過ぎてから私を儲けた両親にも、まったく愛されていない。

愛されない悪役令嬢が、愛されるヒロインに嫉妬して嫌がらせを繰り返す、というのは容易に想像ができるのだけれど……いかんせん、私にはヒロインらしき女性と出会った記憶がない。

一応、ゲームの舞台になりそうな貴族が通う学園には十三になる年から六年間通ったものの、私とルーカス殿下は五歳離れているから、同時期に学園に通っていたのは、一年間だけ。それも、最上級生と最下級生だから交流なんてほとんどなくて。ルーカス殿下狙いと思われる令嬢がいたかどうか、記憶にない。

それに、嫉妬する、というのは、私がルーカス殿下を愛しているとか、王子妃の身分に執着しているとか、そういう前提が必要になる。私に彼への恋愛感情はないし、王子妃の椅子だって、欲しいと思った事はない。

あぁ、在学中はまだ、ルーカス殿下が婚約者に決まっていたわけではなかった。生まれる前から定められていたのは、既にお生まれになっていた二人の王子のうち、どちらかの妃となる事。でも、もう一人の王子であるセドリック殿下が相手でも同じ事だ。

ルーカス殿下とは趣の異なる美形であるセドリック殿下もまた、攻略対象者と言われれば頷ける方だ。太陽のような金髪は緩く波打っていて、首筋まで伸びている。深い緑の瞳と弓なりの眉の甘い目元、常に微笑んでいるように口角の上がった少し厚めの唇。細身だけれど頼りないわけではなく、洗練された仕草が目を惹く。気さくで人当たりがよく、誰とでもすぐに親しくなれるセドリック殿下は、ご令嬢からの人気も高い。ルーカス殿下よりも、セドリック殿下の方が、私に対する態度は友好的だったとも思う。

けれど、私は彼らに対して、なんら特別な感情を抱いた事はない。

物心ついた時から厳しい王子妃教育を受け、家族に顧《かえり》みられる事もなく、王子妃教育で多忙だったためにほとんど通えなかった学園でも、友人どころか取り巻きすらできなかった。恋をする余裕なんて、どこにもなかったのだ。

王子妃となり、王家と公爵家の二つの血統を持つ男児を産む、その二点だけを求められた十九年。どれだけ一生懸命、王子妃教育に向き合っても、誰が認めてくれるわけでもない。もっと上を、もっと上を、と求められるという事は、私の能力では王子妃に不足なのだろう。他に代わりがいないから、仕方なく据えられているだけの事。

そんな私に、重要な役柄が割り振られるわけがない。

何より、私以上に悪役令嬢に向いたポジションの人がいる。

ロザリンド・ラーエンハウアー様。ルーカス殿下の兄弟である、セドリック・ラーエンハウアー王子殿下の妃だ。

赤みがかった金髪は豊かな巻き毛で、水色の少し吊り気味の瞳は大きく輝いている。顔を構成するすべてのパーツがくっきりとして華やかなロザリンド様は、お化粧がよく映え、誰もが視線を吸い寄せられる蠱惑的な美人だ。美しい曲線のボディラインを持つ彼女は、完璧なプロポーションだと持て囃されていた。

私の実家であるアーケンクロウ家と同じ五公爵家の一つ、タウンゼント家に生まれたロザリンド様は、私のように地味で誰からも愛されない令嬢とは違い、周囲に高く評価されている。

「ロザリンド様なら、もっと優雅になさいますわ」

「ロザリンド様には、華やかなお衣装がお似合いですのに、リリエンヌ様には少し……」

「ロザリンド様は、」

「ロザリンド様が、」

王子妃教育の家庭教師として王宮から派遣されていたラダナ夫人が、私への小言の二言目には、ロザリンド様の名を出すほど。

完璧なロザリンド様。

それに比べて、風采が上がらないうえに秀でた能力もないリリエンヌ。

私がダメな方の王子妃候補であると、社交界で広く噂されているのだと教えてくれたのもまた、ラダナ夫人だ。

一方で、ロザリンド様の社交界での評判は、すこぶる良い。

美しい容姿、聡明な頭脳、強力な後ろ盾。

完璧な公爵令嬢、完璧な王子妃候補、完璧な……

そんな完璧な人ほど、裏表があるものかもしれない。婚前のお茶会や公務で同席した時の彼女は、私を明らかに下に見ている事を隠そうともしなかったから。人前で完璧を装っている下には、苛烈なものがあるという事だろう。

それらを踏まえたうえで、ポジション的に悪役令嬢に相応《ふさわ》しいのは、ロザリンド様だと思う。

しかし、結局、私もロザリンド様も、当初の流れに沿って順当に王子妃になった。さらに、共に子供も産んでいる。

私が遊んだ事のない乙女ゲームが舞台になっていた可能性はあるけれど、普通に考えて、舞台になる期間は学園在学中だろう。その間にゲーム的なイベントが発生していたとしても、私が気づく事はなく……もしかすると、ヒロインがルーカスルート、セドリックルート以外を選んだのかもしれず……。いや、ルーカスルート、セドリックルートのヒロインに、ライバル役であるロザリンド様が勝ったのかもしれないけれど、それならそれで、乙女ゲームは終了しているという事だ。私が今さら記憶を思い出す必要はない。

さすがに、経産婦になってから乙女ゲームの登場人物になるのは、斬新過ぎると思う。

では、異世界転生は異世界転生でも、乙女ゲームへの転生ではないという事だろうか。

転生チートは思い当たらないし、この国の複雑な事情を解決する力を私が持っているとは到底思えないのだけれど、私がこのタイミングで前世の記憶を取り戻した事に、まったく意味がないという事などありえるのだろうか。

そう、解決すべき事としてすぐに思い当たるこの国の問題は、王族であっても個人では解決できないほどに根深い。

私の夫ルーカス殿下と、もう一人の王子セドリック殿下は、ハークリウス王国国王夫妻の双子の息子、という事になっている。なっている、というのは、つまり、本当は違う、という事だ。

ここに、この国の複雑な事情が隠されている。

ハークリウス王国の現国王フィリップ陛下は先代陛下の三男であり、本来、王となるご予定ではなかった。けれど、二人の兄王子が相次いで亡くなった事で、立太子されたのだ。王家を出て神職になるご予定だった陛下には婚約者がいなかったため、亡くなった長兄の婚約者だった私の大叔母、アナスターシャ・アーケンクロウ様とご結婚なさった。お二人は元々幼馴染という事もあり仲睦まじく、陛下の穏やかなご性格は国政にも反映されて、国はよく栄えた。

けれど、ただ一つ、問題があった。たった一つだけれど、大きな大きな問題が。

お二人は、お子を授からなかったのだ。これにも理由はあるのだけれど……今は割愛。

とにかく、お子を授からないまま、アナスターシャ王妃陛下は四十をお迎えになった。前世の世界なら四十過ぎの初産も珍しい話ではなかったものの、あの世界ほどには医療が進んでいないここでは、経産婦ならともかく四十での初産は、奇跡。

王族の離縁も側室も認められていないハークリウス王国で、後継者を求めてフィリップ陛下の周囲の人々が選んだ手段は、「代理母」だった。多額な金銭がかかるうえ、貴族は元々、養子に抵抗がない者が多い事から、代理母は多く選ばれている手段ではない。けれど、遺伝で受け継がれる特徴を優先して実子に拘《こだわ》る貴族も、少数とはいえ存在している。彼らの希望を叶えるために考え出されたのが、前世で言うところのシリンジ法を利用した代理母出産だった。

この方法で、アナスターシャ王妃陛下と同じ黒髪に青い瞳を持つ健康で若い女性に、フィリップ陛下のお子を産んで貰ったのだという。

何人の女性が代理母候補となったのかは分からないけれど、複数存在したのは確か。なぜなら、ほぼ同じタイミングで二人の女性が妊娠し、生まれたのが、ルーカス殿下とセドリック殿下だからだ。もちろん、彼女達は、産んだ子供が陛下のお子であるとは知らされていないし、同時に複数の女性が候補となっていた事も知らない。

代理母出産である事は極秘であり、国の上層部でも極一部しか知らない重要機密。代理母達の妊娠期間、アナスターシャ王妃陛下は「高齢出産のため、大事をとって」と、人前に一切、姿を見せなかったという。私がそれを知っているのは、結婚する際に大叔母でもあるアナスターシャ王妃陛下に伺ったから。それまでは、殿下方お二人が王妃陛下の実のお子ではない事も、本当は双子ではない事も、まったく気がついていなかった。

ルーカス殿下は筋肉質で黒髪に藍色の瞳、セドリック殿下は痩せ型で金髪に緑の瞳と、体格も髪色も瞳の色もまったく異なる。けれど、似ていない双子の存在は広く知られているし、ルーカス殿下はアナスターシャ王妃陛下似、セドリック殿下はフィリップ陛下似として、納得していたのだ。代理母という手段が広く知られていないだけに、奇跡の出産だ、と、かつての私だけではなく、ほぼすべての国民が信じているだろう。

こうして、フィリップ陛下のお子は双子という形で誕生されたわけだけれど、問題はここで終わりではなかった。

我が国では、王族と婚姻する女性は、伯爵家以上の身分が必要と定められている。ところが、陛下のお子を産んだ代理母達は、金銭で雇われた貧窮した下位貴族の経産婦だった。そのため、生まれる子供の血の半分は王家を継ぐ者として十分ではない、と主張なさった方がいるらしい。

そこで五公爵家と王家は、フィリップ陛下の孫にあたる将来の王に、五公爵家の血を混ぜる事を決定した。そもそも、五公爵家はかつての王族が臣籍降下して興《おこ》った家なので、王族に連なる血として、王家を除けばこれ以上に優れた血統はない。代理母出産の計画が始動した段階で、五公爵家には密《ひそ》かに、陛下のお子と近い年齢の子を作るよう、命令が下されたのだ。

代理母から生まれる陛下のお子が、男児か女児かは分からない。基本的に王女の王位継承順位は低いものの、他に子供がいない場合は、女王が立つ事もある。

生まれた子供が男児ならば、五公爵家の女児を妃に迎える。

生まれた子供が女児ならば、五公爵家の男児を王配に迎える。

子供なんて、欲しいと思った時に授かるものではない。けれど、五公爵家の当主夫妻は頑張った。

タウンゼント家は、当主夫人がすぐに懐妊したため、ロザリンド様は両殿下のご誕生前に生まれた。恐らく、フィリップ陛下のお子が男児である事を、誰よりも願っていたのがタウンゼント家だろう。ぎりぎり同じ年にハルクシュール家に男児が、翌年にキッスリング家とメリアモール家に男児が生まれた。

唯一、私の実家であるアーケンクロウ家は、なかなか子を授からなかった。何しろ、両殿下が誕生した時点で、父は四十五、母は四十。三人の兄達は、二十、十八、十六だったのだから。長兄に爵位を譲って、その子供を差し出す、という案がなかったわけでもないらしい。でも、長兄の婚約者は、自分がお腹を痛めて産む子供の将来を、授かる前から決めて欲しくない、と激しく抵抗した。

父としても、子ならともかく、孫を差し出すのには躊躇《ためら》いがあったようだ。

王家に二人の男児が生まれたのに、五公爵家に生まれた女児はロザリンド様一人だけ。王家の命に抗えるわけもないし、王妃である叔母の後ろ盾として役に立たねばならないし……と、両親は励み、父五十、母四十五で生まれたのが、私、リリエンヌというわけだ。

なんとかアーケンクロウ公爵家としての義務を果たしたものの、生まれた私は兄達と年が離れすぎているうえに別々に暮らしているから、当然、言葉を交わすような関係性ではない。また、母は高齢を押して出産したのもあって産後の肥立ちが悪く、随分と病弱な体になってしまった。母を愛している父や兄達は、その原因となった私の事を愛せない。

だからこそ、私の養育は、家庭教師に丸投げされていたのだろう。

私の人生は、勉強勉強また勉強。どれだけ勉強しても、もっと、もっと、と求められる。

家族とは疎遠で、友人と呼べる人もおらず、婚約者との交流の機会も限られていた。その僅かな機会の記憶では、幼馴染である両殿下とロザリンド様は、とても仲が良いように見えた。

この国では成人になる十八歳から婚姻可能だけれど、王家は、御三方が成人しても、結婚を進める事はなかった。私が成人するまで、夫婦の組み合わせをどうすべきか決定を待ったのだ。そのため、高位貴族令嬢の結婚適齢期が十八～二十二歳とされる中、ロザリンド様は少し遅い二十三歳での結婚となっている。

私の成人までの五年間、ロザリンド様は、セドリック殿下とルーカス殿下のお二人を連れて、社交界をぐいぐい泳いでいた。相手が確定していないだけで実質は婚約者なので、両殿下は他の女性をエスコートできないし、ロザリンド様は他の男性のエスコートを受けられない。必然的に、両殿下とロザリンド様の三人で行動する事になる。

見目麗しい御三方が、学園でも社交界でも常に共に行動していた姿を見慣れていた人々からすれば、社交界デビューする間もなく王子妃となった私は異物であり、完璧な王子妃であるロザリンド様に選ばれなかったルーカス殿下は敗者なのだろう。

彼が私に無関心なのは、愛する人の隣に立てなかった故なのだろうか。

「リリエンヌ様」

ノックの後に、王子宮に来てから私付きになった侍女カンナが顔を出した。

アーケンクロウ公爵家では、私専属の侍女も護衛もいなかった事を思うと、王子宮での待遇は悪くない。むしろ、細《こま》やかに気を遣われ、丁寧に扱われている。

王子宮、という名前なのに、ルーカス殿下がまったく寄り付かない事を除けば。

「ご気分はいかがですか？」

「大分、落ち着いたわ。喉が渇いたのだけれど、もう、飲んでもいいのかしら」

陣痛の痛みが最高潮だった時は、吐いてしまうかもしれない、と、飲食を禁止されてしまったから、喉がカラカラだ。

「大丈夫だと伺っております。お水をお持ちしますね。他に何か、ご希望はございますか？」

「あの……もしも、可能なら、でいいのだけど……」

自分の希望を聞かれる、というのも、王子宮に来て初めての経験だった。

アーケンクロウ公爵家では、私に自分の意思がある、と考えている人は誰もいなかった。リリエンヌ、という個人として見られた事も、なかったのではないだろうか。

否定され、頭ごなしに押さえつけられ、これ以上痛みを感じないように、心を閉ざして受け流す日々。

「なんでございましょう？」

「あの……赤ちゃんを、抱っこできるかしら」

カンナは驚いたように目を丸くした後、行儀悪くならない程度に微笑んだ。

「先生に伺って参りますね」

「お願い」

早々に取り上げられてしまうのなら、せめて、一度だけでもこの胸に抱きたい。あの一瞬だけでも、とても可愛かったのだもの。じっくり抱っこさせて貰えたら、それはもう、可愛いに違いない。きっと、私が子を産む事はもうないのだから、最初で最後の子を、覚えておきたい。

しばらく待つと、カンナが男性医師を伴ってやってきた。彼は、私にシリンジ法を施した医師だ。私が正真正銘の処女である事を、唯一人、確認した人。

「妃殿下、王子殿下をお連れしました」

後ろから、王子宮の執事であるハイネも顔を出した。

「リリエンヌ様、若君のご出産、おめでとうございます」

この宮の使用人は、私を「妃殿下」ではなく、名で呼ぶ。それは私に、役職ではなく、私個人を認識されている、という実感をもたらした。

「ありがとう、ハイネ」

ハイネは常に王子宮にいるから、ルーカス殿下よりも親しみを覚えるくらいだ。彼がルーカス殿下に忠誠を誓っているからこそ私を大切に扱ってくれる事は、重々承知しているのだけれど、私を傷つけるような言動をしないという点で、信頼している。

妊娠中、誰よりも私の体調を気にしてくれたのが、筆頭侍女のカンナと執事のハイネだった。大切なルーカス殿下のお子なのだから、無事に産ませないといけない、という義務感から来ていたのは理解している。でも、それでも、心配してくれる人がいるというのは、思った以上に嬉しいものだった。

「王家のしきたりに則《のっと》り、若君が一歳のお誕生日を迎えるまで、公には性別もお名前も発表を控えます。たとえ、ご実家であろうとも、若君を連れての里帰りは叶いませんので、ご理解ください」

「えぇ、分かったわ」

ハークリウス王国では王族に子が生まれた場合、一歳の誕生日に、性別と名前を国民に公表する。これは、生まれても、一歳までに亡くなる子供が相次いだ時代に定められた慣習だった。

実家との関係が良好とは言えない私が、里帰りを望む事はないと分かっていても、執事としてハイネは、そう言わないとならないのだろう。

「あの、抱っこしてもよろしいのかしら？」

「えぇ、もちろんですよ」

医師から、そっと小さな赤ちゃんを受け取る。

生まれたての時と異なり、細く柔らかな髪が乾いて、ほわほわとそよいでいる。色で言えば黒なのだろうけれど、髪が細いせいで、もう少し薄い色に見える。

ふふ、薄毛ちゃんね。

甘い甘い、いい香り。どうして、赤ちゃんってこんなに癒される香りがするのかしら。思わず、鼻を擦り寄せて深く息を吸い込む。

くにゃくにゃと、力の入っていない柔らかな体。薄い皮膚は、ちょっとした事で傷がついてしまいそう。生まれたばかりの赤ちゃんの皮膚はぴんと張っていて、一重の子が多い筈だけれど、この子はくっきりとした二重だ。少し垂れ気味の目元はもしかしたら、殿下じゃなくて私に似ている？

腕の中で丸まる小さな体。軽いけれど、重い。これは、命の重さだ。

可愛い。可愛い。

胸の奥から、湧き出してくる愛おしさ。

「可愛い……」

思わず、声に出して呟くと、様子を見守っていた人々から、ホッとしたような空気が漏れた。

あぁ、そういえば、『リリエンヌ』は、赤ちゃんに触れた事がない。末っ子だし、兄達と交流がないせいで、彼等の家に生まれた筈の甥や姪と触れ合った事もない。両親に抱き締められた事もないし、友達もいないから手を繋いで歩いた事もないし、夫にきっぱりと抱かない宣言をされているから、当然だけれど異性に触れた事もない。つまり、スキンシップの経験値がゼロなのだ。

そのうえ、妊娠中の私の様子を見ていれば、お腹の子供を忌避していた事も分かっているだろうから、ハイネ達が心配するのも当然の事。

「リリエンヌ様。先ほど、ルーカス殿下が王子宮においでになりまして」

赤ちゃんの可愛さに熱中していたところで、ハイネから思い掛けない言葉を聞いて、思わず目をぱちくりとさせてしまう。

「……殿下が？　こちらへ？」

どういう風の吹き回し？

生まれた子供の性別は気にすると思っていたけれど、出産したのはつい数時間前の事なのに。

「執務の合間でしたし、リリエンヌ様はお疲れのご様子でしたので、若君のお顔だけ、ご覧になってお戻りになりましたが」

ハイネが言い訳をするように続けたけれど、彼が私に面会しない事で、いまさら、思う事などない。

王子宮方面の仕事ついでに立ち寄ったのだろうか。

ともあれ、子種だけ提供した人が、自分の子供だと認識してくれるものなのかどうか、が私の目下の心配事なので、ファーストコンタクトが私の知らないところで行われた、というのは少し怖いものがあるのだけれど……ハイネの表情を見る限り、悪い感触ではなかったように見える。

「殿下は、若君にクローディアス様と名付けられました」

「まぁ」

もう名付け済み!?　私を妻として扱わない彼が、意向を聞いてくれるとは思っていなかったけれど、決定しているのね……

この国では、前世で住んでいた国みたいに、二週間以内に出生届を出さないといけない、という規則はないから、まさか、生まれたその日のうちに、名付けまで終わらせてくれるとは思っていなかった。忘れられているのでは、と不安になった頃に、おずおずとお伺いを立てて、ようやく名前がつくものかと。

何しろ、公務で数度会ったとはいえ、妊娠中の私の様子を一度も見に来なかった人だもの。赤ちゃんに興味を持っているとは、欠片も思えなかったから。

「クローディアス……そう、貴方の名前はクローディアスなのね。良いお名前を、お父様に頂いたわね」

名前は、赤ちゃんに与えられる最初の贈り物だ。

この子が自分に誇りを持てるように、耳に入れるのは肯定的な言葉ばかりにしたい。

腕の中の赤ちゃんに話し掛けると、声が掛けられたのが分かったように、ぱ、と目を開いた。白目の部分が薄青いのは、新生児期の特徴だ。瞳の色は……あら、菫色なのね。殿下と同じ黒髪に、私と同じ菫色の瞳。

子供というのは、不思議だ。二人の人間の間に生まれたのだ、という事を、雄弁に語るのだから。

「クローディアス」

名を呼ぶと、まだ見えない目で、じっとこちらを見ている気がする。

なんて可愛い……ん？　ちょっと、待って。

クローディアス……クローディアス・ラーエンハウアー？　黒髪に紫の瞳の、クローディアス……

…………

私は、知っている。

クローディアス・ラーエンハウアーという名の、黒髪に紫の瞳の、それはそれは美しい青年を。

そうか……そう来たか。

私は、どうやら、乙女ゲーム攻略対象者の母に転生したようです。


前世の記憶は、虫食いばかりではっきりしたものではないけれど、できるだけの事を思い出してみよう。

舞台となっている作品のタイトルは、確か、英語ではなく馴染みの薄い言語の横文字だった。意味合いとしては『虹の彼方に』。

名前の通り、虹の七色をイメージカラーとした攻略対象者と恋愛する、女性向け恋愛シミュレーションゲームだ。虹が七色、というのは、世界共通の常識ではないけれど、ゲームの舞台であるハークリウス王国では七色とカウントしている。

舞台は、貴族が通う学園。私も在籍していた学園になる。

ヒロインは、実家から勘当された下位貴族令嬢の母親と、元使用人の父親の間に生まれた女の子。身分の差を理由に結婚を認められなかった二人は、親の反対を押し切って駆け落ちし、ヒロインが生まれた。その後、一人娘を失ったヒロインの母方の祖父は冷静になり、手を尽くして彼等の行方を捜し回る。最終的に、ヒロインが学園に入学する年齢になる直前に見つけ出し、一家三人を迎え入れる、という設定。

元庶民だけれど貴族の身分を手に入れた、というあたりは、よくあるパターンだろうか。

この作品の場合、母親が元貴族令嬢という事で、ヒロインには入学時点で基本的なマナーが身についていて、突飛な事はしでかさない。身分制度についてもそれなりに理解していて、身分の垣根を飛び越えてかき回すような事もしない。

だからこそ、なのか、ゲームの期間は、長めに設定されていた。ヒロインの入学から卒業までの六年間を、フルに使えるのだ。

何分《なにぶん》、初年度のヒロインは十三歳なので、いかにも、な恋愛イベントは発生しないのだけれど、少しずつ少しずつ、人間関係が深まっていく様が丁寧に描かれていく。それが、人気の要因だった。

ヒロイン本人の努力と魅力で異性と仲良くなりましょう、というコンセプトなので、ヒロインの育成が重視されている。だから、攻略対象者の婚約者が悪役令嬢として立ちはだかり、ヒロインが虐められる、というような劇的な展開はない。インパクトのあるイベントはないとはいえ、日常を繰り返すだけでもなく、学園生活としてのイベントは盛りだくさんだった。

攻略対象者の年齢はバラバラで、上級生二名、同級生二名、下級生二名、教師一名で、合わせて七名。少しずつ学園の在籍期間がずれているから、七名いてもイベントの進行ができるようになっていた。

誰が対象であっても、エンディングはヒロインの卒業式と決まっている。

最も好感度が高く、必要なイベントをすべてこなした攻略対象者が、卒業祝いの贈り物として自分のイメージカラーの花束を持参、求婚するのが、恋愛エンド。

一定以上の好感度があるものの条件が満たされていない場合は、花一輪だけ贈って、これからも仲良くしようぜ！　の、友情エンド。

攻略対象者全員の好感度が不足している場合は、イベントが発生せず、ただ卒業するだけのノーマルエンド。学園生活が充実しているので、ノーマルエンドでも充足感はそれなりにあった。

全員の好感度を一定以上に上げると、逆ハーレムエンドで全員から花を一輪ずつ受け取って虹色の花束ができると聞いたけれど、前世の私は逆ハーが苦手だったようで、見た記憶がない。

選択肢の失敗でバッドエンドになる事もないので、そういう意味では安心設計だった。……攻略対象者の癖が強くて、恋愛エンドに少し不穏な空気が漂っていたけれど。

クローディアス以外の攻略対象者六名については、今のところ、思い出せない。クローディアスと同じように、本人に会うとか、何かしらのキーワードがあれば、思い出せるのかもしれない。

クローディアスは、上級生枠の一人。ハークリウス王国の王子である彼とヒロインの出会いは、複数の学年でグループを作って行う校外学習だ。……あの学校、校外学習なんてあったのね……

七人の攻略対象者の中で、クローディアスは、美人担当だった。イメージカラーは、紫。菫色の垂れ目がちな瞳、背中の中ほどまでのストレートの黒髪をうなじで一つに結んだ髪型、攻略対象者の中では小柄で細身の体格、女性的な美しい容姿。父親であるルーカス殿下も綺麗な顔立ちだけれど男性としての美しさなので、私に似たのだろう……いや、私は地味顔だから、比べるのは失礼か。息子の方が美人に育つ、って、辛い。外見は美人だけど、実は剣が得意なあたりは、やはり王族と言うべきか。

常に微笑を浮かべていて、人当たりが良く、ヒロインとも表面上はすぐに打ち解けたように見える……のだけれど、彼の好感度は、なかなか上がらない。かなりの高難度攻略対象者なのだ。

というのも、クローディアスは、物凄く性格がひねくれている。

王子という身分もあって、彼は自分の周囲に置く人間を厳選している。人間を、自分の役に立つかどうか、という基準でしか見ないクローディアスは、無償の愛情というものを信じない。人間誰しも、自分に利益をもたらすかどうかでしか、他人を評価できないと考えている。

クローディアスの両親は政略結婚であった事もあり、夫婦仲は冷めきる以前に温まっていた事がなく、一人息子のクローディアスもまた、両親に愛されずに放置されて育った。その彼にも、たった一人だけ信頼している人物がいたのだけれど、六歳の頃、強制的に引き離されてしまう。

この別れが心の深い傷となったうえ、肉親の愛情を受ける事なく、周囲の人間は王子であるクローディアスにおもねるものばかり。

結果として、人間関係など鬱陶しいだけ、と、にこやかな笑顔の下に、高い高い壁を作っている。

けれど、ヒロインと交流を続ける中で、自分の中に彼女への執着心が芽生えた事に気づいたクローディアス。その執着心が愛からもたらされると気づかないまま、幼少期の別れと同じ事を二度と繰り返すまいと、彼女を権力で囲い込み逃さない、ヤンデレエンド……

実は、前世の私、クローディアスルートは、何周かしたのです。別にヤンデレ好きというわけではなくて、声を当てていた声優さんが好きな方だったから。だからこそ、記憶も蘇ったのだろう。クローディアスは成長したら、あの美声になるのか……楽しみ。

……

…………

待って。ちょっと、待って。

あれよね。ここで言う、両親、って、私とルーカス殿下の事よね？　確かに政略結婚。確かに冷め切る以前に温まった事すらない関係……。何しろ、殿下は私を抱く事すら、拒否しているのだから。

とは、いえ。

このままで行けば、クローディアスはヤンデレ一直線って事!?　それは……イヤ……母として、息子が道を踏み外すのを見すごす事はできない。

それに、一プレイヤーとして遊んでいた時には全然気にならなかったけれど、この世界の身分制度を理解している今では、大きな疑問がある。

ヒロインは、貴賤結婚で生まれた下位貴族の令嬢だ。対するクローディアスは、王族だ。

王族に嫁する事ができるのは、伯爵家以上の令嬢のみ。現行法では、王族であるクローディアスはヒロインを妃として迎える事はできないのに、本当に恋愛エンドが存在するのだろうか？

　加えて言えば、ヒロイン卒業時にはもう成人して公務に当たっているクローディアスに婚約者がいない、という状況も信じられない。今の私の知識では、どう考えても、クローディアスが王族のままで下位貴族のヒロインを迎え入れる方法はない。これってつまり……クローディアスが、王籍を離脱する未来を示唆しているのではないのだろうか？

　愛に生きる、と言えば聞こえはいいけれど、国民の血税で人よりも裕福な暮らしをしてきた王子が、責任を果たす前に投げ出すのはいかがなものか。愛情最優先で相手を選べるのなら、ルーカス殿下だって私なんて選ばなかった筈だ。何よりも、王籍から放り出されるような状況ならば、クローディアスは確実に苦しい人生を歩む事になる。

　どんな未来にせよ、クローディアスがヤンデレになるのも、身分の壁に阻まれるのも、苦労するのも、見たくはない。

　クローディアスがヤンデレ化するのは、彼が愛情を知らずに育つからだ。愛を知らないから、ヒロインに抱いた執着心で歪み、病むのだ。

　私とルーカス殿下の間の溝は、私一人の努力ではどうにもならないだろう。彼が、こちらに僅かでも関心を持ってくれれば別だけれど、初夜の事があるから、望み薄だと思う。夫婦仲を良くする、というのは、ちょっと私には荷が重過ぎる。

　でも、クローディアスに愛情を注ぐだけなら、できる！

　今のままだと、早々に取り上げられてしまいそうな雰囲気だけれど、なんとか、できるだけ長く、手元で育てさせて欲しい。幼いうちに、愛情をたっぷりと受けて健全な愛着形成ができていれば、ヤンデレ化しない、筈。

本当なら、母親からだけではなく、父親からも愛情を受け取るべきだ。でも、ルーカス殿下にそれを求めるのはきっと、難しい。

だったら、私が二人分の愛情を注げばいいのだ。

王家に限らず公爵家でも、いや、貴族に生まれたならば、子供の世話は、乳母がするものだ。

何しろ、貴族の女性には女性ならではの役割がある。産後すぐに、というわけではなくとも、貴族女性には子守よりも重要な家政と社交があるからだ。人と人の関係を繋げるのは、家を支えるために女性に与えられた役割だ。社交には気力も体力も使うので、産後の女性は、子供の面倒を見るよりも自分の体の回復を優先させる。代わりに、子供の世話をする専門家を雇って、躾や養育、大きくなった後は教育を任せるのだ。

ハイネによると、私よりも二週間早く出産したロザリンド様は、今もしっかりと休養を取っているらしい。前世の記憶でも、産後一ヶ月までは家事をしないものだったし、王族となったロザリンド様なら、当たり前の事だろう。社交好きのロザリンド様の姿が一ヶ月ばかり見えない事で、公式発表をせずとも、社交界ではロザリンド様ご出産の噂が広まっているそうだ。

私自身、アーケンクロウ家では乳離れまで乳母に、それ以降は家庭教師であるラダナ夫人に養育されていたから、この国での常識は十分に理解している。

それでも、クローディアスは、私自身の手で育てたい。少しでも、長く。

「クローディアスのお世話がしたいの」

そう、ハイネに伝えると、彼は常に無表情な顔に、どこか思案深げな色を浮かべた。

「ダメ……かしら？　殿下に、ご許可を頂けないかしら……」

「さようでございますね……リリエンヌ様のご要望はすべて叶えるようにとの殿下の命ではございますが、若君に関わる事は私にはお答えしかねます。殿下に、お伺いしてみましょう」

ハイネは、普段不在である宮の主に代わって、王子宮内部で大きな権限を持っている。けれど、さすがに王子であるクローディアスの養育に私が関わる許可は、個人の裁量では判断できないのだろう。

「後ほど、若君をお部屋までお連れしましょうか？」

「！　いいの？　ぜひ、お願いしたいわ」

生まれたばかりのクローディアスには、まだ昼夜の区別はない。授乳の間隔も短いし、排泄の回数も多い。一日中寝ているようでいて、何かと手がかかる時期だ。

そんなわけで、ようやく、私の部屋に連れて来て貰えた時には、随分と夜が更けていた。

「妃殿下。抱っこなさいますか？」

乳母が授乳を終えたクローディアスを、クローディアス育成チームの長である伯爵夫人ジェマイマが慣れた手つきで受け取り、私へと差し出した。彼女は、数人いる乳母と侍女を総括し、クローディアスの養育方針を定める役目を持っているのだ。人員の選定はハイネの主導の下で行われ、私は彼女達とは挨拶しか交わした事がないけれど、名ばかりの王子妃だと私を軽視する様子は見られない。

「えぇ」

満足するまでお乳を貰ったクローディアスのふにゃりとした顔を見ているだけで、思わず、頬が緩む。ぐらぐらと不安定な頭を私の肩に預けるようにして縦向きに抱きかかえ、暖かな背中をゆっくりとしたペースで優しく撫で上げていると、やがて、けぽ、と小さな音がクローディアスの細い喉から漏れた。

「クローディアス。げっぷが上手にできたわね」

何もかもが可愛い。お乳に吸い付くように窄められた唇も、ふわふわの頬も、大人よりも高い体温も、小さなげっぷですらも、すべてが愛おしくて仕方がない。クローディアスに掛ける声が、自分で思っていたよりも柔らかなものになった事を自覚していると、

「リリエンヌ」

名を、呼ばれた。私を名で呼ぶ人は、限られている。

驚いて振り向いた先に、仕事着のままのルーカス殿下が、ハイネを伴って立っていた。

ジェマイマ達が、一斉に頭を深く下げて壁際に下がるのを視界の端に確認しながら、戸惑うしかない。どうして、ここに？　もしかして、私がクローディアスに触れるのを咎《とが》めるために……？

「ルーカス殿下」

クローディアスに向けていた気の抜けた笑みが、慣れた王子妃としての微笑の仮面に一瞬で変化

した事が分かる。ルーカス殿下の表情もまた、どこか苦々しげなものだった。……私の見慣れた顔だ。

「何を、していた？」

固い、声。詰問されているわけではないのに、圧迫感を感じるのは、気のせいだろうか。

「……クローディアスは、先ほど、授乳を終えたばかりなのです」

けれど、ここで顔を伏せるわけにはいかない。私には、クローディアスをヤンデレ化させない、という目標がある。そのためには、私にも赤ちゃんのお世話ができるのだ、クローディアスにとって有用だ、とアピールしなくては。そうして、お世話の許可をもぎ取らなくてはいけない。

私の言葉に、ルーカス殿下は無言で頷いて先を促した。

「生まれたばかりの赤ん坊は、上手にお乳を飲む事ができません。空気も、一緒に飲み込んでしまうのです。そうすると、お腹の中が空気で一杯になって苦しいですし、時には、お乳を吐き戻してしまいます。吐いたお乳が喉を塞いで窒息する事もございますから、そうなる前に、空気だけを吐き出させるのです」

普段、口数の少ない私が饒舌に説明したからか、ルーカス殿下は驚いたように軽く目を見張った。

「……そうか」

けれど、特に意見する事はなく、静かに受け止めてくれてホッとする。本当に、単に疑問を持っただけなのかもしれない。

そこで、ハイネがどこかそわそわとした様子で声を上げた。

「殿下。良い機会ですから、ぜひとも、若君の抱っこを」

あぁ、そういえば、ハイネもクローディアスを抱っこしたがっていた。だから、父親であるルーカス殿下の後ならば……と、やんわりと断っていたのだ。なんとなく、実父の前に家族以外の男性に抱かせるのは、筋が違う気がして。

確かハイネは今、三十歳くらいだっただろうか。独身の彼がこんなにも赤ちゃんに興味を持つとは思わなかったけれど、常に無表情なのに、クローディアスの前でだけ満面の笑みになるのは確かだ。

「リリエンヌ様、よろしいでしょうか。殿下には先ほど、手を石鹸で洗って頂きました」

クローディアスが生まれて以来、私は、宮を出入りする人間に石鹸による手洗いの励行を命じた。この国の衛生観念は、前世の記憶よりも緩いのだ。

ルーカス殿下が、珍しく困ったような表情で私を見ている。ハイネとは、ルーカス殿下の方が、付き合いが長い。忠実な執事の見慣れぬ姿に戸惑っているのだろう、と思うと、思わず苦笑してしまう。

「殿下が若君を抱っこなさるまで、私は抱っこさせて頂けません……」

ハイネが小さく付け足すのを聞いて、私はルーカス殿下に顔を向けた。

「クローディアスは今、お腹も一杯で、おしめも綺麗にしております。……殿下。この子を、抱いてやってはくださいませんか？」

ハイネもまた、心底辛そうな声で訴える。

「殿下、お願い致します……私も若君を抱っこさせて頂きたいのです……」

ルーカス殿下は戸惑ってはいるけれど、嫌がっている様子はない。ならば、ここは……

「殿下。大丈夫です。誰でも、初めての時はございますから」

多少、強引にでも、抱っこを勧めてみるべきだ。

思い切って椅子から立ち上がり、代わりにルーカス殿下に着席を促した。夫婦仲の改善は難しくても、ルーカス殿下とクローディアスの関係を良いものにする事はできる筈。クローディアスを愛する人は、一人でも多い方がいい。

ルーカス殿下は、武人だ。大きくて、力持ちで、頑丈なルーカス殿下から見て、生まれたてのふにふにで柔らかな赤ちゃんは、未知との遭遇だと思う。首が据わってからの方が安心感はあるけれど、ぐらんぐらんの頼りない時期を知っているのと知らないのとでは、大きな差だ。ここで庇護欲をそそる事で、クローディアスに関心を持って欲しい。

ルーカス殿下だって、クローディアスを実際に抱っこしてみれば、可愛さに気づいてくれる筈。

クローディアスは、こんなに可愛い子なのだもの。

何も言わずに私の言葉に従うルーカス殿下に、

「腕を、このように」

と続けて指示すると、クローディアスを抱いている私を真似て、ぎこちなく腕を広げてくれた。

「もう少し、小さめでよろしいですよ。クローディアスはまだ、小さいですから」

体が大きい分、私の真似をするとクローディアスよりも随分と大きな円が出来る。微調整をした後、そっと、ルーカス殿下の腕の上にクローディアスの体を乗せた。心臓の音が聞こえるように左胸に頭を添わせて抱くのは、赤ちゃんを落ち着かせる効果があるからだ。

クローディアスの体重が掛かった瞬間、ルーカス殿下が、驚いたように腕を見た。想定よりも、クローディアスの頭が重かったのだろう。私にも、覚えがある衝撃だ。

「生まれたばかりの赤ちゃんは、首の筋肉が未発達です。頭を自分で支える事ができませんので、重く感じるのです」

ルーカス殿下は、小さく頷いて納得した事を示すと、そっと、クローディアスの小さくて柔らかな体を抱く腕に力を込めた。決して落とさないように。何からも、守れるように。そんな風に見えるのは、気のせいだろうか？

「そのような知識は、乳母に教わったのか？」

ルーカス殿下の問いに、思わず、ハッとする。自分で子供の世話をしない貴族女性として、相応《ふさわ》しからぬ知識だったかもしれない。乳母から聞いたわけではないけれど、余計な知識を与えたと、罰せられやしないかと不安になる。

「……いいえ」

思わず、答える声が固くなった。

「では、随分と勉強していたのだな」

しかし、ルーカス殿下の声に、責める響きはない。

「……はい」

あぁ、相変わらず、ルーカス殿下とどのように会話をすればいいのか、判らない。ちら、とルーカス殿下を見ると、目が合った。……どうして、そんな顔をしているのだろう。彼は、どこかもどかしそうな顔で、私を見ている。

「ほぁ……」

見つめ合ったのも束の間、突然上がった声に驚いたのか、ルーカス殿下は私から目を逸らして、クローディアスの顔を見つめた。

「まだ、目はあまりよく、見えておりません。ですが、耳は聞こえておりますので、殿下のお声が聞こえる辺りに顔を向けているのでしょう。クローディアス。良かったわね、お父様に抱っこして頂いて」

「……お父様……」

小さく繰り返すルーカス殿下。お父様、と呼ばれるのが不快というわけではなく、慣れない呼称にくすぐったさを感じているようだ。

ルーカス殿下は、私が思っていたよりも長く、クローディアスを抱いてくれている。一瞬だけ腕に収めてすぐに渡してくると考えていたから、受け取りやすいように彼の正面に立っていたのだけれど、想定以上の時間は、私に二人の距離を意識させた。結婚式の誓いでも、こんなに彼との距離は近くなかった。

ましてや、今、椅子に着座しているルーカス殿下は、普段よりも私と視線の高さが近い。

「……眠れているか？」

思い掛けない問いに、思わず目を見張る。

妊娠中に痩せた体は随分と肉が薄くなって貧相になっているし、目の下の隈も誤魔化しようがない。けれど、まさか、彼が私を心配するような言葉を掛けるとは。

「眠りが浅いのは確かです。生まれたばかりの赤ちゃんは、体が小さい分、お腹も小さいですから、一回に飲めるお乳の量に限りがあります。そのため、二、三時間おきに、授乳が必要なのです。出産した女性は、その生活サイクルに合わせて、眠りが浅くなります」

「二、三時間？　それでは、寝た気がしないだろう」

「えぇ。ですが、赤ちゃんのためですから。乳母を雇える者以外は、母親になると、一日中、赤ちゃんのご飯の事を考えなくてはならないのです」

赤ちゃんに……クローディアスに興味を持って貰うためならば、いくらでも言葉にできる。

ルーカス殿下は何かを考えていた様子だったけれど、ふ、と視線を落として、いつの間にか眠りに落ちたクローディアスに気がついたようだった。クローディアスの小さな口が、ぽか、と空いて、歯のない歯茎と小さな舌が覗いている。

「お腹が一杯になって、眠ってしまったのね。殿下、ありがとうございました。クローディアスも、気持ちよく眠れたみたいですわ」

お礼を言って顔を上げると、ルーカス殿下との距離が先ほどよりも近づいていた。無意識に、クローディアスの顔を覗き込んでいたせいだ。

「ルーカス殿下はお体が大きくていらっしゃるから、安心したのでしょう」

照れ隠しのように付け加えると、ルーカス殿下の白い頬に、僅かに朱が上った気がした。

ぐっすりと眠り込んだクローディアスを壁際に待機していたジェマイマに渡し、彼女らが一礼して部屋を辞すのを見送る。

今、部屋の中には、私とルーカス殿下だけ。

ルーカス殿下と二人きりになるのは、初夜以来だ。彼はただ、じっと私を見ているだけで、口を開く事はない。どこか観察するような視線に落ち着かず、沈黙が重苦しくて、なんとか言葉を絞り出した。

「あの、良い名をつけて頂いて、ありがとうございます」

「……クローディアスの事か？」

「はい」

ルーカス殿下が初めて、クローディアスの名を呼んだ。思ったよりも優しい声で、そっとあの子の名を口にする。

名付けた時、ルーカス殿下に、どのような思いがあったかは分からない。単なる思い付きで、何も考えてはいなかったのかもしれない。けれど、クローディアスにあの名前はよく合っていると思う。

「そうか……気に入ったのか」

「はい」

肯定すると、ルーカス殿下の頬が、少しだけ緩んだ気がした。……嬉しい、のだろうか。

そのまま、また黙り込んだのに、彼は一向に部屋を辞する様子がない。これは、先ほどの状況説明を、私に求めているという事？

「あの……まだ、わたくしは、部屋から出ないように言われておりますので、先ほどは、お願いしてクローディアスを連れて来て貰ったのです。お世話の許可は頂いておりませんから……抱っこだけ……」

段々と、声が小さくなっていく。

せめて、抱っこする事は咎《とが》めて欲しくない。ただ一度、抱かせて貰えれば、と思っていた筈なのに、もう既にあの温もりが恋しい。

「リリエンヌ」

「はい、殿下」

「クローディアスの世話がしたいとは、具体的に、何を望んでいるのだ？」

思い掛けない問いに、思わず視線を彷徨わせた。あぁ、そうか。身分が高くなるほど、我が子であっても、自らの手で子供を世話する機会は少なくなる。彼には、「お世話」の意味するところが分からないのだ。

「おしめを替えたり、ですとか」

「おしめ……それはつまり、糞尿の始末という事だろう？」

「赤ちゃんの排泄物ですもの。量もたかが知れておりますから」

「そういうものか……？」

「後は、沐浴、ですとか」

「沐浴……お前は一人で湯浴みもしないのに、赤ん坊の湯浴みができるのか？」

「湯を張った盥を使いますし、乳母達にも手伝って貰いますので」

「まぁ……手伝いがいるというのなら……」

それから、最も反対されそうな「お世話」を、思い切って口にする。

「授乳も、したいのです」

「じゅにゅう……」

耳慣れない言葉だったのだろう。ルーカス殿下は顎に手を当てて考える様子を見せると、ハッと思い至ったように、問い掛けて来た。

「……出る、のか？」

「え……はい。量の多寡はありますが、出産すれば、まず、出るものですから」

まだ、乳房が張る様子はないけれど、こっそりと搾ってみたら僅かにお乳が滲《にじ》んだので、実際に授乳できれば、量も増えていく筈だ。出産してから私の中で乳房は、女性らしさの象徴から、赤ちゃんのご飯へとポジションが変わっているから、異性の前で授乳について話しても恥ずかしさを感じない。

ルーカス殿下は、まじまじと私の胸元に視線を向けた後、慌てた様子で逸らした。

「先ほど、一日中、二、三時間おきに必要だと言っていたではないか」

「はい。ですが、さすがに一日中となると公務が入った折に困りますので、夜間は乳母に任せて、昼間の時間のみと考えております。また、昼間であっても、公務の間は乳母に任せます。現状、公務はほとんど、ロザリンド様がお引き受けくださっておりますから、時間はあるのです」

クローディアスのお世話を最優先にしたいのはやまやまだけれど、私は王子妃だ。本来、求められている仕事をこなさなくては、許しを得る事など、できないだろう。

難しい顔をしているルーカス殿下に言い募る。けれど、彼が口にしたのは、思ってもみなかった言葉だった。

「体調を見ながら分担して行うように、ロザリンドには指示されている筈だが……」

確かに、結婚してすぐに双方が妊娠したため、体調の良い方が公務を引き受けられるように、と、柔軟な措置をして貰った。ロザリンド様が分担の責任者になったのは、年上である以上に、社交界に慣れており、王家の信頼が篤いからなのだろう。

「……ロザリンド様は、わたくしが心許《こころもと》ないようで……申し訳ございません、体調いかんにかかわらず、公務のお役に立てておりません」

王子妃のどちらかが参加する事を求められている公務はすべて、なんらかの理由をつけて、ロザリンド様の担当になっている。私に打診一つないのは、それだけ、信用がないせいだろう。

ルーカス殿下が、小さく溜息を吐いた。私の不甲斐なさに呆れたからだろうか。けれど、彼は私を非難する事はなかった。

「クローディアスの世話をしたい、というのは、それは、リリエンヌの意思か？　公務を果たしていない代替ではなく」

「わたくしの、意思です。もちろん、公務も、任せて頂いたものは全う致します。それとは別に、クローディアスの……我が子の根となる部分を、しっかりと支えたいのです」

「根？」

「はい。生まれたばかりの赤ちゃんは、まだ、喜怒哀楽がはっきりとしていないと言われております。あるのは、快か、不快か、それだけ。お腹が空けば不快ですし、満腹になれば快です。おしめが濡れれば不快ですし、清潔であれば快です。眠いのに眠れなければ不快ですし、しっかり眠る事ができれば快です。不快を訴える泣き声に応じて、その状態を解消してあげる事が、信頼関係を築くのに必要です。また、信頼関係を築くには、心の栄養も必要になります。心の栄養は、肌と肌の触れ合い、すなわち、身の回りの世話で与えられるものですから、お世話がしたいのです」

重要な事だから、言葉にも熱が籠《こも》る。

知って欲しい。ルーカス殿下にも。これからのクローディアスに、何が必要なのか。

どうすれば、あの子を幸せにできるのか。

「……殿下は、クローディアスを早くに王宮にお連れになるおつもりでしょう？」

お願いだから、少しでもクローディアスに愛おしさを感じたのならば、聞き届けて欲しい。

「！」

ルーカス殿下が、ぎくりとした顔を見せた。私が気づいていると、思わなかったのか……それとも、私がこの事に言及すると考えていなかったのか。

「王宮での世話は、専門家が見てくださるでしょう。ですが……クローディアスは、王子です。世話をする者が、あの子の親として接する事はできません。王子として接する者しかいなければ、あの子は、正しく甘える事ができません。それまでに、わたくしは、赤ちゃんが……クローディアスが必要とする心の栄養を、与えたいのです」

切々と、訴える。

決して、害を与えるような事はしない。あの子を自身の保身のために扱ったりもしない。ただ、幸せになって欲しいのです。

「できれば、三歳まで。少なくとも、乳離れまで、わたくしがクローディアスと過ごす事を、お許しください」

そう言って、ルーカス殿下に向けて、深々と頭を下げた。名ばかりの妻だけれど、後継を産んだ女として願い出る権利はある筈だ、と、自分に強く言い聞かせる。

――……沈黙は、長かった。怖くて、顔を上げられない。

「なぜ、俺が許さねばならない」

掛けられた言葉に反射的に顔を上げると、ルーカス殿下は眉間に皺を寄せて何かに耐えるような顔をしていた。

「クローディアスは、お前の子でもあるのだ。俺の許可など、要らない。好きなようにすればいい」

これは、どういう意味だろう……？　突き放された……？

「……お前に負担がないのなら、好きにしていい」

「好きにしろ」と二度繰り返されて、ようやく、彼が許可をくれた事に気がついた。私がクローディアスと関わる事を、認める、という事だ。

「ありがとうございます」

「……あぁ」


ルーカス殿下は、私がクローディアスの養育に関わり、お世話をする許可をくれた。

「ただし、」

厳しい声で付け加えられた言葉を思い出す。

「お前の体調が最優先だ。クローディアスの世話をする者は、他にもいる。お前の負担にならない範囲でならば、クローディアスの世話を許可する」

余程、私の顔色が悪く、みすぼらしい姿だったのか。ルーカス殿下は、私が戸惑うくらいに、私の体調を案じてくれた。

……彼にとって私は、ロザリンド様の配偶者の座をセドリック殿下と争って負けたために、娶《めと》らざるを得なかった妃でしかないというのに。

私の役目は、王家と公爵家の血を引く男児を産む事で、それを果たした以上、ルーカス殿下には私の事を気にする義務もない。表面的な言葉だけだとしても気遣いを寄越《よこ》すのは、男児を産んだお礼みたいなものなのだろうか。

もしかして、少しは私の事を心配してくれたのかな、なんて、淡い期待が芽生えて……家族にすら体調を気に掛けられた覚えのない身としては、なんとなく腰の据わりが悪く、これまでにない扱いが居心地悪い。

期待するのは、辛い。

期待しなければ、絶望する事もないのだから。

ともあれ、ルーカス殿下の許可を得て、今日から私は、クローディアスのお世話に参加する。

もちろん、母親業は、楽しい事ばかりではない。でも、苦労があるからこそ、喜びがひとしおなのも、前世の記憶のある私は知っている。クローディアスに、母として認識して貰える年齢までは、傍にいられるといいのだけれど……

カンナに先導されながら、クローディアスに与えられた部屋へと向かう。私の部屋から異様に遠いのは、私を育児に関わらせないため、だったのだろう。泣き声すら届かない距離は、恐らく、私を疲れさせないための配慮なのだと思う反面、蚊帳の外に置かれた気がして、悲しい。

「ご機嫌よう、皆さん。昨日、ルーカス殿下にご許可を頂いたので、わたくしも、クローディアスのお世話に参加したいの」

現れた私に、ジェマイマを始めとするクローディアス育成チームの面々が、戸惑いを浮かべたのが分かった。

彼女達が仕えているのは、私ではなくクローディアス。昨日は、半ば無理を言って、クローディアスを部屋に連れて来て貰ったのだ。何しろ、王族どころか下位貴族だって、育児はプロを雇うのが常識の世界だもの。なぜ、私がここまで関わろうとするのか、疑問なのだろう。

「失礼ですが、妃殿下。お世話、というのは、どのような事を望んでいらっしゃいますか？」

「そうね、乳児のうちは、授乳、おしめの交換、沐浴を考えているわ」

「授乳も……ですか」

「えぇ」

私に返答したジェマイマは伯爵夫人で、クローディアスより二歳年上の女の子がいる。

我が子の育児を乳母に任せて、王子の育児に携《たずさ》わる、とは、貴族女性はなんともややこしいけれど、王族に仕える上級使用人は貴族階級からしか雇用できない以上、仕方がない。

「わたくし一人で、クローディアスの世話をする事はできないでしょう。世話をするわたくしを、皆さんが世話する必要もあるでしょう。手間を取らせてしまうのは分かっているのだけれど、少しでも、わたくし自身の手で、クローディアスに何かしてあげたいの。……協力して頂ける？」

こういう時、色素の薄い儚げなリリエンヌの容姿は、効果大だ。新生児の世話を任されるくらい、母性本能満載の彼女達は、上目遣いで心細げにぽつりと漏らせば、目に見えてあたふたした。

「妃殿下、どうぞ、お顔を上げてくださいませ！　もちろんでございます、妃殿下の良いようにお取り計らい致します！」

……よし、狙い通り。外見が地味で薄幸そうでも、中身は人生二周目ですからね。クローディアスの健全な将来のために、使えるものはなんでも使っていきます。

「クローディアスは寝ているのね。では、今のうちに、お世話について教えて貰えるかしら」

この世界には、粉ミルクもなければ、紙おむつもない。文明程度で言えば、中世ヨーロッパくらいなのかと思いきや、人工授精が出来たりするから、チグハグだ。何ができて何ができないのか。何があって何がないのか。そのあたりを知っておく必要がある。

まず、布おむつは、ただ長い布でぐるりと何重にも股を覆うだけのものだった。布を重ねる事で、より水分を吸収させる意図なのだろうけど、股の隙間ができやすいし、長い一枚布のうち、汚れた場所が点々と散らばる分、洗うのも干すのも大変そうだ。もったりと分厚いもこもこのおしりは可愛いものの、機能的ではない。

続いて、授乳の方法について教わる。女性の体の構造上、やり方に大差はなかった。基本的に、まだ寝台で横になっていなくてはいけない時期なので、私が着ているのもシンプルな作りの部屋着なのだけれど、シンプル、と言っても、それは普段に比べての話。胸元にフリルやらレースやらビーズやら。おまけに、着替えを侍女がする身分の私が着る服は、後ろ釦留めが基本。授乳には、まったくもって向いていない。

授乳がしにくいだけではない。私の身分上、普段から絹のドレスを着ているものだから、おむつ漏れでドレスを汚してしまった場合の洗濯も大変だ。何しろ、この世界には、全自動洗濯機なんて便利なものはないのだから。

もちろん、クローディアスの衣服、敷布の洗濯も、手間の掛かる事だろう。

「カンナ。ハイネに、仕立て屋を呼ぶよう、伝えてくれるかしら」

「リリエンヌ様、ドレスをお作りになるのですか？」

「えぇ。授乳がしやすいドレスが欲しいの。それと、おしめの形をちょっと考えてみようと思って」

そう言うと、ジェマイマ達は驚いた顔をした。衣服の方を、状況に合わせる発想はなかったのだろう。

赤ちゃんにとって、空腹は一大事。少しでも早くご飯をあげたいし、少しでも快適な服を着せたいのが、親心というものでしょう？

「ふぇ……」

まだか細い声の、クローディアス。

「クローディアス、お腹が空いたのね」

乳母達に先んじて寝台から抱き上げると、授乳の仕方を思い出しながら、乳を含ませる。手慣れた様子にジェマイマ達は息を呑んだようだったけれど、特に何も言わなかった。

「クローディアスは、飲むのが上手ね。貴女達がクローディアスのお世話をしてくれているおかげで、わたくしのような初心者の母でも、しっかりとあげる事ができるわ」

あくまで、上手なのはクローディアスだ、と強調しておく。

生まれたばかりでは、吸い付くのも飲み込むのも練習が必要な子が多いのに、クローディアスは力強く吸い付いて来る。母体が小柄でも、きちんと月が満ちるまで待って大きく育って生まれて来てくれたから、そもそもの筋量も多いのだと思われる。

「たくさん飲んで、大きくなってね」

「結構な無茶を言うつもりだから、発想が自由で、楽しんでくれる仕立て屋さんを手配して」、とハイネに頼んだところ、紹介されたのは、身長が百九十センチ以上はありそうな大柄な体格に、ムッキムキの二の腕を持つ、美丈夫なのだけれど心は乙女なオスカーおネエ様だった。

元々は、騎士団で訓練を積んでいた騎士様だったそう。でも、ずっと、自分に違和感があったのですって。本人の口から聞いたわけではないけれど恐らく武門の貴族出身で、恵まれた体格を持ち、将来有望だったオスカー。

ある年の忘年会（この世界にもあるのね）で、お笑い要員として女装した時に、

「……これだ……！」

と、天啓を受けたらしい。

男性的な筋肉を鍛えまくってきたのは、己の中の女性性から目を逸らすためだったのよ……と、憂いを帯びた目で語ってくれた。

心が乙女である事に気づいたオスカーだけれど、とにかく大柄なので、適当な婦人服を手に入れてこっそり女装する、というのは無理。そこで、元々手先が器用だった事もあって、自分が着たい服を自分で作るようになって……今に至る、と。

元々が、「世の中にない服を作る」事からスタートした人なので、これまでこの世界になかった私のアイディア商品にも対応できるのでは、と、ハイネが紹介してくれたのだ。二人はどうも、学園の同級生で親しくしていたらしい。

実際、オスカーの応用力は期待以上だった。

私のつたない説明から、防水布を使ったカバーで漏れを抑え、内側に一枚布を折りたたんだだけの吸収体をセットする形の布おむつを開発してくれただけではなく、理想通りの授乳用ドレスまで作ってくれた。

布おむつはクローディアスに使うようになって一ヶ月だけれど、ジェマイマ達にも漏れの頻度が激減した事で好評だ。吸収用の布も、コンパクトになったお陰で洗濯がしやすくなったらしい。

もう一点のアイディア商品、授乳服。

こちらは、心は乙女とはいえ男性相手なので、上手に説明できるか分からなかったのだけれど、偶然、オスカーの妹さんが授乳中という事で、色々と相談をしてくれた。妹さんは、商家の後継ぎさんに嫁いだため、乳母なしの自力で子育てしているらしい。

第一弾は、前身頃に縦にピンタックをたくさん入れたデザインだった。パッと見は、前中心から左右対称にピンタックを寄せているクラシカルなデザインのワンピースドレスなのだけれど、実はピンタックで布の合わせ目が隠してある。ちょうど、乳首の出る位置が隠しボタンで開けられるようになっているから、上半身をごそっと脱がなくても、ボタンを二つばかり外すだけで授乳可能。

このドレスの開発までに私から出した要望は、使用する生地と、胸元や袖にビーズや釦などの固い素材を使用しない事、だけだった。

赤ちゃんは皮膚が薄いし、首が据われば顔をぐりぐりとこすりつけて来るから、余分な飾りをつけて怪我をさせるわけにはいかない。絹だとよだれや零れた母乳の染みが目立つし、ゴシゴシ洗濯できないから、丈夫な綿がいい。貴族階級で前開きデザインのドレスは見た事がない事を考えると、前開きに見えないデザインもしくは、スリット式がいい。それくらい。

そんな要望だけで、このドレスを仕立ててしまうオスカーは凄い。

この授乳服はオスカーの妹さんにも好評だったので、自分が着るためだけではなく、幅広い階級に普及できるようなデザインを色々と書き起こして貰った。そのうち、子育て世代に流行るといいな。


ルーカス殿下に宣言した通り、私は基本、日中のみ、クローディアスのお世話をしていて、夜間は乳母と侍女にお任せしている。おかげで、子供を産んだばかりなのにしっかりと休ませて貰いながら、クローディアスは新生児期を無事に終えた。

ルーカス殿下は、週に一、二回、王子宮を訪れては、クローディアスを抱っこしていくようになった。里帰り出産なら、パパが週一面会も当然だから、前世の男性陣に比べて極端に少ない事もないと思う。同じ宮に住んでいるよりは接触が少ないかもしれないけれど、私が想像していたよりも会いに来てくれている。それこそ、会うのは年に数回、という覚悟もしていたから。

赤ちゃんの可愛さに目覚めたという事なのか、パパの自覚を持ってくれたという事なのか。

クローディアスのヤンデレ化防止大作戦として、ルーカス殿下がクローディアスに関心を持ってくれるのは大歓迎なので、来てくれるのは嬉しい。

ただ、時期がまだまだ早い玩具を持って来たうえで、次に訪れた時に、

「……あれは、気に入らなかったのか……？」

と悲しそうに聞かれるのは……正直、困る。

固い木製の積み木とか、小さいビー玉みたいな硝子玉とか、まだ首も据わってない生後一ヶ月の乳児には早過ぎます。危ないからね、誤飲!!

その度に、

「玩具はとても素敵なのですけれど、クローディアスにはまだ早いのですわ。適切な時期になりましたら、喜んで遊ぶ事でしょう」

と、穏やかに答えなくてはいけない苦痛……

気がついて。貴方の息子はまだ、それで遊べるほどには成長していないの……！

う〜ん……何かしてやりたい、という気持ちはお持ちのようだから、こちらから、どんなものが欲しいか、話してみようかしら。

「リリエンヌ様、ルーカス殿下がおいでになりました」

最初のうちは、ルーカス殿下が訪問する度に多少慌てていたハイネも、今では慣れたものだ。

「クローディアス。お父様が、貴方に会いに来てくださったわよ」

ルーカス殿下の訪問は、基本的に日中だ。執務の途中に時間を作ってくれているのだろう。

「リリエンヌ、欲しい物があると聞いたのだが」

「はい。乳母車が欲しいのです。クローディアスも、生まれてからひと月が過ぎました。そろそろ、日の光を浴びる時間も必要ですから、お散歩用に、と思いまして」

「うばぐるま……？」

ぴんと来ていない様子のルーカス殿下に、説明をする。

「赤ちゃんが横になったままで移動できる、車輪付きの乗り物ですわ」

「なるほど……だが、クローディアスはまだ目もよく見えていないだろう。散歩に意味はあるのか？」

「えぇ。まだまだ、夜中に何度も起きる月齢ですが、日中、日の光を浴び、外気に触れる事で、昼夜の区別が段々とつくようになって参ります。そうすれば、夜に寝て、朝に起きる生活リズムへと、整っていきますから」

「そうか。昼夜の区別がつくようになると、世話する者の負担も軽減されるな。良いと思う物を探してやってくれ」

「はい」

まだぎこちないものの、育児に関しての話題ならば、ルーカス殿下と会話する事にも慣れて来た。彼は、決して私に対して優しい物言いはしないけれど、私の言葉を頭ごなしに否定する事もない。

それが、クローディアスに関する事ならば、なおさら。だから、思い切って口を開く。

「それと……クローディアスは、手足がよく動くようになって参りました。まだあまり目は見えておりませんが、耳は聞こえておりますので、手足を動かした際に音が鳴る玩具があると、喜んで運動すると思います」

もしも、私の推測通り、ルーカス殿下がクローディアスの育児に関わりたいとお考えなら、興味を持ってくださる筈。

「目が見えない分、口に入れ、舌で舐めて、物の形や存在を確認しておりますので、舐めても危なくない素材や形の歯固め等も、今から遊べそうです。小さすぎるものは飲み込んでしまって危険ですから、ある程度の大きさがあるとよろしいかと」

ルーカス殿下は、なるほど、と頷いた。

「運動機能の発達段階によって、遊べる玩具が異なるという事だな」

「さようでございます。玩具、と呼んではおりますが、クローディアスにとっては、成長に必要なお勉強なのです」

子供は、放っておけば勝手に成長するわけではない。健全な成長には適時適切な関わりが必要で、何が今、必要なのかを見極めるために、子供をよく観察しなくてはいけない。

私がクローディアスから離れる日が来たとしても、ルーカス殿下がクローディアスをしっかりと見ていてくれれば、きっと、大丈夫――

「そうだ。まだ、日程はしかと決まっていないが、近々、父上達と面会する事になる。セディ達も、一緒だ」

セディとは、セドリック殿下の愛称だ。つまり、王族一家が一堂に会するという事。

「……承知致しました」

いつかは来ると分かっていたけれど、望まれた王家の人々の中に、望まれない私が一人いる場は、決して快適なものではない。

クローディアスのために、頑張らなくては。そう思いつつも、声が固くなった。

「最優先は、クローディアスだ。気負わずともいい。いつものように、クローディアスについて父上達に話してくれれば、それでいい」

私の反応が不満なのか、ルーカス殿下の眉が、顰《ひそ》められる。

「……はい」

彼の表情に気がついているけれど、私の声には愛想の欠片もなく、強張《こわば》ったままだ。

「謁見などという堅苦しい場ではなく、ただの祖父母と孫の触れ合いだ。俺に教えてくれるように、クローディアスの成長を語れば、喜ぶ事だろう」

「……畏《かしこ》まりました」


ベビーカーが、王子宮に届いた。憧れの、籐製ベビーカー！　いつの憧れなのかは疑問だけれど、恐らくは、前世の憧れだ。

籐で編んだフラットなバスケットが台車の上に載っていて、押すためのハンドルがついている。日除《よ》けのための幌《ほろ》は、リネンに繊細な刺繍を施したもの。ふかふかのマットには、ひらひらした共布フリルがついている。重いし畳めないけれど、王子宮は広いし、コンパクトになる必要はない。

可愛い。とても可愛い。

今はねんねのクローディアスがお座りできるようになって、ちょこんとバスケットから顔が出ていたりしたら、はい、もう、可愛い！　赤ちゃん可愛い選手権、ぶっちぎりのナンバーワン！

……けれど。

ウキウキと押してみて、絶望した。

何せ、滅茶苦茶、揺れる。床面が平らな室内でこれならば、外、特にお散歩コースに考えていた庭だと、もっとがたつく事だろう。とてもではないけれど、まだ首の据わっていないクローディアスを寝かせる事はできない。

車輪を見てみたら、木製の車輪に軟鉄が巻いてある作りだった。

喜色満面で受け取ったのに、試走した後、難しい顔になった私を見て、ベビーカーを納品した工房の男性が青い顔をした。

「妃殿下……何か、お気に召さない点がございましたか……？」

「……この乳母車は、お座りができるようになった月齢以降に向いているものね」

慎重に、発言する。私は一応、王族だ。私の発した一言で、人ひとりの人生が変わってしまう事もある。

「は……で、ですが、このように広く平らなバスケットをご用意しておりますし、生まれたばかりのお子様からご使用頂いております」

寝かせるだけなら、いいのだけれど。ずーっと振動し続ける移動は、問題がある。

さすがに、揺さぶられっこ症候群になるほどの振動はないと思うものの、不快に感じるのは間違いない。

「そうね、バスケット部分の作りは、素晴らしいと思うわ。編み方も美しいし、広さも深さもちょうどいいわ」

「で、では、何が……」

「わたくしね、過保護と思われるかもしれないけれど、子供に掛かる負担を、少しでも軽減させたいの」

言いながら、ベビーカーのハンドルを握って軽く前後させると、バスケットががたがたと振動した。

がたがたがたがた。

言わんとする所を察したのか、男性の顔色がますます青くなる。

「まだ、わたくしの子が乳母車を使用するのは早かったみたい。もう少し大きくなったら、お願いするわ」

悄然《しょうぜん》と去って行く男性の背中を目で追って、思わず私も溜息を吐いてしまう。ベビーカーで優雅にお散歩！　って、期待値が上がっていただけに、悲しい。お散歩は当面、抱っこだわ……

日除《よ》けのためのサンボンネットを被って、おくるみで包んだクローディアスを抱いて、いざ！と中庭に向かおうとした、のだけれど。気持ちとは裏腹に、すくすくと成長したクローディアスの重さに耐えかねて……玄関にすら、辿り着けませんでした。

「妃殿下、代わりましょうか」

ジェマイマが気遣ってくれるけれど、私と同じく力のない女性が、外で生身のクローディアスを抱っこする事に抵抗を覚える。女性の力で、クローディアスを落とさずにいられる……？

躊躇していると、いい加減、馴染んで来た声が掛けられた。

「リリエンヌ?」

「ルーカス殿下」

「今日は、乳母車の納入日ではなかったのか?」

ベビーカーを見にいらしたの? 意外に新し物好きなのね。

「それが……」

がっかりした気持ちを思い出して思わず顔を俯《うつむ》けると、自然な動作でクローディアスを抱き上げられた。

どう話すべきか躊躇《ためら》っていたら、殿下は、

「散歩に行くのだろう? 日光浴が体にいいと言っていたな」

と、踵を返して玄関に向かう。

前回、話した事を覚えていてくれた事が……嬉しい。殿下の半歩後をついて歩くと、こちらを振り返った殿下は、ゆっくりと歩く速度を落とした。

……並んで歩いていい、という事? 思わず、まじまじと頭二つ近く大きい殿下の顔を見上げてしまう。

日を透かしても黒い艶《つや》やかな髪、長い睫毛、深い藍色の瞳、薄い唇。やっぱり、綺麗な人だ。

最近のルーカス殿下は、以前よりも大分、距離が近くなったように感じる。物理的にも、心理的にも。

結婚までは、ほとんど言葉を交わした事がなかった。婚約者の義務としてお茶会に招かれた事は何度かあったけれど、そこには必ず、ロザリンド様もいるわけで。ルーカス殿下やセドリック殿下が私に話し掛けようとすると、彼女がすっと割り込んで、場の注目と話題をさらっていったのだ。両殿下はそれを無下にする事はできず、結果、私は放置された。最初から放置するつもりではなかったのを理解しているから、そんなに悪感情はないものの、疎外感を感じていたのは事実だ。

結婚後も、初夜の一件から、殿下から私に歩み寄る気はないのだろうな、と判断していたのだけれど。

クローディアスが生まれて以降、しょっちゅう、王子宮に顔を出してくれるようになったし、私にも何かと気遣う声を掛けてくれるようになった。

『柔らかく愛らしい目元は、リリエンヌに似ているだろう？』

いつだったか、こんな言葉を掛けられた時には、思わず赤面してしまったくらいだ。

あれは、ルーカス殿下がクローディアスの顔を眺めながら、『……クローディアスは、リリエンヌに似ているな』と言った時の事。

『そうでしょうか？　わたくしは、殿下に似ていると思うのですが……ほら、口元なんて、殿下そっくりでしょう？』

クローディアスの薄い唇は、今見てもルーカス殿下に似ている。

『そうか？　自分では分からんな』

彼はそう言った後に、親指でそっと愛おしげに、クローディアスのぱっちりと大きく少し垂れた目元をなぞった。

『だが、柔らかく愛らしい目元は、リリエンヌに似ているだろう？』

この国では、両殿下やロザリンド様みたいな華のある美人が褒めそやされるから、華麗さとは無縁の私は、褒められた事がない。別に殿下にだって、綺麗だと言われたわけではないけれど、愛らしい目元だと言われた事が、嬉しかった。

彼も、少しはクローディアスの親として、私に歩み寄ってくれるつもりがあるのかしら？

横目でそっと、長い脚でゆったりと歩くルーカス殿下を見やる。その彼の腕の中に、愛しい愛しいクローディアス。こうして見ると、二人はやはり、親子だ。

それに、殿下であれば、絶対にクローディアスを落とさない、という全幅の信頼を、いつの間にか持っていた事に気がついた。

「それで？　乳母車はどうした？　不具合があったのか？」

「実は……」

クローディアスを抱っこしているからか、いつもよりも柔らかく聞こえる声に、ベビーカーの残念ポイントを思わず、愚痴ってしまう。

「なるほどな……」

ルーカス殿下は首を捻ってから、

「ゴムタイヤなら、どうだ？」

と言った。

「ゴムタイヤ、ですか……？」

殿下の口から出るという事は、この世界にももう、ゴム製のタイヤがあるという事だ。

「南方の植物から採《と》れるゴムは我が国では貴重だから、現状、父上達のお乗りになる馬車にしか使用されていないのだが」

……それは……

「便利である事が分かった故、今、セディが輸入経路を広げるために動いている。近々、汎用できるようになるだろうから、クローディアスのために使っても問題ない」

……問題、ない……？　本当に……？

でも、見上げたルーカス殿下がとても穏やかなお顔だったから、こくりと頷いてしまった。

「では、技術者を、乳母車の工房に送るとしよう」

「ありがとうございます！」

本当に嬉しくて心からお礼を言うと、ルーカス殿下が、ピキリ、と固まった。

「……殿下？」

「いや、なんでもない。早く完成するといいな」

執務の合間に顔を出してくれたのだろう。滞在時間十五分で宮を後にしたルーカス殿下の背を見送りながら、先ほどまで、少し離れた所で見守ってくれていたジェマイマに尋ねる。

「ねぇ、ジェマイマ。赤ちゃんを抱っこする時に、体にこう……赤ちゃんを括りつけるような、そんな道具ってないかしら？」

いわゆる、抱っこ紐だ。

「赤ちゃんを、体に括りつける……ですか？」

「そう。わたくしは非力だから、腕の力だけだと落としてしまいそうで怖いの。赤ちゃんの体を抱っこする補助ができるような、そんな道具があるといいのだけれど」

説明してみても、ぴんと来ないようだ。という事は、この世界にはまだ、抱っこ紐が存在しないのだろう。

一本の細帯で器用におんぶするママ友が前世にいたけれど、おんぶはまだまだ先の話だし、そもそも、王子妃が一本帯でおんぶなんて、許される絵面ではない。腰ベルト付きで、太い肩紐で……あぁ、でも、バックルを見た事がないし、伸縮性のある生地もない……あ、円状の金属の輪ならあるから、スリングが作れるのでは？

「あのね、鞄に赤ちゃんを寝かせた状態で、お腹の前で斜め掛けするような、そんなイメージなのだけど……」

説明すると、ジェマイマはすぐにイメージが掴めたようだ。

「なるほど。それは素晴らしいアイディアですね。さすが、妃殿下ですわ。完成したらぜひ、使ってみたいです！　早速、オスカーさんに連絡を取って、来て頂きましょう！」

ルーカス殿下とオスカーが即座に動いてくれたお陰で、ゴムタイヤ仕様のベビーカーとスリングが、同日に納品された。

ルーカス殿下が手配してくれたゴムタイヤ仕様ベビーカー、振動が激減していて感動……乳母車工房の男性も、にこにこ満面の笑みだった。一年後くらいにはゴムタイヤが一般にも流通し始めるので、いずれはすべてのベビーカーのタイヤをゴムタイヤにするらしい。ゴムタイヤにはゴムタイヤのデメリットもあるのだけれど、振動激減というメリットには代えがたいようだ。

クローディアス専用のこのベビーカーはフルオーダーメイドで、ゴムタイヤだけではなく、他にも特殊な素材を使っている。まさか、あの後、試しに言ってみた機能まで搭載されるとは……ルーカス殿下の生真面目さを、甘く見ていた。

オスカーが作ってくれたスリングは、どんな衣装にも合わせられるような、上品な薄茶の生地で仕立てられていた。ドビー織の綿生地は、光の具合で光沢が見えるし、吸水性もいいらしい。

ハークリウス王国の人間としては小柄な私の体にも、金属の輪っかで肩紐の長さ調整をする事で、ぴったり体に沿わせて着用する事が可能。きちんと着用すれば、屈むとか大きな動きをしなければ、落ちる危険性は低いだろう。

「リリエンヌ様、凄いわよ、これ！　さすがにワタシとリリエンヌ様じゃ、体格が違い過ぎるから共有はできないけど、幅広い体格の人間が、同じ道具を使える、って画期的！　ね、ね、妹も欲しいって言ってるんだけど、販売しちゃってもいい!?」

オスカー、嬉しそう。

「もちろんですわ。少しでも、赤ちゃんと育児に携《たずさ》わる皆様の負担が軽減されるのであれば、わたくしにとっても本望です」

「オスカー、その際は、リリエンヌ様考案である事を明言するように」

同席していたハイネが釘を刺すと、オスカーは、ふふ、と笑った。

「んもう、分かってるわよ～！　授乳服でしょ、おしめカバーでしょ、抱っこ紐でしょ、もう、リリエンヌ様々ね！　ワタシは、心は女でも体は男だから、赤ちゃん育てるなんて夢のまた夢だったけど……」

そう言って、目を細める。

「こんな形で育児のサポートができるなんて、最高だわ。ほんと、ありがとう、リリエンヌ様」

「いいえ、こちらこそ、ありがとう。わたくしは、こんなものがあったら……と想像しただけだもの。それを形にしてくれたのは、オスカーだわ」

「アイディアを形にするパートナーに選んで頂いて、本当に感謝しているの。ワタシがこれからすべき事が、明確に見えて来た気がする」

それでね、と、オスカーは言葉を続けた。

「これ、なんだけど」

差し出されたのは、クリームと淡い黄色の木綿で作られた、サイズも形もお饅頭みたいなものだった。丸っこい耳と刺繍の目鼻、細いベルトがくっついている。これは、もしや？

「中に、綿と鈴が入っているの。振ると音が鳴るわ」

オスカーに言われるがまま、軽く振ってみると、りんりんと澄んだ音が聞こえる。

「赤ちゃんでも負担にならないよう、軽く作ってみたつもり。手首でも足首でも、ベルトで固定してみて。手足を動かすと、音が鳴って楽しい筈よ」

やっぱり！　くまさん型のガラガラ！

目を輝かせてオスカーを見ると、彼女は、にっこりと微笑んだ。

「ルーカス殿下から、ご相談を受けたのよ」

「殿下、から……？」

「えぇ。『手足を動かした際に音が鳴る玩具が欲しいのだが、案はないか』ですって。リリエンヌ様が希望したのでしょう？　『まだ手足が細いから、できるだけ軽いものがいい。高い音の方が反応がいいようだから、鈴はどうか』って、アイディア出したのよ、あの、殿下が」

親しげな口調なのは、オスカーが以前、騎士だった関係だろうか。殿下と、知り合いだったのかもしれない。

「ねんねの赤ちゃん用の玩具なんて、どこにも売ってないじゃない？　だから、あぁでもない、こうでもない、って色々試して、こんな感じで落ち着いたの。どうかしら、イメージした感じになってる？」

優しく微笑まれて、嬉しくて胸が震える。

そうか。この世界には、赤ちゃん用の玩具が存在していなかったのか。だから殿下はいつも、大きな子向けの玩具を買って来たのか。私の言葉を聞いて、新しく作ろう、だなんて……思っていた以上に、クローディアスを大事にしてくれている。

父親に、なろうとしてくれている。

あの子が生まれるまで、なんの関心もなかったようなのに。それは、前世の記憶を取り戻す前の私も同じなのだけれど、子供は愛されて育つべきと思っている今、彼の気持ちの変化は嬉しい。

「リリエンヌ様、こちらも」

ハイネが渡してくれたのは、単純な形に図案化された木製の鳥だった。平らな鳥には、握りやすいように穴が開いている。角はすべて丸く研磨されており、表面もつるつるになるまで磨かれているから、どこを握っても舐めても、クローディアスが怪我する事はない。

「これは、歯固めね……」

木のいい香りがする。滑らかな手触りの木地は、触覚を刺激してくれる事だろう。

「こちらは、ルーカス殿下がお作りになりました」

「え？」

「ルーカス殿下が、お作りになりました」

先ほどよりも、一音一音をはっきりと発音するハイネ。

いや……言葉は聞き取れたのよ……でも、意味がよく……

「でんか、が……？」

まさか、殿下が自らこの可愛い小鳥さんを、作った……っていうの？

「はい。木目の細かく軽い木材をお選びになり、若君の手で持てる大きさに切り出し、その後はひたすら仕事の合間にやすりを掛けて、角を取ったそうでございます」

「殿下が、ご自身で……」

胸が、何とも形容しがたい思いで一杯になった。

「クローディアス……素敵なお父様で良かったわね……」

こんな事までしてくれるなんて、想像以上だ。寝台で眠っているクローディアスに声を掛けると、ハイネはなんだか、ホッとしたような笑みを浮かべる。

「そのお言葉で、殿下もお喜びになる事でございましょう」

「本当に凄いわ。オスカーにお願いして頂いただけではなく、まさか、殿下ご自身が手掛けてくださるなんて」

――……私はもしかすると、ルーカス殿下という人を、見誤っていたのかもしれない。

結婚まで、言葉を交わした回数は数えるばかり。いずれも、ロザリンド様というオプション付きだった。結婚相手に決まってからも、事務的な会話だけ。彼の言葉の端々から、私を公の場に出したくないのだという気持ちが滲《にじ》んでいたから、できるだけ邪魔にならないように、控えめに振舞ってきたつもりだ。『妻』として拒否された初夜の一言は、今でも引きずっている。

でも。

もしかすると……単純に私の事が触れたくもないほどに嫌いだから遠ざけていたのではなく、他の理由があったのかもしれない。だって、ルーカス殿下は私の希望を汲《く》んで、私がクローディアスの傍にいる事を認めてくれた。そのうえで、私の子でもあるクローディアスに、関心を向けてくれている。ベビーカーの事も、玩具の事も、彼は彼なりに、クローディアスのためになるよう、動いてくれている。想像以上に、私の意見を聞き入れて。

両陛下との関係が良好なのだから、元々、愛情を知らない方ではないのだ。

……という事は、ゲームでのクローディアスが両親に愛情を向けられなかったのは、ひとえに母親である『リリエンヌ』が、上手に彼を愛せなかったせいなのだろう。愛された記憶のない『リリエンヌ』が、誰かを愛するなんて、土台、無理な話なのだ。

『リリエンヌ』がクローディアスを愛せず、ルーカス殿下との間を取り持つ事もできなかったから、結果的にクローディアスは、愛を知らずに育ってしまった。

でも、私には、愛を向けられなかったクローディアスがどのように成長したか、というゲームの知識があるから、一生懸命、彼に愛を伝えている。

これなら、と思う反面、まだ油断はできない、とも感じる。

リリエンヌもルーカス殿下も、『虹の彼方に』では名前も出て来なければ、画面の片隅に映るモブですらない。幼少期のクローディアスがどのように育ったのかという話も、ゲームの中のクローディアス自身の発言でしかない。もしかすると、ゲームのクローディアスだって、赤ちゃんの頃は愛情を掛けられていたのかもしれないのだから。

ルーカス殿下は、期待以上に、クローディアスを大切にしてくれている。

どうすれば、その愛情を、永続的なものにする事ができるのだろう。

……見つけてしまった、かもしれない……二人目の、攻略対象者を。

両陛下と孫達の初対面として設定された場で、私は思わず、硬直していた。知らなかったのよ……セドリック殿下とロザリンド様の間に生まれた子供の名前が、アルバートだなんて。

本人に会ったら思い出せるのでは、と思っていたけれど、クローディアスと比べて、自信がない。なぜなら、あまりにも想定外の場所で出会ったから。

私の目は、いつものように華やかに美々しく着飾ったロザリンド様ではなく、彼女の背後に控える乳母の腕に抱かれた赤ちゃんに吸い寄せられている。真っ白なベビーボンネットと、フリルとレースで飾られたベビードレスを着せられた赤ちゃんは、先ほど、セドリック殿下直々に、

「アルバートだよ。……とはいえ、私もきちんと会うのは初めてなのだけれどね」

と、紹介された。乳母がそっと視線を外したのは、気のせいではないだろう。

私の育児がこの世界で異例なのは重々承知しているし、これが王族の育児なのだと言われてしまえば否定もできないのだけれど、セドリック殿下は不満を抱いているように見えるから、決して、一般的な状態ではない事は分かる。

望まれていた男児を出産したにもかかわらず、自己顕示欲の強いロザリンド様が、セドリック殿下とアルバートを接触させていない……？　一つ目の、小さな違和感。

あんなに目深《まぶか》にボンネットを被せていたら、お顔が見えないのに。私はクローディアスの可愛さを余すところなく見せたいけれど、ロザリンド様は違うのかしら……これが、二つ目。

先ほど抱いた違和感と共にそんな事を考えていたら、ボンネットの隙間から零れ落ちた一筋の赤い髪とこちらをじっと見つめる青い瞳が、私の記憶を不意に呼び覚ました。

アルバート。

そう、アルバート、だ。

燃えるような赤い髪に、夏の空みたいな濃い青の瞳。私は、その名と色を持つ人物を知っている。男らしく精悍な顔立ちをした、スポーツマンタイプの上級生枠で爽やか担当。がっちりとした体躯で、謹厳実直を絵に描いたような堅物。イメージカラーはもちろん、赤。恋愛エンドでは、真っ赤に燃えるような情熱の花束と共にプロポーズしてくれる。

それが、私が知る『虹の彼方に』のアルバートだった。爽やか担当アルバートのルートは、乙女ゲームらしい王道の展開をしていくのだけれど……クローディアス同様、彼にも秘められた裏の顔がある。

アルバートは、子爵家の一人息子として学園に入学する。父一人子一人で、アルバートは騎士である父の背中を見て育った。彼が子爵家に引き取られたのは、六歳の時。それまでどこで暮らしていたのか、ゲームでは明確に語られていない。彼は、記憶がはっきりと残る年齢で生みの母と引き離された。父親が口を堅く閉ざしているので、周囲の人々はアルバートの母親は卑しい身分の女性なのだと思っているけれど、実際には、彼の母親はさるやんごとなき身分の女性なのだ。生みの母は、夫がいるにもかかわらず、アルバートの父親との間に子を生した。そして、結婚相手の子と偽って育てていたものの、アルバートが六歳の時、夫の実の子ではないと露見したためにアルバートは元の家を出され、子爵家に引き取られる事になったのだ。彼は、前世で言うところの「托卵女子」の子なのだ。

アルバートの父親は、一度も妻を娶《めと》る事なく、庶子であるアルバートを自分の後継として育てている。子爵家とはいえ、騎士として代々名を馳せている家の後継者であるため、やっかみから悪意を持った噂を流されがちな身の上だ。不要な注目を浴びてしまううえに、生みの母親の事もあり、アルバートはヒロインへの恋心を自覚した後も、なかなか切り出す事ができない。

何分《なにぶん》、六歳という微妙な時期に母と別れたのだ。忘れられるほどに幼くはなく、物分かりがいい振りをするほどに大きくはない年齢だったアルバートは、女性に対して鬱屈した感情を抱いている。

なぜ、母は自分と父を選ばなかったのか。

自分は、母に愛されていなかったのか。

ヒロインと親しくなると、彼は出生の秘密を激白して、裏切らないで、捨てないで、と縋《すが》って来る。クローディアスがヤンデレなら、アルバートはマザコンなのだ。

どれだけ好意を示しても、いつか捨てられるのでは、と卑屈になってしまうアルバートを攻略するには、とにかく、母親のような無償の愛で包み込んでいくしかない。それが彼、アルバート・マーティアスのルートなのである。

マーティアス……どこかで聞いた、ような……？

ちら、と、壁際を見ると、見事な燃える赤髪に真っ青な瞳を持つ、男らしく整った顔立ちの騎士が、背筋をぴんと伸ばして立っていた。一瞬、視線が合った気がするけれど、すぐに逸らされる。

マーティアス、って、ロザリンド様がタウンゼント家から連れて来た、あの美形護衛騎士の家名、よね？　マーティアス家は、タウンゼント家の傍系にあたる家門だ。決して思い込みのせいだけではなく、攻略対象者であるアルバート・マーティアスと、護衛騎士のマーティアス卿は、よく似ている。違うのは、髪の長さくらいではないだろうか。

という事は……やっぱり、アルバートは攻略対象者？　アルバートの父親は、マーティアス卿という事……？　そして……ゲームでは描かれていなかったさるやんごとなき身分の女性って、ロザリンド様……!?

私は乙女ゲームの知識から、アルバートの生みの両親が不倫関係にあり、そのために実の父親に引き取られた、という情報を持っている。こうなった可能性として、どんな事が考えられる？

ケースその一。

ロザリンド様とマーティアス卿は、相思相愛だった。相思相愛であっても、王家との婚姻を拒めるわけがなく、「セドリック殿下にバレなければ大丈夫」の結果のアルバート。

ケースその二。

マーティアス卿の片思い。長年、護衛騎士としてロザリンド様のお側にいたマーティアス卿が思いを募らせ、一方的に思いを遂げた結果のアルバート。

ケースその三。

ロザリンド様の片思い。従者であるマーティアス卿が、主であるロザリンド様の意向に逆らえず、意に反して襲われた結果のアルバート。

ケースその一なら、生みの両親は相思相愛だから、アルバートにとってはまだ救いがある……？

自分がプレイヤーだった時、アルバートルートを進めていて、

「なんで、好きな人が別にいるなら、離婚しなかったんだろう？」

と思っていたのよね。『さるやんごとなき身分の女性』が王子妃、だなんて知らなかったし。王族は離縁ができない、なんて事も知らなかったし。

一応、現世の知識として、王族が離縁できず側室も持てない代わりに、『秘密の恋人』を持つ事がある、という事は知っている。でも、いくらなんでも、後継者ができないうちから、配偶者以外の恋人を持つのはなしでしょう。

ケースその二の場合、相手が騎士なのだから、ロザリンド様が抵抗するのは無理だっただろう、と、激しい怒りを覚える。でも、マーティアス卿が、アルバートが生まれた後もロザリンド様に仕えているという事は、ケースその二の可能性は低い……？　いや、アルバートの父親をばらす、とロザリンド様が脅されているのかも。

ケースその三の場合……性的暴行というと、男性から女性が注目されがちだけれど、逆ももちろん、ありえる。マーティアス卿がどのように思っているにしろ、主であるロザリンド様の許可がなければ、職を辞する事はできない。主家と傍系という実家の関係性もあるし、何か弱みを握られている可能性もある。あぁでも、将来的にアルバートを自分の後継として引き取るのなら、ケースその三の可能性も低い……？

ここで最大の問題は、私達の婚姻は、王家の血筋を正統なものに回帰する目的で結ばれた、という事だ。

私は、アルバートの父親がマーティアス卿であると確信している。確たる証拠が出るからこそ、アルバートはロザリンド様から引き離されるのだろうから。

たとえ、妊娠した時点でセドリック殿下とマーティアス卿、どちらの子供か分からなかったのだとしても、セドリック殿下以外の人との間に生まれた子供を王子の後継として名乗らせてはいけない。彼女が真に『完璧な王子妃』ならば、それくらい、理解している筈なのに、どうしてこんな事が起きているのだろう。

正直なところ、六歳なんて微妙な年齢で母親と別れるのは、一人の母として思うところがある。いずれ、なんらかの形で事実が漏洩する事が確定ならば、覚えていないくらいに小さい時期か、理性で納得できるくらいに大きい時期に母親から引き離す方が、まだましなのではないだろうか？学園に通うようになったら家名込みで顔を覚えられてしまうから、大きくなってから、というのは現実的な話ではないけれど。

六歳、なんて……アルバートの心の傷になるのは目に見えている。……ん、六歳？　アルバートが六歳という事は、クローディアスも六歳？　もしかして……クローディアスが経験した、信頼する人物との別れ、ってアルバートの事⁉　アルバートの将来も心配だけど、クローディアスにも関係してくるの⁉　よそ様の家の事なんて、私の努力でなんとかなるものではないわ……！

モヤモヤと悩んでいたら、

「ごめんなさいね、待たせてしまって」

おっとりと、声が投げ掛けられる。アナスターシャ王妃陛下だ。

慌てて頭を下げながら、横目でクローディアスを抱いているルーカス殿下を覗き見る。

今回の面会のため、私が連れて来たクローディアスに手を差し伸べて抱き上げたのは、ルーカス殿下の方からだ。両陛下がおいでになるまで、彼は当然の顔をしてクローディアスを抱き、セドリック殿下と話をしていた。その様子をロザリンド様が、我が子であるアルバートに目を向ける事もなく、不機嫌そうに眺めていたわけだけれど……

「まぁ！　まぁまぁまぁ！　ルークが抱いているのがクローディアスね？　まぁぁぁ、なんて可愛いの！　クローディアス、おばあちゃまですよ～」

ルーカス殿下と親しい方々は、彼を「ルーク」と愛称で呼ぶ。

蕩《とろ》けるように目を細めたアナスターシャ王妃陛下がクローディアスを見つめると、クローディアスは、にこぉ、と笑った。

「きゃぁ、笑ったわ！　可愛いわねぇ……ねぇ、フィル」

にこにこと穏やかに微笑んで置き物と化していたフィリップ陛下が、「そうだね」と相槌を打つ。

「黒髪はルーク、菫色の瞳はリリエンヌに似ているのね。目元はリリエンヌ似かしら。優しいお顔ねぇ」

ひとしきりはしゃいだアナスターシャ王妃陛下は、続いて、私に顔を向けた。

「リリエンヌ、体はどう？　少し痩せたのではなくて？」

「ご心配をお掛けして申し訳ございません、アナスターシャ王妃陛下。おかげ様で元気にしております」

「嫌だわ、リリエンヌ。王妃陛下なんて、他人行儀過ぎるわ。貴女は義理とはいえ、私の娘よ。お義母様《かあさま》と呼んでちょうだいな」

「そうよ、リリエンヌ様。お義母様《かあさま》、ご無沙汰しております、こちらが、わたくしのアルバートです」

国で最も高貴な女性であるアナスターシャ王妃陛下――アナスターシャ様に声を掛けられる前に話し出すなんて、完璧な王子妃と呼ばれているロザリンド様は、普段、絶対にしない。けれど、私が関係すると事情が変わるようだ。私が彼女よりも目立つ事を、何よりも厭われているから。

「そう、この子がアルバートなのね。ふくふくとして、とっても健康そうだわ」

両親に似た顔のパーツに言及する事もなく、アナスターシャ様が、穏やかに微笑む。

「赤ちゃん用の揺り籠を用意してあるの。アルバートもクローディアスも、そこに寝かせてあげるといいわ」

クローディアスとアルバートが用意された揺り籠に寝かされると、アナスターシャ様は人払いをして、室内は王族のみになった。

「ロザリンド、リリエンヌ、出産おめでとう。産後三ヶ月が経過したし、そろそろ、公務に復帰して貰おうと考えているわ。まずは、花祭りからかしら」

「承知致しました。十分に休養を頂きましたし、いつでも復帰できますわ」

ロザリンド様はそう言うと、にこやかに微笑んでから、ちら、と私に視線を向ける。

「ですが……リリエンヌ様はいまだ、体調が優れないご様子。両陛下に拝謁するというのに、部屋着のようなドレスですし、装飾品も一つも身に着けていらっしゃいませんもの。ドレスや装飾品の重さがご負担なのではなくて？　人前に出るには、お早いのでしょう。今後も、王子妃としての公務はわたくしに任せてくださってよろしくてよ」

確かに、今日の私はアクセサリーを一切身に着けていない。ドレスもオスカーに作って貰った授乳服で、胸元に凝った刺繍を入れてはいるものの宝石やビーズで飾ってはいないから、謁見用の格を満たしているとは到底言えない。どう返すべきか考えていると、アナスターシャ様が口を開いた。

「リリエンヌは、クローディアスの世話をしていると聞いたわ。その服は、クローディアスを抱っこするために装飾を控えているのね。私も、子供達を抱っこする機会がある時には、あらゆる装飾品を外したものよ」

アナスターシャ様のフォローに、無言で微笑むに留める。ここで何か言えば、アクセサリーをじゃらじゃら身に着けているロザリンド様を、批判しているように受け取られるかもしれない。

ロザリンド様は、「まぁ」と驚きの声を上げた。

「子供の世話ですって？　王子妃が、いくらでも代わりのいる乳母の真似をするなんて、はしたないですわ。王子妃には、王子妃の務めがございますのに」

「えぇ、そうね。王子妃には王子妃の務めがあるわね」

我が子を世話する乳母への敬意の欠片もないロザリンド様の言葉を、意味ありげに肯定したアナスターシャ様が、微笑みを湛えたまま、ロザリンド様に問い掛ける。

「ねぇ、ロザリンド。アルバートは今、どんな生活を送っているの？　今日は、そんな話が聞きたくて呼んだのよ」

「……え？」

不意の問いに、ロザリンド様は、珍しく言葉に詰まった。

「すぐには出て来ない？　じゃあ、いいわ。少し、考えてみてね。リリエンヌ、クローディアスはどう？」

「はい、アナスターシャ様。クローディアスは、あと数日で三ヶ月になりますが、首は完全に据わったと思われます。寝起きは良いのですが、眠くなってくると少しぐずる様子が見られます。頭をぐりぐりとこすりつけてぐずる姿が可愛らしいので、ぐずられても苦にはなりません。最近では、お天気が良い午前中に、日光浴がてら乳母車でお散歩するのを習慣にしており、そのおかげか、夜間の授乳回数が一回減って、まとめて眠る時間が増えました。幼子は男性が苦手な事が多いと聞きますが、ルーカス殿下が執務の合間に相手してくださるので、クローディアスは男の方も好きです。クローディアスの乳母車も、ルーカス殿下に手配して頂きました」

アナスターシャ様との会話と思うと緊張するけれど、クローディアスの事ならば、いくらでも語れる。

「リリエンヌは、クローディアスの事をよく見ているのね。ルークも育児に興味を持っているみたいで、嬉しいわ」

アナスターシャ様は満足そうに笑って、続いてロザリンド様の顔を見た。

「じゃあ、ロザリンド。こんな感じで、次は貴女が、アルバートの事を教えてくれる？」

ロザリンド様は、何も言えずに黙り込んだ。今日の様子を見ていても、ロザリンド様がアルバートの育児に関わっている様子はない。抱っこすら、一度もした事はないのではないだろうか。

王族や貴族の育児が、乳母中心になるのは事実。私は、それを否定する気はない。けれど、育児の実働を乳母に任せる事と、子供の様子に関心を持たない事は、別の話だ。

「あのね、ロザリンド。貴女は王子妃だから、直接、アルバートの世話をしなくてもいいわ。でも、アルバートは貴女の息子でしょう。日頃、乳母達がどのように世話をし、どのように接し、我が子がどのように成長しているか。それを把握するのは、母親としての義務よ」

きっぱりと言い切ったアナスターシャ様に、ロザリンド様は何か言おうとして、口を噤《つぐ》む。

「王子妃は、国を率いていく立場。現場の事は官吏に任せるとしても、情報は耳に入れておかなくてはね。育児と一緒なのよ。相対する相手の情報を知らずに、どうやって導いていくの？　私は、王妃となってから子供達を育てたわ。王妃の公務は王子妃よりも多く、拘束時間も長いの。それでも、子供の様子は最優先で把握していたのよ。それに、子供は面白いわ。一日一日、はっきりと成長が目に見えるのよ」

「そうだね、アンも多忙な中で、セディとルークのお世話日誌を熱心に読んでいたっけ。こんな事ができるようになった、あんな事ができるようになった、と、二人で喜んだ日々が懐かしいな。お前達も、そうできるといいね」

ずっと黙って話を聞いていたフィリップ陛下が、口を開いた事に驚く。陛下はいつも、アナスターシャ様の隣で、口数少なくにこにこと微笑んでいる方だと思っていたから。

互いを「アン」、「フィル」と愛称で呼び合う仲睦まじい陛下ご夫妻と、両殿下出生に関する重大な秘密を知ってしまってから、心のどこかにモヤモヤしたものがあったけれど、初めて陛下のお気持ちを伺えた事で、両殿下の事を我が子として大切になさっていると感じられて、少し安心したのだった。

面会時間が終了し、両陛下が退室される。

乳母や護衛騎士が入室する中、帰り支度を始めた私に、ロザリンド様が憤然と話し掛けて来た。

「お忘れなのかしら、貴女の公務を肩代わりしているのは、わたくしよ？　公務一つ満足にできない方が、育児ですって？　乳母達に任せた方が、素人の貴女が関わるよりもずっと効率がいいのに、まさか、お義母様《かあさま》の歓心を買って、取り入ろうというのではないでしょうね」

私が育児に関わろうが、何もせずに宮に籠《こも》ろうが、ロザリンド様が公務を平等に分担なさるとは思えないけれど、あげつらうのにちょうどいい話題なのは、よく分かる。

「まさか、そのような。ロザリンド様のように、育児を乳母にお任せになるのは一つの方法ですもの。それを否定するものではございません。ですが、わたくしには、乳母だけに任せた状態でクローディアスに愛情を伝える自信がないのです」

先ほどの面会は、孫達と祖父母の顔合わせとして設定されたもの。どうしても話題は、生まれたばかりの子供達の事が中心になる。

アルバートについて何も知らないロザリンド様は、面会の間、無言を貫くしかなかった。私も、クローディアスについて問われるがままに答えていたのがいけなかったのかもしれないけれど……随分と、気分を害されたようだ。目を伏せて答えると、ロザリンド様は、「ハッ」と馬鹿にしたように嗤った。

「……あぁ、確かにそうね。貴女は、ご実家にも、ルークにも、愛されていらっしゃらないもの」

「おい！」

「ローズ！」

制止したのはルーカス殿下とセドリック殿下が、ほとんど同時で。驚く間もなく、私の視界がルーカス殿下の背中に覆われる。

「誰にも愛されないから、我が子だけでも味方につけようというの？　どうせ、何もできない貴女はわたくしと違って、男児を産んだらお払い箱じゃない。お気の毒様ね、貴女の子は、貴女の子である以前にルークの子。すべての決定権はルークにあるのよ。貴女じゃないわ」

嫌われているのは知っていたけれど、どうして、この人はこんなに私を目の敵《かたき》にするのだろう？　す……っと、指先から血の気が引いて、冷たくなっていくのが分かった。

クローディアスを、味方につける？　そんな事、考えた事もない。私は、クローディアスの絶対的な味方。でも、この子に味方になって欲しいなんて、思った事はない。

ルーカス殿下が、ロザリンド様の視線をその大きな背で遮ってくれている。誰か一人でも同じ側に立ってくれていると思う事が、これほどに心強いのだと知らなかった。冷たい体に、少しだけ温もりが戻った気がする。

生まれた時から二人の王子の傍にいて、五年分のアドバンテージがあるロザリンド様。ロザリンド様が結婚した王子こそ次代の国王だと言われているのに、いまだに「何もできない」と言う私を警戒する、その理由はなんなのだろう。

「ロザリンド。リリエンヌへの侮辱は、俺への侮辱と受け取るが、いいか」

「え……？」

ルーカス殿下の予想だにしない言葉に、ロザリンド様だけではなく、私も思わず、茫然としてしまう。婚約者時代に、ロザリンド様の暴言からここまで明白に庇われた事がないから、少し驚いたけれど……確かに、そうだ。彼は、配偶者への侮辱をそのまま放置するわけにはいかない立場の人だ。

そして、何よりも今、言わなくてはならない言葉がある。

「……ロザリンド様。わたくしの事をどのようにお思いになっても構いません。ですが、どうぞ、子供達の前で、子供達の耳に相応《ふさわ》しくないお言葉はお控えください」

「何を訳の分からない事を言っているの？　赤ん坊なんて、意味のある言葉も喋れなければ、こちらの言葉も分からないでしょう」

「そうですね、すべての言葉を理解しているわけではございません。けれど、その言葉に付随する感情には、敏感に反応致します。声の調子や高さから、相手の気持ちを推し量っているのです。クローディアスも、いくつか理解している言葉がございますよ」

まだ三ヶ月にならないクローディアスだけれど、私の言葉をいくつか、理解している素振りを見せる。赤ちゃんには、何を言っても理解できないなんて、嘘だ。

「へぇ、それは面白い話だね。興味深いな。たとえば、どんな言葉が分かるの？」

セドリック殿下が、ギスギスした場の空気を変えるためだろう、話に乗ってくれた。

「クローディアスは、おしめを替える際に『おしりを綺麗にしましょうね』と言うと、お腹に力を入れておしりを浮かそうとしてくれます」

首が据わって、大分体が動くようになってきたクローディアスは、おむつ替えの時におしりを浮かせて交換しやすくしてくれる。最初は偶然かな？　と思っていたけれど、日に何度もするおむつ交換だから、流れを覚えているのだろう。

「それは、賢いなぁ」

「バカバカしい、そんなもの、偶然に決まっているわ！」

セドリック様まで私の話に興味を持った事に激昂したロザリンド様が、大声を出したその時。

「ふ……ふぇっ、え……っ」

「うぁ～ん！」

クローディアスとアルバートが、同時に泣き始めた。

「クローディアス。どうしたの？」

揺り籠に横になっていたクローディアスを抱き上げ、背中を軽くとんとんと叩きながら、ゆらゆらと横揺れする。

「クローディアス。ママはここよ。もうおねむかしら？」

ゆっくりと、優しく、少し高い声を意識して。高い音は、赤ん坊の耳によく届くらしい。

クローディアスは、ぐりぐりと私の胸元に頭をこすりつけ、服をぎゅっと小さな握りこぶしで掴んで離さない。

「え……っえ……っ……だぅ……」

クローディアスの目尻に溜まった涙を、ルーカス殿下がハンカチでそっと拭ってくれた。これまで、ご機嫌なクローディアスしか抱っこして貰った事はないけれど、ルーカス殿下なりに泣き止ませようとしているのか、持参してきたくまさんのガラガラを鳴らして、クローディアスの気を惹こうとしている。

一方で、泣き続けるアルバートを抱き上げてよいものか、アルバートの乳母はロザリンド様の顔をおろおろと窺っている。ロザリンド様は煩そうに眉を顰《ひそ》めてアルバートを見ているだけで、抱き上げる気配はない。

ますます火がついたように泣き叫ぶアルバートを見かねたセドリック殿下が、乳母を見た。

「アルバートを頼んでいいか？」

ご自身で抱っこする事は、躊躇したのだろう。セドリック殿下によれば、アルバートに会う機会がないようだから、抱っこもした事がなさそうだ。

「は、はい！」

ようやく乳母に抱き上げられて、アルバートは、安心したように泣き止んだ。赤ちゃんは、血の繋がりがあるから相手を好きになるわけではない。お世話してくれる人＝好きな人、だもの。

「すまない、リリー。詫びは後日するよ。今日のところは、お疲れの二人の赤ん坊に免じて許してくれるかい？」

「どうぞ、お気遣いなさいませんよう」

セドリック殿下、ロザリンド様、アルバート。

私には、この三人が並んでいても、家族には見えない。でも、ゲーム知識がなければ、誰も不審に思わないのだろうか？　だからこそ、六歳までバレなかった……？

肩を怒らせ、不機嫌である事を隠しもせずにアルバートを放置して退室するロザリンド様の後を、乳母が慌てて追い掛ける。最後に護衛騎士のマーティアス卿が、こちらに深く頭を下げた。

その赤い髪が、いつまでも視界に残っている気がした。


「リリエンヌ」

「はい」

「仕事が一段落着いたら、になるのだが、俺も王子宮に居を移そうと思う」

両陛下との面会の帰り。ルーカス殿下は、王子宮への帰りの馬車に同乗していた。

王子宮は王宮の広い敷地内にあるため、警備上、問題はないと思うのだけれど、もしかすると、話をする時間を取ってくれたのかもしれない。私の顔を窺うように見ているルーカス殿下の顔を、見つめ返す。

あぁ、吸い込まれそうな夜空の瞳だ。殿下が私の顔をまっすぐに見るようになったのは、一体、いつからだったろう？　……いや、違う。私が、殿下の顔をきちんと見るようになったのだ。

「リリエンヌ？」

「あ……はい、承知致しました」

王子宮は、ルーカス殿下の宮だ。彼が住む、と言うのなら、私に否《いな》やはない。

けれど、ルーカス殿下は、戸惑ったような表情を浮かべた。

「……いいのか？」

「え？　はい……王子宮は、殿下の宮ですから」

最近の殿下は、週に三、四回は、クローディアスの顔を見に来る。馬車で二十分掛かる王宮と王子宮の距離を考えれば、至極合理的な判断だと思う。

「クローディアスはこれから、どんどん成長して参りますし、殿下との触れ合いは良い刺激となる事と思います」

「そう、か」

ホッとしたように息を吐いた殿下は、「ところで」と続けた。

「そろそろ、名で呼んでくれないか。公務を再開すれば、二人で社交に出る機会も増える。結婚して一年経つのだし、他人行儀に呼んでいるのを聞かれるのは、あまり良くない」

「畏《かしこ》まりました」

「ロザリンドは以前から、俺達を呼び捨てている。結婚後も呼称を変える気はさらさらないようだからな、お前も彼女に合わせて、セディの事も名で呼ぶように。妃の間で差を作らない方がいい」

「承知致しました」

誰だって、自国の王族夫妻は、仲が悪いより良い方がいいだろう。望まれない王子妃といえども、社交が免除されるわけではない。少し前までは、王子妃の義務と理解はしていても、社交に対する忌避感は強かった。常に微笑を浮かべていられるからといって、突き刺さるような視線に気づいていなかったわけではないのだから。

でも、クローディアスの今後を考えると、引きこもっているわけにはいかない。

「……本来なら、社交はできるだけ、避けさせてやりたかったのだが……付き合わせる事になる」

ルーカス殿下……いや、ルーカス様の声に、苦痛に似たものを感じて、思わず、彼の顔を見つめてしまった。

「お前は、社交の経験が少ないだろう？　慣れるまでは、要らん苦労をするのではないか」

それはつまり、社交経験の豊富なロザリンド様と比較されるから、という事だろうか。私を表舞台に立たせたくなかったのは、私がルーカス様と釣り合わずに彼が恥を掻くからではなくて、ロザリンド様と比べられる私を気遣っているという事……？

「そう、ですね……学園時代も他の方との交流はございませんでしたし、社交界デビューする前に結婚致しましたし……正直なところを申せば、胸を張って『お任せください』と言える状態ではございません」

「……あぁ」

「ですが、クローディアスに必要なものを手配する関係で、思いもしなかった方々と会話をする機会に恵まれました。もちろん、彼等にとってわたくしは取引相手。気を遣われているのは承知しております。けれど、これまでにないものを作り上げる相談をしていく過程は、存外、楽しかったのです」

にこ、と、普段よりもはっきりと微笑んでみせると、ルーカス様は軽く目を見開いた。

「わたくし、クローディアスを通じて、世界が広がったと感じております。この子がルーカス様の後継として確固たる地位を築くまで、精一杯、頑張りますわ。……ご協力、頂けますか？」

結婚当初、私を突き放していたルーカス様だけれど、クローディアスの母親としての私は、認めてくれていると思う。

「……無論だ」

返事が返って来るまでに、数拍あった。それから、ふい、と顔を逸らす。……耳が、赤い？

それから、王子宮に到着するまで。

会話は途切れたままだったけれど、その沈黙は決して、気まずいものではなかったのだった。


アナスターシャ様からお茶のお誘いを頂いたのは、公務再開一発目になる花祭りを二週間後に控えた時期だった。大人の話になるから、クローディアスは乳母に預けてらっしゃい、と言われて、私は久し振りに授乳服以外のドレスを着て、王宮に向かう。

「よく来てくれたわね、リリエンヌ」

「お招きありがとうございます、アナスターシャ様」

前回、二人きりのお茶会に呼ばれたのは、結婚式の一ケ月前だった。その時に私は、両殿下が代理母出産で生まれた事を知らされたのだ。

フィリップ陛下とアナスターシャ様は、幼馴染の気安さはあるものの夫婦生活の実態はない。

六十代を迎えても衰えぬ美貌を持つフィリップ陛下は、幼い頃から男女問わずに欲に塗《まみ》れた視線に晒《さら》されていた。口にするのも悍《おぞ》ましい経験を経た結果、性的な関係への恐怖心を抱いていらっしゃるのだと、アナスターシャ様は仰《おっしゃ》っていた。

国王の座に就くとはすなわち、自らの子を生すという事。夫婦の営みを持つという事だ。けれど、陛下は王位継承者二名を失って浮足立った周囲に、王位に就きたくない理由を言えなかった。そして、周囲の要望に抗え切れずに立太子したのだ。

『子供を作れないと分かったうえで結婚するなんて、本当に国の事を思っていたら、できない事よね。でも、どうして絶対に子供ができないと言い切れるのか話したくなかったし、フィルも私も、抵抗したのに周囲が無理矢理担《かつ》ぎ出したんだ、って言い訳したの。そのせいで、ルークにもセディにも、そして貴女にも苦労を掛ける。……私達の責任だわ』

たとえ、男女として愛し合っていても、子を授からない夫婦など、たくさんいるのだ。お二人は、子を授からないのだから仕方ない、誰か相応《ふさわ》しい人に継がせればいい、と考えていたのに、周囲の考えは違った。

彼らはあくまで直系の血統に拘《こだわ》って、代理母出産を望んだ。そして、そのうえで、生まれた子供に公爵家の子供の血を掛け合わせる事を、さらに望んだのだ。

『血統の改良を、人間の子供に求めるなんて思っていなかったのよ』

アナスターシャ様は、子供を育てられた事は幸せだった、と言う。その先が、これほどにややこしい事態になるとは、想像もできなかっただけで。

『そのために生まれたのが貴女よ、リリエンヌ。貴女には生まれる前から、重い運命を背負わせてしまった。本当に、申し訳なく思っているの……。でも、私は王妃だから、貴女にもっと苛酷なお願いをするわ。ルークの子を産んで。あの子を、『半端者』だと呼ばせないで。大丈夫よ、私とフィルも、これまで何十年と共にやって来られたのだもの』

フィリップ陛下との間にあるのは、男女としての愛情ではない、でも、それでも夫婦としてやって来られたし、子供も育った、と、アナスターシャ様は、私に告げた。

アナスターシャ様の告白は、たとえ、男女としての愛がなくても同志である事はできる、という激励であると同時に、機密中の機密を知った以上、逃がしはしない、という分かりやすい脅迫でもあった。何しろ、フィリップ陛下の秘密は、ルーカス様もセドリック様もご存知ないのだから。

「あの時ね……話していなかった秘密が、もう一つあるの」

アナスターシャ様は、穏やかな顔でそう仰《おっしゃ》った。

「私は、再婚なのよ」

「え？」

アナスターシャ様は本来、フィリップ陛下の長兄の婚約者だった。その方が流行り病で亡くなり、婚約者のいないフィリップ陛下が王太子となる事が決まったために、王妃教育の済んでいるアナスターシャ様が充《あ》てられた、と教わっていた。陛下の秘密を知った今となっては、アナスターシャ様以外の女性では、添えなかったのだと分かるのだけれど……再婚？

「それは……どういう……」

「第一王子であるレジナルド様と私は、彼が病死された時には既に夫婦だったの。お腹には子供もいたわ」

「では、なぜ……」

「リリエンヌは、聞いた事がないかしら。ハークリウス王国がまだ、戦争を行っていた時代にできた古い法があるの。結婚して一年以内に配偶者が亡くなり、その時点で子を授かっていなければ、結婚を無効にできる、という法。戦時下では、出征前に婚姻だけして戦死する兵士と、子供もいないのに住まわせてやっているのだと婚家に酷使される女性が多かったのよ。そんな女性達を救うための法だったのだけど……私とレジナルド様は、この法で、婚姻関係を白紙に戻された。私の意思に反して、ね」

「っ！」

「私は妊娠していたから、この法の適用外になる筈だったわ。でも……レジナルド様が流行り病に罹《かか》られた時に、私も同じ病に倒れてしまって……病が癒えた時には、レジナルド様も赤ちゃんも、失っていた」

アナスターシャ様の顔に、寂しげな影が過《よぎ》る。

「レジナルド様が亡くなられた衝撃から立ち直れないうちに、第二王子のクリスト様が落馬事故で亡くなられて……国政に携《たずさ》わるつもりのなかったフィルが、王太子として取り沙汰されるようになって。フィルは、継承権を放棄するつもりだったの。確かに、先代陛下のお子はフィルしか残っていなかったけれど、その時点では、先代陛下の弟君がいらしたのよ。でも、私の兄、貴女の祖父である先代アーケンクロウ公爵が強硬に主張して、立太子させた」

「なぜ……」

「さぁ？　愛する人と子供を失ったショックで、あの頃の事は、あまり覚えていないの。ダニエルは知っているかもしれないわね」

父の名前を聞いて、思わずぴくりと肩が揺れた。

「もしも、フィルと結婚しなければ、私はアーケンクロウ家に出戻る事になったでしょうね。私の妊娠は公《おおやけ》になっていなかったけれど、再婚すればいずれ、分かる事だった。不可抗力とはいえ、『子殺し』の名と共に、社交界に広まったでしょう」

「そんな。アナスターシャ様には、何も非はございません」

「私もそう思うわ。でも、それが分からない方は、多いものよ。だから、兄嫁だった私を何も言わずに受け入れてくれたフィルには、感謝してる。フィルと私は、お互いに秘密を持つ同志なの。私は、今でも最初の夫だったレジナルド様をお慕いしているし、失った子供を悼んでいる。フィルは、それを許してくれているの。それに、子供達の養育にも、手を携《たずさ》えて協力する事ができた。……失った子供への思いが強過ぎて、思い切るまでに随分と時間がかかってしまったけど……」

そう、最後にぽつりと告げるアナスターシャ様の言葉に、いかに心に深い傷を負われたのかを思い知る。

「リリエンヌ。王宮は伏魔殿よ。私は、レジナルド様の病も、クリスト様の落馬も、本当に偶然だったのか、疑っているわ」

「そ、れは……暗殺、という事、ですか……？」

「はっきりとした証拠は見つからなかった。私の勘と思ってくれてもいい。でもね……」

アナスターシャ様は、どこか遠くを見た。

「私が今日、話した事も含め、上手く情報を使いなさい。あえて私が弱みを見せたのはなぜなのか、考えて。貴女はもう、自分の頭で考えられる筈よ。そして、」

きっぱりと言うと、アナスターシャ様が、私の顔をしっかりと見つめる。

「愛じゃなくてもいいから、夫とだけは、信頼関係を築いて。それが、この誰が味方ともしれない王宮で生き延びる、唯一の方法よ」


アナスターシャ様の言葉を深く考える余裕もなく、花祭りの準備で慌ただしく過ごす中、思い掛けない出来事が起きた。

なぜ、目の前にこの人が……？

「先触れもなく突然の訪問、ご無礼をお許しください。ですが、私がリリエンヌ妃殿下にお目通りすると分かれば、どこから横槍が入るとも知れず、妃殿下にご迷惑をお掛けする事となってしまいます。どうか、平にご容赦を」

私の目の前で綺麗な騎士の礼を見せるのは、アレン・マーティアス卿だ。

「……どうぞ、お顔をお上げになって。マーティアス卿」

「私の名を、ご存知でしたか」

ハッとしたように、マーティアス卿が顔を上げる。

「えぇ。タウンゼント家を支えるマーティアス子爵家の方でしょう？　近衛騎士にも比肩する剣の腕をお持ちと伺いました」

前世のゲーム知識で、だけれど。

「近衛騎士団長を務められるルーカス殿下の妃である妃殿下に、そのように仰《おっしゃ》って頂けるとは、この上ない名誉でございます」

マーティアス卿は、儀礼的な堅苦しいものではない、親しみを自然と感じさせる笑みを浮かべた。

真っ赤に燃えるような髪は、長めに伸ばした前髪を後ろに流している。そのお陰で、真っ青な瞳がよく映えていた。通った鼻筋、きりりとした太目の眉毛、日に焼けた肌に白く輝く歯。

さすが、爽やか担当攻略対象者のお父さん（推定）……！

ちらり、と壁際に控えるハイネを見やる。

いつも通り、クローディアスの世話をしていたら、いつになく慌てた様子のハイネがやって来て、「リリエンヌ様に、お目通りを願う者がお見えです。お約束はございませんが、いかがなさいますか」

と言われた時には、驚いた。

何しろ、王子宮に入ってから一年強。訪問客は、皆無だったのだから。

ルーカス様に対する私の影響力などあるわけがない、というのが社交界の一般常識だし、アーケンクロウ公爵家が私と距離を置いているのも、誰もが知るところだ。

「本日は、どのようなご用件でしょう？　ロザリンド様から、何かご用が？」

「いえ。ロザリンド妃殿下には、どうぞ、内密にお願い致します」

タウンゼント陣営に属するマーティアス卿が、ロザリンド様に内密に、ですって？　ハイネの顔にも、思案深げな表情が浮かんでいる。

なにか、厄介事に巻き込まれる予感が……でも、私の鉄壁の仮面に揺るぎはない。

「そう。分かりました。では、この場だけのお話という事で伺いましょう」

「ありがとうございます。……実は……アルバート殿下の事なのですが」

……いきなり、核心……？

内心で青褪《あおざ》める私をよそに、マーティアス卿は、思い切ったように一つ息を吸い込んで、話し始めた。

「先日、両陛下とクローディアス殿下、アルバート殿下の初対面にお供させて頂いた時に、大きな衝撃を受けました。クローディアス殿下とアルバート殿下のご様子が、素人目にもまったく、異なっておりましたので」

クローディアスは、起きている時間のほとんどを私と過ごしている。疲れさせない程度に、と心掛けているけれど、声を掛け、笑い掛け、肌に触れ、抱き締め、運動させ……と、とにかく、色んな刺激を与えている。公務の準備はあるものの、前世と違って家事をしなくていい分、ワーキングマザーの中では、時間の余裕がある方だからできる事だ。

意識して触れ合うようにしているのは、外部からの刺激が赤ちゃんの成長に必要だ、という持論があるから。

この世界の人は、言葉を話し出すまでの赤ちゃんに対して積極的な刺激を与える必要性を感じていない事を、ジェマイマ達と話していて気づいた。

食事を与え、おむつを替え、風呂に入れて清潔にしていれば、そのうち育つ、という感じだろうか。言葉を発するようになって「人間らしく」なるまでは、人間というよりも、動物の世話をしているように、私には見えてしまう。

初めの頃、おむつ交換や授乳、沐浴の度に、私がクローディアスに言葉で説明する姿を、ジェマイマ達は奇妙なものを見る目で見ていた。

「おしっこ一杯出たねぇ。おしりキレイキレイしましょうね」

「お腹空いたのかな。美味しいの飲もうか」

「お風呂に入ろう。さっぱりするよ～」

別に、意識して話し掛けていたわけではない。ただ、クローディアスの顔を見ると、自然に口をついただけだ。

でも、「妃殿下は、何をしていらっしゃるのですか?」と尋ねられて初めて、この世界では赤ちゃんに話し掛けない事を知った。

彼女達は、意地悪で赤ちゃんに話し掛けなかったわけではない。必要性を感じなかった、というのと、貴族階級の使用人は無駄口を利いてはいけないから、無言が習慣づいていただけの話。

前世のとある王様が、生まれたばかりの赤ちゃんを集めて行った実験の話を、うろ覚えだけど覚えている。

赤ちゃんの身辺の世話をし、食事を与える。でも、話し掛けない、目を合わせない、笑い掛けない。言葉を知らずに育った赤ちゃんは、どんな言葉で話し出すのかを調べる目的だったっけ。生きるために必要な世話はするけれど、人間らしい交流を一切禁じたらしい。

そうしたら、赤ちゃん達は、食べ物の栄養は足りているのに、十分に清潔なのに、一歳のお誕生日を待たずに全員亡くなったそうだ。

人が育つには、抱き締める腕と言葉（音声だけではなく、表情やスキンシップも伝達手段よね）が必要、というお話。

泣く、というのは、赤ちゃんの自己主張であり、唯一の言葉だ。その言葉に応じる人がいる事で、赤ちゃんは「自分」ができていく。応える人がいなければ、心が育っていかないのだと思う。

それが頭の片隅にあるから、私はクローディアスに話し掛けるし、抱き締める。

直接、愛を伝えようと頑張っている。

愛してる、大好き、と言葉にしているのは私なのに、クローディアスの小さな手が私に触れる度に、同じだけの気持ちが返されているように感じるのは、なぜなのだろう。これが、気持ちが通じ合う、という事なのだろうか。

先日、初めて会ったアルバートは、乳母チームから十分な世話を受けていた。見た目だけなら、ぷっくぷくに丸々としてて、思わずつんつんしたくなってしまうくらいのマシュマロ具合だったし、お肌もつるつるのプルプルで、丁寧に世話されているのがよく分かった。

けれど、母親であるロザリンド様とも、父親と言われている（あえて、こう言うけれど）セドリック様とも接触が一切ないという事は、無言が美徳の乳母達から、どれだけの外的刺激を受けているものか不明。表情や、手足の動きが、クローディアスと比べると控えめだったのも確かだ。

無表情とは言わないし、身動《みじろ》ぎ一つしないとも言わない。隣にクローディアスがいなければ、気にもならなかったかもしれない。

けれど、生後三ヶ月であっても、毎日の積み重ねというものは、目に見えるのだ。

とはいえ……この世界では、アルバートの乳母チームのやり方が、主流なのよね……

「マーティアス卿の目には、お二人の殿下の様子が、異なるように見受けられたのですね」

「はい。お恥ずかしながら、私はこれまで、子供とはすべて、同じようなものだと思っておりました。アルバート殿下の生育環境に疑問を持った事も、ございません。ですが、クローディアス殿下は、明らかに……その、なんと表現すればよいのか分からないのですが……」

マーティアス卿は、言葉を探すように宙を見て、納得の行く言葉を見つけたのか、表情を明るくした。

「そう、愛されている、満たされている、という感じを受けたのです」

「まぁ」

思い掛けない言葉に、思わず、口が開き掛け、慌てて扇子で隠す。嬉しい……！

「そう見えたのでしたら、嬉しいわ」

内心の動揺を押し隠して微笑むと、マーティアス卿はなぜか、赤面した。

「わ、たしは……タウンゼント家を主家と仰ぎ、仕えて来た家の者として、王子殿下であるアルバート殿下にも、お仕えする事を求められております。これまでは、御身の護衛を考える事が任務と思っておりましたが、健全な成長を望む事もまた、私の役目なのではないか……と、愚考致しました。クローディアス殿下のように、愛されて育つ事が、最も重要なのでは、ないか、と」

しどろもどろになりながらのマーティアス卿の話が、彼のアルバートへの個人的な思い入れを表しているように聞こえてしまうのは気のせいだろうか。

「育児の方法に、正解はございませんわ。ロザリンド様にはロザリンド様のお考えがございましょう。アルバート殿下の乳母達は、わたくしから見ても、とても丁寧に世話をしていると思います。子供の成長には個人差も大きいですし、クローディアスがせっかちさんなのかもしれませんわ」

とりあえず、私にロザリンド様を貶《けな》すつもりはない、という主張はしておく。マーティアス卿はロザリンド様と相思相愛説が正しい可能性は、まだあるのだし。

「そう、なのかもしれません。ですが……ロザリンド妃殿下は、アルバート殿下に関心をお持ちではありません」

「マーティアス卿……！」

それ、声に出して言ったらダメなヤツ……！

思わず上げた声は、悲鳴のような響きを帯びていた。

蒼白になって彼の言葉を止めようとした私に、マーティアス卿はなにやら、決意の顔を向ける。

「……リリエンヌ妃殿下、私は……」

その時だった。

バンッ、と、応接間の扉が乱雑に開かれ、息を切らしたルーカス様が登場したのは。

「アレン・マーティアス！　俺の妻に何をしている……！」

つかつかと大股で歩み寄るルーカス様の姿に、マーティアス卿はハッとした顔で跪いた。

「ルーカス殿下。突然の訪問を、お許しください」

「何をしているのかと聞いているんだ！」

マーティアス卿の肩を掴もうとするルーカス様を、慌てて押し留める。

「ルーカス様……！」

私の呼び掛けに、ぴたり、と動きを止めるルーカス様。

彼の右手が、剣の柄に掛かっている。普段、王子宮にお見えになる時に、帯剣なさっている事はないというのに……もしや、執務中にマーティアス卿訪問の報せを受けて、駆けつけてくれたのだろうか？

「ルーカス様、わたくしは、何もされておりません。マーティアス卿は、わたくしに相談があっていらしたのです。ですから、どうぞ、手をお放しになって……」

「リリエンヌ……」

私は今、怯えた顔をしている事だろう。声が、震えるのを止められない。

ルーカス様は気まずげに柄から手を離し、私の名を呼ぶと、こちらへと歩み寄ってくれた。

「……本当に、何もされていないか？　悲鳴を上げたようだったが」

尋ねながら両手で、私の肩、腕に軽く触れて、怪我をしていないか確認したようだ。

「本当ですわ。少し……驚いた事があっただけです」

「そうか。ならば、良かった」

そのまま、跪いて顔を伏せたままのマーティアスを振り返る。

「俺も、同席して構わないか」

突然のルーカス様の発言にも、マーティアス卿は、しっかりと顔を上げて首肯した。

「願ってもない事でございます」

ハイネに指示して、新しくお茶を淹れ直して貰う。マーティアス卿の表情に、深刻な内容だと察したのか人払いされ、部屋の中には三人のみが残った。

束の間逡巡したマーティアス卿は、思い切ったように口を開く。

「ルーカス殿下。本来ならば、セドリック殿下に直接お伝えすべき事柄なのですが、私はセドリック殿下にお声掛けする事を許されておりません。不躾な申し出である事は重々承知しております。しかし、なにとぞ、殿下からお伝え願えないでしょうか」

「人を伝書鳩扱いしようと言うのか」

ルーカス様は不愉快そうにそう言ったけれど、ロザリンド様の護衛騎士であるマーティアス卿が、ロザリンド様の夫であるセドリック様に話し掛けてはいけないとは、普通の状況とは思えない。

「そうだな……内容によっては、セディに伝えると約束しよう」

「ルーカス殿下にとっても、重要なお話かと」

深刻な顔に、念押しする内容。

どう考えても、アルバートの素性に関する話なのではないだろうか……

「あの、わたくしが同席しても、構わないお話でしょうか……」

私を名指しで相談に来たとはいえ、ルーカス様がいらっしゃるならば、私は不要では。

けれど、予想に反して、マーティアス卿は申し訳なさそうに頷いた。

「妃殿下にも、聞いて頂きたいのです。……ご負担になる事は分かっております。申し訳ございません。ですが……私はどうしても、アルバート殿下をお守りしたいのです」

マーティアス卿は、なぜ、私に面会しようと考えたのか、所々、言葉に詰まりながらも説明した。

先日の陛下達と孫達の面会で、初めてアルバート以外の赤ん坊を見た事。

クローディアスとアルバートの違いに、アルバートの生育環境に疑問を持った事。

ロザリンド様の暴言を私が咎《とが》めたのを見て、このまま、ロザリンド様が変わらなければ、アルバートの成長に悪影響があるのではないか、と、不安になった事。

「ならば、ロザリンドに申し出ればよかろう」

ルーカス様の言葉に、マーティアス卿は首を横に振った。

「……申し上げました。ですが……ロザリンド妃殿下は、アルバート殿下の教育には関心をお持ちでも、養育にはご興味がなく……私は、セドリック殿下との接触を許されておりませんので、殿下にご相談する事もできず……」

貴族階級以上の育児では、ロザリンド様のような考え方が主流だ。

この世界の育児について調べてみたけれど、心の栄養、愛着形成、そんな言葉は、どこからも出て来ない。私がルーカス様に説明したように、根の部分を育てる、という考えは、一般的ではないのだ。

けれど、ジェマイマ達が私の考えを受け入れてくれたように、共感してくれる人は少なくない。

「私はあくまで一臣下ですから、王子殿下の養育方針に口出しする権利など、ない事は承知しております。いえ、おりました」

過去形で言うと、マーティアス卿は決意を込めた目で、ルーカス様をまっすぐ見つめた。

「恐れながら、申し上げます。アルバート殿下の血縁上の父親は、私である可能性が極めて高い、と考えております」

「……っ」

予想はしていた話だけれど、思わず、小さく息を呑む。ルーカス様もまた、目を見開いていた。

「……なぜ、そう考えた」

「私は、」

マーティアス卿は、躊躇《ためら》うように言葉を一度切って、思い切ったように息を吸い込んだ。

「婚前のロザリンド妃殿下と、閨《ねや》を共にした事がございます」

私の顔を見ないのは、本来、女性に聞かせるべき話ではないと思っているからだろう。

「それだけでは、根拠とするには足りんな」

「一つ目の理由は、アルバート殿下のお姿です。殿下は、幼少時の私と瓜二つなのです」

燃えるような赤髪に、真っ青な瞳。この二つの特徴だけでもよく似ているが、面立ちも似ているのだ、と言う。お疑いでしたら、実家から姿絵を取り寄せましょう、とまで申し出た。

「二つ目の理由は、殿下がお生まれになった時期です。実際には、セドリック殿下が外交のために出立された翌々日にお生まれになりました。ですが、ロザリンド妃殿下は生まれた日付より二週間ほど遅く、セドリック殿下に申告されました。それが、なぜなのか……」

ちら、と、私を見てから、マーティアス卿は視線を戻す。

「私は漠然とした知識しか持ち合わせておらず、調べました。子がどれだけ長く胎《はら》にいるかは個人差があるとの事ですが、月が満ちずに生まれれば未成熟で生まれ、月が十分に満ちて生まれれば成熟して生まれるのだそうですね。リリエンヌ妃殿下とロザリンド妃殿下は、同時期にご懐妊なさいました。であるにもかかわらず、リリエンヌ妃殿下よりひと月も早く出産なさったロザリンド妃殿下のお子に、未成熟な様子はありませんでした。予定よりも早く生まれたにもかかわらず大きい、という矛盾を解消するため、実際の誕生よりも遅い誕生日としたのだと考えております」

私は、初夜の翌日に施された医療措置一回で、妊娠した。

クローディアスは標準的な在胎期間で生まれているし、ロザリンド様が私よりも著しく早い時期に十分に成長している赤ちゃんを産んだという事は、「結婚前」に妊娠した子供だという事だ。

「矛盾は……ないようだが……」

戸惑うように顎に手を当てて考え込むルーカス様を横目に、マーティアス卿へ問い掛ける。

「閨《ねや》を共にされたというのは、お二人の合意の上の事でしょうか」

「……っい、え」

予想外の質問だったのか、マーティアス卿は言葉に詰まる。それでも、はっきりと否定した。

「では、なぜ、と伺ってもよろしいですか」

女である私相手に口にしづらい言葉なのは、理解している。けれど。

「興味本位ではなく、今後に重要な事ですので」

「は、い……」

表面上は努めて冷静にしていると、マーティアス卿は、途方に暮れた顔を見せた。

「何から、お話すればいいものやら……あの晩の事だけでは恐らく、理解して頂けそうにないのですが」

「では、初めから終わりまで、時系列に沿って頂ければよろしいかと」

マーティアス卿の言葉を信じるのであれば、ケースその一、相思相愛説は消えた事になる。

「承知致しました」

マーティアス卿は、姿勢を正して話し始めた。

「私は、タウンゼント公爵家の傍系にあたるマーティアス子爵家の嫡男として誕生しました。マーティアス家は代々、騎士で身を立てて来た武門の家です。私自身、将来は騎士になる事を望み、鍛錬して参りました。学園卒業後、幸運にも近衛騎士団に所属する事が叶い、日々、精進していたのですが……騎士団に所属して二年経った頃、主家であるタウンゼント家に召喚され、命じられました。社交界デビューするロザリンド様の護衛騎士になるように、と」

当時の事を思い出しながら話しているからだろう、ロザリンド様の呼称から、『妃殿下』が取れている。

騎士の中で、最上の位は近衛騎士だ。近衛騎士団に所属するには、騎士としての実力だけではなく、家柄、人格も含めて審査されるため、近衛騎士になる事は、騎士を目指す者にとって、最上の名誉なのだ。それなのに、近衛騎士だったマーティアス卿に、護衛騎士の打診を？

「個人的な感情で言えば、私は近衛を辞めたくありませんでした。将来、王子妃となるロザリンド様をお守りできるから、とお断りしたのですが、聞き入れて頂く事はできず……後に、私を護衛騎士にする事は、ロザリンド様ご本人のご要望だったと知りました」

マーティアス卿はそれまで、ロザリンド様と個人的に言葉を交わした事はなかった。

遠戚とはいえ、公爵家と子爵家。タウンゼント一族の集まる会合で顔くらいは見た事があるが、それ以上の関係ではなかったらしい。

「なぜ、私をお召しになったのか。実力を評価して頂いたものと思い、当初は光栄に思うように努めていたのですが……」

マーティアス卿が言葉を濁すと、ルーカス様がずばりと尋ねる。

「何かあったのか？」

「……ええ……護衛として、お側につくようになってすぐに、なんと言えばよいのか……語弊なく申し上げれば、色目を使われるようになったのです」

困ったようなマーティアス卿の言葉に、思わず、ルーカス様と目を見交わしてしまう。

確かに、ロザリンド様が社交界デビューした時点では、将来、王子妃となる事だけは確定していたものの、まだ婚約は結ばれていなかった。けれど、自由恋愛ができる立場だったわけではない。

「ロザリンド様は、王子妃となる事が決まっておられる方です。配偶者のいる貴族が、後継を儲けた後に秘密の恋人を持つ事がある、というのは存じております。特にご夫人のお相手として、お側に仕える護衛騎士が求められやすいという事も。けれど……ロザリンド様は未婚の女性。私が触れてよい方ではありません」

ここで、向こうから誘われたのだから、を言い訳に手を出してしまう人もいる事だろう。けれど、マーティアス卿は真っ当な考えの持ち主のようだ。

「火遊びのおつもりでしょうけれど、王子妃となられる方に安易に接するわけには参りません。のらりくらりと躱《かわ》し続けているうちに正式にセドリック殿下と婚約が調い、安心していたのですが、ご結婚のひと月ほど前に、タウンゼント公爵閣下に呼び出しを受けまして」

ロザリンド様のお父上に？

「ロザリンド様のご希望を叶えるように、と申しつけられました」

この場合の『希望を叶えよ』とは、娘の誘いに乗るように、という事なのでは。

あまりの言葉に唖然としていたら、ルーカス様の方が一足早く、立ち直ったようだ。

「タウンゼント公が、そう言ったのか」

「はい。何が、どう、と具体的なお話はされずに、『たった数時間ではないか』と仰《おっしゃ》いました」

タウンゼント家は、マーティアス家の主筋だ。爵位の差もあるし、これは、『命令』になるという事を、タウンゼント公爵が分かっていないとは思えない。

「私はそれまでの期間、とにかく、逃げ回っておりました。二人になっては危険だ、と感じ、第三者の目が常にあるように、立ち回っていたのです。ですが……公爵閣下のご命令に逆らう事は、タウンゼント家配下にあるマーティアス家の人間として、できませんでした。ご存知の通り、タウンゼント一族の結束は、強いのです。公爵閣下に逆らう事は、マーティアス家の死を意味します」

マーティアス卿は、『最後の思い出』として、ロザリンド様とデートする事を受け入れた。

デートで納得してくれるのなら、これで解放してくれるのなら、もういい、と思ったらしい。これから結婚する体なのだから、まさか、それ以上を求める事はないだろう、との油断もあった。とにかく、毎日繰り返されるロザリンド様の「わたくしのものになりなさい」攻撃に参ってしまっていたのだ。

「昼間のうちは、よく聞くような普通のデートだったと思います。公爵家が贔屓にしているレストランの個室で晩餐を頂いた後……気づいたら、ベッドに」

あまりの内容に、気分が悪くなってくる。恐らく、睡眠薬系統と媚薬系統と、二重に効果のある薬が使われた。

「つまり……同意の上ではなかった、という事だな」

ルーカス様の声が、動揺している。

「さようでございます。ですが……なされた事が事ですので……」

ケースその三。

ロザリンド様がマーティアス卿を襲った性的暴行が、正解……推測の一つではあったけれど、最も可能性が低いと思っていただけに、被害者を目の前にすると、平静ではいられない。

「公爵閣下には、正直に申し上げました。ロザリンド様のご結婚は間近に迫っておりましたし、とにかく一度、王家と話し合いの場を持たせて欲しい、と。私自身の首を懸けて、誠実に対応させて頂きたい、とお願い致しました。ですが……公爵閣下は、それには及ばない、と取り付く島もございませんでした。このような不祥事を起こしましたし、お側にいるわけにはいかず、辞職も申し出ましたが、受け入れて頂けませんでした」

マーティアス卿は、グッと唇を噛むと一瞬、顔を俯《うつむ》かせ、何かを振り切るように顔を上げる。

「その後、何事もなく婚儀が執り行われ、疑念の晴れぬうちにご懐妊が判明しました。なんとかセドリック殿下とお話がしたくとも、私はタウンゼント家の推薦でお仕えしている身です。王子宮では、同様にタウンゼント家から遣わされている従者達の監視下にあります」

「今日は、大丈夫なのか」

「本日、ロザリンド妃殿下は花祭りの衣装の最終調整を行ってらっしゃるので、外出なさいません。従者もそちらに掛かり切りです。私は、体調不良で寝込んでいる事になっております」

「そうか」

数日前から体調不良を匂わせ、今日の仕込みをした上で、三階の窓から、抜け出して来たらしい。

「ご懐妊が判明した段階で、ロザリンド妃殿下に伺っているのです。万が一、私の子だった場合、どうなさるおつもりなのか、と」

ロザリンド様は、セドリック殿下のお子である確たる自信があったのだろうか。きちんと避妊をしていた、とか？　でも、マーティアス卿が気づかない避妊方法なんて、あるだろうか。

「ロザリンドは、なんと？」

ルーカス様の声が、固い。ルーカス様は、ロザリンド様の事を、憎からず想われていた筈。セドリック様と、配偶者の座を争っていた仲なのだから。

その彼女が、護衛騎士を襲ったと聞いて、何も思わないわけがない。

「ロザリンド妃殿下は……『それでいいのよ』と仰《おっしゃ》いました」

「それでいい？」

言葉の意味が分からずに首を傾げると、同じ事を思ったのか、ルーカス様が問い返す。

「『タウンゼントの濃い血を持つ子が、玉座につくなんて、素敵でしょ』と」

「!!」

ルーカス様の顔に、衝撃が走った。

……つまり、ロザリンド様は、マーティアス卿の子である可能性が高いと分かった上で、セドリック様に真実を告げるつもりもなく、出産した、と……

生まれた子供を見れば、どちらの子なのかは分かった筈だ。タウンゼントの濃い血……マーティアス家がタウンゼント家の傍系であり、祖を辿れば同じ一族である事を示しているのだろう。

確かに、タウンゼント家は王家から分かれた家だし、度々王族から降嫁されているから、貴族の中では王家に近い。でも、王位を継承してきた血統ではないのだ。

それを承知のうえで、玉座に、自分の一族の血のみを引く子を就けるという事は……

「王家の血を絶やし、タウンゼント家が玉座を乗っ取ろうという事か……！」

ルーカス様も、同じ結論に達したのだろう。声は、怒りにだろうか、震えていた。

「ロザリンド妃殿下が出産なさってから、アルバート殿下の父親が私なのではないか、との疑念は深まるばかりです。ですが、それを言い出す事ができなかったのは、常に周囲を監視されているからだけではなく、アルバート殿下にとって、このまま、セドリック殿下のお子として育つ事が最善なのではないか、と浅ましくも考えたからです」

マーティアス卿は、恥じ入るように顔を伏せた。

「セドリック殿下のお子である可能性もある、と、自分に言い訳も重ねました。絶対、確実に、私の子である証拠はないのですから。ですが……」

ちら、と、マーティアス卿が、私を見た。

「先日、両陛下との面会に護衛としてお供した際に、リリエンヌ妃殿下がクローディアス殿下に向けられた眼差しを見て、衝撃が走りました。本当にこれでいいのか、と」

「どういう意味だ？」

ルーカス様が、目を眇める。

「クローディアス殿下は、私の目から見ても、リリエンヌ妃殿下に愛されているご様子がよく分かりました。……対して、アルバート殿下に対するロザリンド妃殿下のご様子はといえば……」

マーティアス卿は、首を横に振った。

「それまでの私は、アルバート殿下の受けている対応に、まったく疑問を持っておりませんでした。ロザリンド妃殿下が自らの手で赤ん坊を抱く想像など、した事もございません。アルバート殿下とセドリック殿下の面会がなされない事も、事態が露見する可能性が下がる、と我が身の保身を考え、安堵すらしておりました。ですが……先日の面会で、心得違いに気づかされたのです。リリエンヌ妃殿下もルーカス殿下も、ただクローディアス殿下を抱くだけではなく、そこに確かな愛情が見えました。不敬である事は承知ですが、ロザリンド妃殿下はアルバート殿下を、一人の人間として尊重し、愛していらっしゃるとは到底思えません。タウンゼント家のために据えた駒としか、見ていらっしゃらない。そこに、母から子への愛情など、ないのです」

そこで言葉を切ると、顔を上げてまっすぐに私の顔を見つめる。

「私の子である可能性を思えば、愛さない母親の元に置いておきたいとは思えません。妃殿下のように愛情深い方にこそ、私の子の母になって頂きたい」

社交辞令と言うには随分と熱の籠《こも》った言葉だけれど、私をクローディアスの母親として認めてくれている、という事だろう。

「……余計な一言があったようだが、話は分かった。だが、アルバートがお前の子である証拠は、ない」

剣呑な表情を浮かべてルーカス様がそう言うと、マーティアス卿は憂いを浮かべる。

「さようですね。先日から、セドリック殿下が私の周囲をお調べになっているようですが……ロザリンド妃殿下が私に執着していた事は証言が取れても、生まれた子供の父親が誰なのか、どうすれば証立てられるのでしょう」

この世界にはまだ、遺伝子検査はない。セドリック様とアルバートの親子関係不存在確認なんて、取れるわけもない。

「だが、進展と言えば進展だな。お前自身が、ロザリンドに嵌められて関係を持った、と証言するのであれば、それは一つの証拠たりえる。お前の協力があれば、方策が見つかるかもしれん。……それで、お前自身は、アルバートの父親と名乗り出るつもりはあるのか？」

マーティアス卿は、一瞬、躊躇《ためら》った後、しっかりと頷いた。

「……想定外に授かった子供です。父親になる覚悟など、持ち合わせてはおりませんでした。ですが、私が父親であるのならば、この手で育てたいと思っております」

「だが、お前は未婚だろう？」

「はい。そして、今後も結婚する事はございません」

「なぜだ？　男親一人では、苦労も多かろう」

「罪滅ぼし……でしょうか。両親に望まれなかった子だと、思って欲しくないのです。私だけでも、余所見をせずに見つめてやりたいと思っております」

……あぁ、そうか。彼は、望んだ結果ではない子供であっても、父であろうとしているのだ。

「アルバートの誕生後、ロザリンドからお前への態度は？」

「セドリック殿下のお子として男児を儲けたのだから、この先は自由だ。『秘密の恋人』になればよい、というような事を、それとなく伝えられておりますが、気づかない振りをして、逃げ回っております」

ルーカス様は、納得したように頷くと、

「リリエンヌ。後は、俺に任せて欲しい。お前は、クローディアスの元へ」

と、私に退室を求めた。

扉の閉まる直前、室内をそっと覗き見る。

なぜか、互いを睨み合う二人の男性が、そこにいた。


産後、復帰一発目の公務である花祭り。

私は今、花祭りのメインイベントとして、花車の上で笑顔の仮面を張り付けて、集まった国民に向かって手を振るお仕事をしている。

王宮を出発して、王都中心部の主要道をぐるりと一周パレードしてから王宮に戻り、バルコニーから陛下がご挨拶なさる、という予定……なのだけれど。

なぜなのか、ルーカス様が私の腰を抱いて、ぴったりと右横に張り付いていらっしゃいます……

うっかり右上を見てしまうと、公務仕様のきらきら笑顔が目に入ってしまうので、気を抜けない。

普段のルーカス様は、整った綺麗なお顔なのに表情を作るのを面倒臭がっているのか、それとも気持ちの波があまりないのか、表情の変化は極僅か。少し眉を顰《ひそ》める、とか、少し口端を上げる、とか、最初に「少し」と注釈が入る。

でも、公務のルーカス様は違う。

セドリック様がお菓子のように甘やかな王子様なら、ルーカス様は宝石のように煌めく王子様。

初めて公務の様子を見た時には、婚約者の交流で見せていた無表情はなんだったの⁉　と混乱したくらい、完璧な王子様スマイル装備だった。

そんな遠くからでも笑顔である事が伝わるような、きらっきらの笑顔……それが、目の前にあるのです。

既に民の前に出ているので、無理矢理離れるなんて真似はできないのだけれど、何度か「離してください」と目力で伝えるべく見つめてみた。しかし、にこ、と、「何か問題でも？」と副音声の聞こえる、蕩《とろ》けるような公務仕様笑顔を返されてしまったので……情けないですが、諦めました。

パレード出立前にトラブルがあったのは事実なので、私を気に掛けてくれているのかもしれない。

そう、パレードに使用する花車をルーカス様と待っていたところ、ひと悶着あったのだ。

『あら、リリエンヌ様。相変わらず、お召し物の映えない慎ましいお体ね。痩せていればいいわけではありませんのよ？』

噎せ返るような強い香水の匂いと共に現れたロザリンド様は、大きな胸と細い腰を強調するデザインのドレスを纏っていた。よく手入れされた肌を惜し気もなく曝け出したドレスは、夜会ならばともかく昼の祭事には露出過多に思われるけれど、計算し尽されているのか、露出は多いながらも下品に見えないのはさすがだ。

肉感的な体を見せつけるようにルーカス様に誇示すると、ふん、と私を横目で見て嗤う。

花祭りでは、王族は皆、白一色の衣装を身に纏う決まりがある。

今回の私の衣装は、オスカーにお願いした。特にデザインの希望を出す事なく、お任せで仕上がったのは、細いチョーカー風の生地を首で留めたホルターネックのドレス。

首元から胸元までうっすらと透けるレースで覆い、柔らかなシフォン生地でふんわりと胸元を隠して、胸下で切り替えたハイウェストのデザインになっている。授乳中だから妊娠前よりもボリュームアップしたとはいえ、元々が慎ましい私の胸を、ちょうどいい感じに誤魔化してくれているのが気に入った。スカート部分は薄いシフォンを何重にも重ねてあるのだけれど、布が極めて薄いので、たっぷりと生地を使ってあってもストンとまっすぐ下に流れ落ちている。これが歩くと、ふわん、と風に靡いて可愛いのだ。おまけに、産後、まだ戻り切っていないお腹を上手にカバーしてくれる。胸元のレース以外装飾は控えめで、背中に大きなシフォンのリボンが妖精の羽根のように結ばれているだけ。大きなリボン、なんて、子供っぽくないかな？　可愛すぎないかな？　と思ったけれど、全体で見ると大変清楚な仕上がりになった。

この衣装に合わせて、侍女のカンナは髪を複雑に編み込んだアップスタイルにして、白百合の生花を飾ってくれた。

白一色の衣装に合わせて、選んだ首飾りはダイヤモンド。あえて、小粒のダイヤを連ねたデザインを選んでみた。

自分で言うのもなんだけれど、似合っていると思う。

だから、待ち合わせ場所で会うなり、ルーカス様が「よく似合っている」と言ってくださった事が、素直に嬉しかったのに……その様子を見たロザリンド様は、気に食わなかったらしい。

第三者の目がある場所では、完璧な王子妃のロザリンド様だもの。パレード中に何か起きるとは思わないけれど、アルバートの件もあるし、ルーカス様は今、ロザリンド様を警戒しているようだ。

それとも、国民の前で仲良しアピールをしなくてはならないほどに、私とルーカス様の不仲説が流布しているのだろうか？

最近のルーカス様が、何かと私の事を気に掛けてくださっていると思うのは、勘違いではない筈だ。マーティアス卿が王子宮を訪れた時にも駆けつけてくれたし、私が何かされていないか心配もしてくれた。クローディアスの母親として、配慮して貰っている実感もある。

私自身は、仲良しアピールしなくてはいけないほどに不仲だとは、もう思っていない。クローディアスを育てる同志、という地位は、目指せているのではないかな、って。

——けれど、一般的な夫婦とは到底、呼べない。まだ、『家族』でもないだろう。微笑をキープしたまま、そっと溜息を零して、目の前の景色に目をやる。

花車には、両陛下、セドリック様、ロザリンド様、ルーカス様、そして私の、六人が乗っている。これは、前世で言うところの山車のような作りで、遠くまで見えるように建物の二階くらいの高さに設けられた露台と、大きな車輪で出来ている。骨組みが見えないように装飾を施された車には、季節の花がたっぷりと飾られている。だから、花車。馬車のように馬が引いて移動する事ができて、現在、私達は王都の主要道を、人の歩みほどの速度でパレードしている最中だ。

パレードが行われる道には、王族を一目見ようと集まった人々がひしめき合っていて、花車が通りかかると、片手に提《さ》げたバスケットから花弁を撒いてくれるのだ。

王族のお仕事としては、花車の上でにこにこしながらお手振りするくらいなのだけれど、国教を定めていないハークリウス王国にとって、豊穣を願う花祭りは重要な行事として位置づけられている。

機械的に微笑を浮かべて手を振っていたら、素晴らしく通る低音美声が、私の名を呼んだ。

「リリエンヌ様〜！」

聞き覚えのある声に目をやると、観衆の向こう側に、ひと際背の高い、深緑の髪を持つオスカーが、ひらひらと手を振っている。彼女の隣には、同じく深緑の髪を持ち、オレンジ色の抱っこ紐を使っている女性が。授乳服開発のお手伝いをしてくれた育児中の妹さんかしら？

満面の笑みで、抱っこ紐を指しながら、

「ありがとうございます〜！」

と叫んでいる。

話には聞いていたけれど、ジェマイマ達以外が育児用品を使っている姿を見るのは、初めてだ。私でも、誰かの役に立てた。そう思うと嬉しくて、自然と笑みが零れ落ちる。

その思いのまま、手を振ると、ざわ、と観衆がざわめいた。

「え……？」

思い掛けない反応に怖気づいて、思わずルーカス様を見上げる。すると、ルーカス様もまた、驚いたような顔で私の顔を見つめていた。

「あ、の……？」

「いや……リリエンヌ、皆が、お前を見て喜んでいる」

そう、なのかな……？　だったら、嬉しい。

「……わたくし……ルーカス様の、お役に立てておりますか……？」

思わず小さく問うと、ルーカス様は眩しそうに、目を細めた。

次の瞬間。

腰を抱き寄せる手にグッと力が入り、ルーカス様の胸の中に抱き込まれる。きゃぁ、と、観衆の囃すような声が聞こえたけれど、私はそれどころではない。

予想外の行動を取られ、バクバクと自分の鼓動が煩い中、ヒュッと風を切る音が聞こえたかと思うと、ルーカス様は素早く右手を宙に伸ばし、何かを捕まえた。

「……お前を祝福するための花弁が、ここまで飛んで来たようだ」

今の音は、花弁なんかじゃないでしょう……！

明らかな嘘に背中を冷や汗が伝い、強張《こわば》りそうになる顔を、懸命に微笑に留めた。

「まぁ……嬉しいですわ」

何か、小さな……けれど固いものが、空中を切り裂く音だった。

じっとルーカス様を見つめると、諦めたように掌を開いて見せてくれる。そこにあったのは、小指の爪ほどの大きさの銀色の玉だった。

ルーカス様が止めてくれなかったら、私に当たっていたのだろう。小さいとはいえ、固そうな素材だ。かすり傷で済まない事は、素人でも分かる。ルーカス様だって、手袋をしていなければ無傷

ではいられなかったに違いない。その証拠に、手袋の表面が刃物で切りつけられたかのように鋭く裂け、二重になった内側の生地を覗かせていた。

これは……誰かに、狙われた、という事？　私が……？

「思い掛けないお客様でしたわね」

ふふ、と微笑んでみせると、ルーカス様はホッとしたような顔をして、観衆へと顔を戻した。

遠目には、何が起きたのか分からない筈だ。けれど、これで、ルーカス様が仲良しアピールする意図が分かった。もしも、彼が傍にいなかったら、私は大怪我を負っていた。

ルーカス様は、私が攻撃される可能性を考えて、守ってくれようとしたのだ。

祭事で王族が大怪我なんて、縁起が悪いだけでは済まない。国の威信を賭けて、断じて許される事ではない。

捉えた玉をジャケットのポケットに移すと、ルーカス様は、何事もなかったかのように公務仕様笑顔を装備し直し、観衆へのお手振りを再開したのだった。

花祭り襲撃事件の衝撃も冷めやらぬうちに、ルーカス様が、王子宮に越してきた。

思っていたよりも少ない荷物は、いずれ王宮に戻る事を念頭に置いたものなのかどうか、私には分からない。少なくとも、幼いクローディアスとの接触時間を増やそう、と考えてくれているのだから、私には何も言えない。

私と、クローディアス。

ルーカス様と、クローディアス。

政略結婚である以上、そして、ルーカス様が私を『妻』として受け入れていない以上、クローディアスを間に挟んだ関係になる事は当然だし、それでいい、と思っていたけれど……どうしたのだろう、最近、なんだか、モヤモヤする。

……いや、自分でも、原因には気がついている。

クローディアスは、いずれ私から離されるわけで、それに慣れさせなければ、私自身も慣れなければ、という思いもある。

――……でも。

ルーカス様がクローディアスを抱き上げ、微笑んで頬を合わせ、クローディアスが喜んで彼の顔に手を伸ばしている姿を見ていると、その景色の中に、私も一員として入りたい、と思ってしまう。

『家族』、として。

そうすれば、私はクローディアスの傍に居続ける事ができるのだから。

結婚当初のルーカス様の仕打ちを、忘れたわけではない。

『リリエンヌ。初めに言っておく。今日を含め、今後一切、俺がお前を抱く事は、ない』

ルーカス様は、眉を顰《ひそ》め、私の顔から目を逸らして、そう言った。でも、その言葉に傷ついたわけではなかった。

『だが、子は必要だ。明日には、医師を寄越《よこ》すから、診察を受けるように』

未通の体を、冷徹な医師の手で広げられた。でも、その痛みに苦しんだわけではなかった。

私が、絶望したのは。

自分の頭で考える事を、自分の言葉で喋る事を、禁じられ続けた私を、ルーカス様が心を持つ一人の人間として扱ってくれなかった事。私の気持ちなど、最初から、想定せずに話を進められた事。

「俺は、こうしたい。お前は、それでいいか？」

と、ただ一言、尋ねて欲しかった。

問われていたとしても、あの時の私には、「是」以外の回答は、できなかっただろう。だって私は、王子に求められるすべてをただ受け入れるように、と教えられて来たのだから。

今、同じ言葉を告げられたとしても、何か別の回答ができるとも思えない。頭では不当な扱いを受けて来た、と理解できていても、では、どう答えれば良かったのか、その解を持ち合わせてもいない。

それでも、そう分かっていても、決定した事実を伝えられるのではなく、尋ねられた問いに自らの口で「是」と答えていれば、私はここまで、苦しむ事はなかった。

愛して欲しかったわけではない。

ルーカス様が、夫婦の営みの結果ではなく医療での妊娠を望むなら、それで良かった。気持ちの伴わない性交と冷たい医療器具と、私にとってはどちらも同じ苦痛だ。最初から、愛のある営みなど、期待していなかったのだから。

ただ。

物言わぬ人形ではなく、一人の人間として、接して欲しかった。

——……だから。最近のルーカス様の変化は、私にとって、喜びだ。

私の身を、体を張って守ってくれた。私だって傷がつけば血が流れるのだという事に、気づいてくれたからだ。

言葉を交わし、気持ちを汲《く》もうとしてくれた。私にも感情があり、上手に表現できないとしても言葉で伝えられる事に、気づいてくれたからだ。

クローディアスが生まれ、私の行動は産前と大きく変わった。彼は、その事実を受け止めた事で、私との接し方を変えつつある。クローディアスの両親として、歩み寄ろうとしてくれている。

それは、人として、当たり前の配慮なのだろう。でも、それでも、その『当たり前』を知らなかった私には、大きな喜びなのだ。

私は、自分の『家族』が欲しい。

彼が夫であり、クローディアスの父親である以上、二人の関係性を、今よりも良いものにしたい。恋愛によって結びつけられた関係ではなくとも、家族として心を交わす事は、できる筈だ。

私が絶望した過去は、変わらない。けれど、未来は、変えられるかもしれないのだから。

ふぅ、と溜息を吐いたら、腕の中のクローディアスが、きょとんとした顔でこちらを見つめていた。

「だぁっう～」

「はぁい、クローディアス。何かなぁ？」

「だぁ～まぁ～」

「えぇ、ママも大好きよ」

赤ちゃんのお喋りには、なんとなく雰囲気に合わせて、返事をすればいい。別に何も、小難しく考える必要はない。あちらだって、「会話」を求めているというよりも、反応してくれる、やり取りする、という事が楽しいのだから。

けれど、こうして、特に意味が伝わらない言葉に延々と返事をしている私の姿は、ジェマイマ達にはまだ、奇異に映るらしい。

「楽しそうだな」

不意に声を掛けられて顔を上げると、扉の傍に、ルーカス様が立っていた。

「ルーカス様、おはようございます」

「おはよう、リリエンヌ。……クローディアスも。昨夜は、よく眠れたか？」

ルーカス様も大分、自然にクローディアスに話し掛けられるようになってきた。私の腕から抱き上げたクローディアスの目を見て、朝の挨拶をし、おでこに軽く口づける。そのまま、背後に控えていたハイネに渡した。

……ハイネの顔が輝いた事は、見なかった事にしよう。

「朝食にしよう」

「はい」

ルーカス様が王子宮に越してきてから、朝食を共に摂る事が日課になった。彼は日中、仕事のため、王宮で過ごすし、夜は遅い事が多いから、夕食はバラバラだ。その中で、朝食の三十分ほどとはいえ、私のために時間を割いてくれる。

私のため、というのは思い過ごしではない筈だ。クローディアスはまだ、食事をしないのだから。

これは、彼なりの歩み寄りだと思うのは、気のせいではないだろう。

「リリエンヌ」

「はい、どうなさいましたか」

会話の内容は、クローディアスに関する事が八割。けれど、段々、いわゆる世間話も増えて来た。

「今度、海洋国家オセアの国家元首レギウス殿が、我が国を訪問される。歓迎の式典には、リリエンヌも参加になる」

「畏《かしこ》まりました。オセアの要人が、ハークリウス王国をご訪問なさるのは、初めての事ですわね？」

「あぁ。国境を接していないからな。国交こそあれども、これまではさして親しくしていなかった。だが、今後は貿易を強化していく方針だ。リリエンヌは歓迎式典と、その後のパーティに参加してくれればいい」

「承知致しました」

その後、いくつか伝達事項を告げた後、ルーカス様は王宮へと向かわれた。

花祭り以降、私は王子妃として公務に携《たずさ》わるようになった。

少し前まで、こういった公務に関する業務連絡も、ルーカス様から直接ではなくハイネを通じて伝えられていた事を思うと、距離が少し縮んだ気がする。

ロザリンド様による公務の采配は撤回され、ロザリンド様は貴族を相手とした公務、私は市井の人々を相手とした公務を主に割り振られている関係で、王宮の外に出る回数も増えている。花祭りでの襲撃犯は捕まっていないので、外に出る際は通常よりも多い護衛をつけて貰っているけれど、彼等は皆、元・近衛騎士だったというハイネのお墨付きなので安心だ。

特に、各地の救済院や母子寮を訪問する公務が多いのは、私が今、育児に関心を持っている事を、ルーカス様が理解してくれているからだろう。

救済院では、貧困ゆえに学びの機会がなく、長じても職を持てない人々に対して、オスカーの協力を得て、赤ちゃん用玩具や布おむつカバー、抱っこ紐の製作を教え始めた。仕事が欲しい人々と、育児の負担を軽減したい人々のニーズが噛み合っていけば、将来的に、自立への道が開けていくと思うからだ。

アイディアを出したのは私だけれど、実際に開発したのはオスカーなので、彼女に協力を願い出るのは躊躇した。でも、

「一人じゃこなせないほどの仕事が来てるのよ。むしろ、渡りに船って感じ。リリエンヌ様考案なのだから、どんどん、ワタシを使ってちょうだいな」

と、特大ウィンクを頂いた。

少しずつ……本当に少しずつではあるけれど、私は、変われていると思う。

何もできない、何も持たない、と言われた王子妃から、少しずつ。

クローディアスに恥じないよう、一つ一つ、できる事を増やしていこう。まずは、目の前に迫った歓迎式典の準備から。

そう、意気込んでいたけれど。

オセアの歓迎式典は、貿易協定の締結という点では成功したものの、私個人の成果としては失敗に終わってしまった。

オセアは、それぞれに縄張りを争っていた海賊が対立と吸収を繰り返した結果、成り立った国家のため、気性が激しい国民性だ。

私なりに下準備はしたつもりだった。共通語とは異なる島国独自のオセア語を、簡単な日常会話レベルまで習得。習俗、習慣にも目を通し、オセアの国旗の色に敬意を払って、ドレスを選んだ。

けれど、肝心な社交力が不足していたせいで、酒に酔った随行員の一人に高級娼婦と勘違いされたうえに、絡まれる羽目になったのだ。後から聞いた話では、彼の耳に、「銀髪の女性は高級娼婦だから、酌をして貰え」と吹き込んだ人物がいるようなのだけれど……酔っ払い一人すら上手くあしらう事ができず、最終的にはルーカス様に庇われる結果となってしまった。

でも、この失敗のせいで公務から遠ざけられてしまうかと危惧したものの、ルーカス様はそうはなさらなかった。私が下調べをして、公務に向けた準備をしていた事を重視なさったようだ。今回みたいなケースがあるから内容は選んだ方がいいだろう、との事だったけれど、これからも励むように、と言われた。

一つ、認めて貰えたようで嬉しい。

ただ……なんというか、ルーカス様が、過保護になっている気がする。これまでずっと放置してきた反動なのか、逐一、私の事を知りたがる。一日の事にしても、ルーカス様が王宮に仕事に向かわれた後、どう過ごしていたか？　とか、何か楽しい事はあったか？　とか。

子供じゃないのに、と思わず呟いたら、ハイネに、

「これまで、私が報告書を上げておりましたのを、リリエンヌ様に直接伺うようになっただけでございますよ」

と言われた。

ハイネは、王子宮の出来事を毎日報告していたらしい……それこそ、体調から食欲まで事細かに。ルーカス様が私に会いに来る事はなかったけれど、食が細くなると栄養価の高い希少な食材が出て来たり、少しでも顔色が悪いと医師が手配されていたりしたのは、ハイネではなく、ルーカス様の指示だったそうだ。彼は彼なりに、私を気遣ってくれていたらしい。

私にとってルーカス様は、私の存在を黙殺する人、夫でありながらとても遠い人だったけれど、クローディアスが生まれてから、実は彼が、不器用ながらも、配慮をする人だと知った。

その気遣いが嬉しい反面、少しずれている、とも思う。日々の過ごし方を聞いて来るなんて、本当に、子供扱いだ。でも、子供扱いしないで、と言いながら、日々のなんでもない事を話すのは、嫌ではない。いや、むしろ……好き、だ。

構われる事が、嬉しい。ここに居場所がある、と言われているようで。

少しずつ……少しずつなのだけれど、夫婦、になれているのかな。家族に、なれているのかな、と思える。

クローディアスの事を一生懸命話していて、ふ、と気づいて目を上げた時に、ルーカス様が、なんとも言えない温かい眼差しで私を見つめている時がある。少し恥ずかしくて、でも、恥ずかしいだけではなくて、私の心にも、ぽぅ、とほんのり温かなものが宿るのだ。

その温かさがどこかむず痒くて……でも、心地いい。

「予定が変更になって、今日は急遽、休みになった」

いつものように、共に朝食を取っている時。ルーカス様が、そう言った。

言われてみれば確かに、ルーカス様が着ているシャツが、いつもよりもカジュアルなものだ。

「まぁ、そうなのですね」

「だから、その……良ければ、クローディアスと共に過ごせないだろうか」

問われて、ルーカス様が丸一日、クローディアスと過ごした事はないと気づく。これまで、王宮から顔を見に通っていた彼に、そんな機会はなかった。

「もちろんです。では、日課のお散歩でも致しましょうか」

「そうだな」

クローディアスを部屋まで迎えに行くと、私は慣れた手つきで、彼の衣服の股下を留めている釦を外した。

「何をしている？」

「おしめを替えるのです。用を足した事が分かればすぐに交換しておりますが、こうして、何か活動をする前後にも、確認しております。あまり長い事、濡れた状態でいると、おしりがかぶれてしまいますから」

大人でも、蒸れると痒くなりますでしょう？

そう尋ねると、ルーカス様は、

「確かにな」

と、苦笑した。

「分かった、では、やり方を教えてくれ」

「え」

「おしめを交換するという事が、どれだけ赤ん坊にとって大切なのか、理解した。だから、次は、具体的な方法を知りたい」

「まぁ、でも、ルーカス様がそのような……」

「リリエンヌも、普段からクローディアスの下の世話をしているではないか」

「そう、ですけれど……」

「ダメか？」

「いえ！　いえ、そのような事は！　えぇと……では、お願いしてもよろしいですか？」

……どうしちゃったの、ルーカス様。イクメン？　イクメンに進化した？

「では、まず、おしめカバーを留めている紐を解きます。続いて……あぁ、ちょっと出ていますね。吸水用の布を、交換します。さらしを折り畳んだ物を用意しておりますから、汚れ物はこちらのバケツに入れて頂いて、新しい物を、この位置に……」

クローディアスの足首を掴んで、おしりを浮かせながら手順を示すと、ルーカス様は真面目な顔をして、こくりと頷いた。

「分かった。やってみる」

立っていた場所を代わり、ルーカス様が、クローディアスの足元に立つ。

その時だった。

「あ」

ぴゅう、と見事な放物線を描いて、クローディアスが、ルーカス様におしっこを引っ掛けた！

シャツに被弾して、茫然と腹部を見下ろすルーカス様。

解放感からか、ほぅ、とどこか満足げな表情を浮かべるクローディアス。

「大変！」

慌てて、ルーカス様の濡れた腹部に乾いた布を押し当てると、固まっていたルーカス様が再起動した。

「申し訳ございません、説明しておくべきでした。赤ちゃんは、おしめを外した解放感で粗相をする事が……っ」

焦って説明すると、ルーカス様は、私の手から布を受け取って服を拭いながら、

「……殺気がなくて、まったく気づかなかった……」

と、零した。

殺気。赤ちゃんがおしっこをするのに、殺気なんて出ないと思うけど、ここは、さすが武人だと思うべき……？

「なんだ、クローディアス、すっきりしたのか」

ご機嫌にうきゃうきゃお喋りしているクローディアスに、おしっこを引っ掛けられたのに鷹揚に声を掛けるルーカス様。

よ、良かった……怒ってない……

「リリエンヌも、これを食らった事があるのか？」

「はい、何度か……」

「そうか。恐らく、父上も母上も、同じ経験をなさった事はないだろう。なんだか、誇らしいような気がするな」

自慢げなルーカス様の姿が微笑ましくて、思わず笑ってしまう。

「とはいえ、お召し物が汚れてしまいましたし、一度、湯浴みをなさっては」

「あぁ……そうだな。クローディアスも湯を使わせるか？」

「そうですね」

被弾で慌てたルーカス様がクローディアスの足を取り落としたために、彼の両足は、汚れてしまっている。普段なら、濡らした布で丁寧に拭くだけで終わらせてしまうけれど、ルーカス様のために湯を準備するのなら、一瞬浸かるだけでもお風呂に入れてあげた方が、さっぱりするだろう。

ルーカス様が湯浴みの準備を指示する横で、クローディアスの濡れた衣服を脱がせ、おむつを替えていると、感心したように声が掛けられた。

「リリエンヌは、すっかりクローディアスの世話に慣れているのだな」

「わたくしが自ら、お願いして関わっている事でございますから」

最初こそ、クローディアスを両親に愛されていない子供にしないため、ヤンデレ化フラグを折るため、と気負っていたものの、今の私は、ただ、育児を楽しんでいる。

もう少し大きくなれば、躾だとか教育だとかが関わってくるけれど、今の目標は、健康に成長する事、それだけ。

「ルーカス様には、クローディアスとの時間を頂く事ができて、心から感謝しているのです」

「いや……俺の方こそ、」

ルーカス様が何かを言い掛けた時、湯浴みの準備を整えたルーカス様の侍従ケインが、声を掛けて来た。

「殿下。殿下のお部屋の浴室にて、湯浴みの準備が完了しております」

「分かった。リリエンヌ、クローディアスもそちらに」

「はい、承知致しました」

背後に控えていたジェマイマに、クローディアスの着替え一式を持たせて、ルーカス様の部屋に移動する。

ルーカス様が湯を使われた後、ちゃちゃっと入れさせて頂こう。そう考えていたら。

「リリエンヌ」

……なぜ、でしょう。

いつの間に、私まで、浴室に……？

「ついでだ。俺が入る時に、クローディアスも一緒に入れてやればいい」

「え、あの」

ルーカス様、赤ちゃんの沐浴なんてされた事、ないでしょう!?

確かにクローディアスは、もう五ヶ月も半ばを過ぎて、首は完全に据わっているし、体幹も大分しっかりして、縦抱きにしてもふらんふらんしないけれども。

そもそも、ルーカス様、侍従付きで湯浴みをするお立場では……？

「俺は普段から、一人で入浴している。騎士は、なんでも一人でやらねばならんからな。体を支えながら、洗ってやればいいのだろう？」

そう、なんですけど。

そうなんですけど……！

あわあわと抵抗できないうちに、気づいたら浴室には、ルーカス様、クローディアス、私の三人のみになっておりました……

ケインには、

「申し訳ございません、妃殿下にこのような事をお願いする不敬をどうぞ、お許しください。ですが、私では、クローディアス殿下のお世話はできかねます」

と頭を下げられ、ジェマイマにも、

「私は、クローディアス殿下付きの侍女でございます。ルーカス殿下のお世話はできかねます」

と蒼白な顔で訴えられ。

そうよね、職責から外れるわよね。

ルーカス様が、合理性を追求した結果だものね……！

結果として、家族なんだから家族なんだからいいでしょ？　と判断されるのも、仕方ない事なのだろう。

でも、私とルーカス様は、夫婦とは名ばかりの関係なのよ……！

「リリエンヌ、クローディアスをこちらに」

私が悶々と悩んでいる間に、殿下は浴槽に浸かっていたらしい。

あぁ、良かった。衣擦れの音とか聞いていたら、羞恥で自分がどうなっていたか分からない。

この国の風呂は、泡風呂になっている。洗い場はなくて、浴槽の中の泡で体を洗い、最後に湯桶に汲《く》んでおいた綺麗な湯で全身を流すのだ。

だから。

浴槽に浸かっているとはいえ、ルーカス様のお体を私が見る事はない。胸から下は、白いあわあわで隠れている。

その事実に、ひどく安心した。

前世で出産経験がある筈の私は、男性の体を見た経験もある筈。でも、どれだけ記憶を振り返っても、前世の配偶者の顔も、産んだ子供の顔も思い出せない私にとって、未経験と同じだ。

前世の人生に心残りを持たず、前向きに生活していけるという意味ではいい事なのだけれど、経験値がまったく役に立たない。

そのうえ、兄ばかり三人いる兄妹構成ではあるものの、生まれた時には既に家を出ていた兄達との接触もなければ、学園生活とは名ばかりの六年間で、男性と間近に接した事もない。

人妻ではあっても、男性に対する耐性がゼロだ。

内心の動揺を必死に押し隠して、決死の覚悟で、全裸を大判のガーゼで包んでいたクローディアスを、浴槽の中のルーカス様に差し出す。

ルーカス様に抱きかかえられたクローディアスは、温かい湯に浸かって、ほぅ、と気持ち良さそうにふにゃりとした顔を見せた。可愛いお口が、おちょぼ口になっている。普段はあまり見せない表情に、ルーカス様も、心なしか嬉しそうな顔になった。

「このまま、大人同様に洗ってやればいいのか？」

「はい。耳の中に、湯が入らないようにして頂いて……石鹸を舐めないようにだけ、気をつけて頂ければよろしいかと」

段々と体が大きくなってきたクローディアスを、私が沐浴させるのは難しくなっている。

非力な私にはもう、クローディアスの体は重いのだ。いっその事、今のルーカス様のように一緒に入ってしまいたいけれど、王子妃の身分がそれを許してくれない。腰が据わって、お座りさせたまま洗えるようになれば、楽になる筈だから……今が一番、大変だろう。

でも、ルーカス様は手が大きいし、力もあるので、楽々と片手でクローディアスを支えながら、手際良く洗っていく。

「これでいいだろうか」

「はい、ありがとうございます」

私が沐浴させる時よりも短時間で洗い上がったクローディアスは、普段とは異なるシチュエーションに、満足したようにニコニコして、ご機嫌な声を上げた。

「では、流してやってくれ」

「はい」

浴槽に浸かったままのルーカス様から、泡だらけのクローディアスを受け取る。そのまま、綺麗な湯に浸したガーゼで泡を洗い流すと、乾いた布で全身を拭い、新しい着替えを着せ付けた。

すっかりピカピカになったクローディアスに満足し、抱き上げて石鹸と赤ちゃんの香りを堪能していた私は。

……忘れていたのだ、この部屋に、もう一人、いたという事を。

「リリエンヌ。すまないが、そこの布を取ってくれるか」

無意識に、呼ばれた声に反応して目の前の清潔な布を手に取り、振り返る。

そこに、見事に鍛え上げられた、彫刻もかくやというルーカス様のお体……遮るものの何もない紛う事なき全裸、を、心の準備なしに目にしてしまった。

着衣のルーカス様は、どちらかと言うと禁欲的な雰囲気の方だ。色気垂れ流しなのは、セドリック様の方だろう。

けれど、衣服を纏っていない、濡れた肌のルーカス様からは、無視できないほどの色気が漂っている。広くがっちりと角ばった肩、しっかりと筋肉の乗った胸、割れた腹筋。色白のルーカス様は、体も日焼けとは無縁のようだけれど、青白いわけではなく、硬質な白さはアラバスタのようだ。その肌の白さが、余計に艶《なま》めかしい色香となっている。

美しすぎる肉体は視覚的暴力とイコールなのだという事を、心構えなしにぶつけられた、私は。

「ひぅ……っ」

視界に飛び込んで来た圧倒的情報量に、呼吸困難に陥った。情けない声と共に、へなへなと腰が抜けて、浴室の床に座り込む。

腕の中のクローディアスをしっかりと抱き締めたままだった事は、自分で自分を褒めていいと思う……

「リリエンヌ」

唖然とした顔のルーカス様は、私の反応にしばらく硬直していたけれど、慌てたように名を呼んだ。その声に、動揺してびくりと肩が大きく震える。

「そんなに強く抱いては、クローディアスが苦しい」

「ひ……ひゃい……」

まともに返事をする事すらできない私を、ルーカス様は笑う事はなかった。

申し訳なさそうに、眉を顰《ひそ》める。

「そのような所に座り込んでいると、体が冷えてしまう。立てるか？」

ルーカス様の声は優しいけれど、腰が完全に抜けたのか体にまったく力が入らず、身動きが取れない。

「も、もうしわけ……ございません……」

へにゃりと頽れている私を見て、ルーカス様は悩む事もせず、素早く体を拭くと腰回りを覆った。そのまま、クローディアスごと、私を横抱きに抱き上げる。

「ルーカス様!?」

反射的に名を呼ぶと、ルーカス様の藍色の瞳が、じっと私を見た。そこに浮かんでいる労りに、頬に熱が上った事が分かる。

ルーカス様は、浴室に隣接した個人の寝室を通り抜け、夫婦の寝室へと私達を運び込んだ。

「お、下ろしてくださいませ……! 重いでしょう……?」

「まったく。これくらいで重く感じるほど、軟弱な鍛え方はしていない」

「ですが……っ」

恥ずかしくて、仕方がない。

ルーカス様の裸の胸に当たっている二の腕が、羞恥のあまり、真っ赤に染まっているのが見えた。

「ほら、下ろしたぞ」

言葉とは裏腹に、大きな寝台の上に、そっと優しく横たえられる。

思わず、ほぅ、と深く安堵の息を吐いた後、あまりの恥ずかしさに泣きそうになって、ルーカス様の顔を見つめた。本当は、顔を直視するのは眩し過ぎる。でも、まだ服を着ていない彼には、顔以外に、視線を向けられる場所がなかった。

「お戯れが過ぎます……！」

「戯れ？」

「わ……わたくしが、不慣れな様《さま》をご覧になって、楽しいのですか……？　心臓が止まるかと思いました……！」

王子殿下に求められたすべてに従うように。

そう刷り込まれて来た私にとって、たったこれだけの言葉を口にする事すら、大きな勇気を伴った。知らずに息が切れ、肩が上がる。指先が震えている事が、自分でも分かった。

「……すまない。そんなにお前を怯えさせるほど、俺は醜かったか？」

「え……？」

想定外の反応に、戸惑う。ここは、慌てふためく私を、ルーカス様が面倒に思う場面なのでは……？　けれど、彼は泣きそうな私が、怯えているのだと思ったらしい。

「王子とはいえ、騎士でもあるからな。俺の体には、傷跡も多い。お前の目には、醜く映るだろう。……怖がらせたな」

傷……？

思わず、確認するように、ちら、と視線を下げてしまって、剥き出しの上半身に、慌てて顔を上げた。

「ぁの……いえ……そうではなくて……」

「悪かった、配慮が不足していた」

配慮は欲しかったけれど、違う。問題にしているのは、そこではない。

「いえ、違います！　ルーカス様はお美しいです……！」

叫んだ後、ハッとして視線を逸らす。

何を言っているの、私は……！

「美しい……？　俺が？」

「る、ルーカス様は、とても美しい、彫刻のように鍛えられたお体で……わ、わたくしは、恐れ多くて、直視できないのです、ですから、どうぞ、早くお召し物を……っ」

心底、不思議そうな声色で問われて、言い募る。

真っ赤に頬を染め上げた私は、到底見るに堪えない顔をしているだろうに、ルーカス様は私の言葉を聞くと、ふわり、とこれまでに見た事のない顔で、笑った。

その瞳の奥にゆらゆらと揺れる炎のような揺らめきから、目が離せない。

「……美しい、とは、」

ぎしり。

軋む音と傾いた体に、ルーカス様が寝台に膝を乗り上げた事に気がついた。

顔を覗き込むようにして、右手人差し指の背で、私の頬をそっと撫でる。自分が息を呑んだ音が、思った以上に大きく耳に響いた。

「お前の事を言うのだろう、リリエンヌ」

「え」

彼は今、なんと言った……？

寝台の上というシチュエーション、かつてなく密接した距離、愛撫のような親密な触れ合いに、緊張のあまり、瞳が潤み出したのが分かった。

「……リリ」

ルーカス様が、そっと愛おしむように、これまで口にした事のない愛称で私を呼ぶ。

あまりの衝撃に、大きく目を見開いて、小さく喘いだ。

「る……かすさま、」

彼の名を呼び返した事に、意味はない。ただ、沈黙が怖かっただけだ。

ルーカス様の顔が、そっと近づいて来るのを、私ははくはくと息を吸い込めないまま、ただ、見ているしかなかった。

その時。

「だぁー！　うきゃぁ！」

腕の中から聞こえた声に、ルーカス様の顔色が、さっと変わる。熱っぽかった視線が、瞬時に冷水を浴びたように変わったのを見て、今の戯れは、夢だったのだと悟った。

「……クローディアス……」

ルーカス様が額に手を当てて、はぁ、と項垂れる。そのまま、しばらく固まったかと思うと、

「……あ～……」

乱雑にわしゃわしゃとご自分の髪をかき乱し、最後に溜息を一つついて、立ち上がった。

「……すまない、着替えて来る」

「は、はい、いってらっしゃいませ」

夫婦用のベッドに、クローディアスと二人、取り残される。

ご機嫌にお喋りしているクローディアスを隣に寝かせ直して、こちらへと伸ばされた小さな手を握り返した。

「……びっ……くり、した……」

もし、あそこでクローディアスが声を上げなければ、キス……されたのだろう。

嫌だとは、思わなかった。私は自然と、受け入れようとしていた。

けれど。

——……部屋を立ち去るルーカス様の顔に浮かんでいたのは、自己嫌悪、のようなものだった。

その顔を見て、激しい動悸が、一気に静まり返った。つまりは、私に触れるつもりはなかった、そういう事なのだろう。

「あぁ……そうよね……」

ルーカス様は、王子宮に越して来た。

だから……これまではきっと外で発散させていたあれこれに、費やす時間がないのだ。王子宮で共に暮らすという事は、彼にとって、そういう不利益もあるのだという事に、気がついた。

ルーカス様は、不器用な方だ。笑顔で嘘を吐ける方ではない事は、初夜に理解した。

彼は、名ばかりとはいえ妻である私と、後継であるクローディアスが住む宮に、『秘密の恋人』

を連れ込むような事はなさらない。ルーカス様に特定の寵姫がいるのかは知らないけれど、結果として、色々と溜まっているものがおありなのだろう。

「じゃなきゃ……」

抱かない、と宣言した私に、キスしようとする筈がない。ましてや、美しい、なんて、言うわけがない。あんなに甘い声で愛称を呼ぶなんて、そんなわけがない……

「……『本当の家族』になれるかもしれない、だなんて……夢を見てはダメよ、リリエンヌ」

ルーカス様が求めているのは、クローディアスの母としての私に過ぎない。

だって私は、地味で役立たずで、名ばかりの王子妃でしかないのだから。

ルーカス様の指が撫でた頬に、そっと触れて、目を閉じた。

着替えたルーカス様は、駄々洩れだった色気が霧消して、いつも通りだった。いつもと違うのは、普段は上げている前髪が自然に降りている事だろう。そのためか、表情が柔らかく見える。

「予定よりも遅くなったが、散歩は庭でいいのか？」

「はい」

大きなベッドの上で手足を伸び伸びと動かして少しお疲れのクローディアスは、ルーカス様の腕の中でウトウトし始めている。このまま、ベビーカーに乗せてしまえば、お昼寝するのは確実だ。

王宮の敷地内でも、王子宮は独立した造りになっている。周囲を高い壁に囲われ、出入りできるのは正門と使用人のための小さな通用門のみ。ただし、王子宮の敷地に入ってしまえば、そこまでの閉塞感はない。高い壁は植栽で隠れているし、庭師が丹精している庭は一年を通じて美しい。

けれど、閉塞感が薄いとはいえ、限られた敷地から出る事を許されなかった一年を冷静に振り返ると、ほとんど軟禁状態だったと言っていい。

交友関係がないから人と会いたいという欲求がなく、街に出て買い物をするような経験もなかったから外出したいという欲求もなかった私にとって、その環境が苦ではなかっただけだ。

妊娠中の体調の変化に追い詰められたところはあるものの、おおむね、想定内の結婚生活だったと思う。

むしろ、ラダナ夫人から解放され、何かと私を気遣ってくれるハイネやカンナのおかげで、過ごしやすかった。初日に宣言された事で、いつルーカス様が訪れるのかと気を張らずに済んだのも確かだ。

変化が生じ始めたのは、クローディアスが生まれてから。彼の将来を憂えて、意識して積極的に周囲に関わってきたつもりだ。

その結果として、微々たるものではあるけれど、人付き合いというものができるようになったのではないかと思う。何もできない、何も持たない、と言われている私でも、少しは何か、役に立てているのかな、と、欠片ばかりの自信が持てる程度には。

王子宮で、クローディアスとルーカス様と、過ごす毎日。

穏やかで、優しい時間。

それは、私に『家族』の幻影を見せたけれど……この生活は、いつか、終わる。いつまでも、ルーカス様を王子宮に縛り付けておくわけにはいかない。

先ほどの出来事で、確信した。

私の役割がクローディアスの母親でしかない以上、彼には、彼を癒す女性が必要なのだ。王家と公爵家の血を引く後継者を得たルーカス様は、これ以上、私にかかずらう必要はない。

クローディアスの王子教育が何歳から始まるのかは聞いていないけれど、私の王子妃教育が三歳から始まった事を思えば、それくらいだと考えておいた方がいいだろう。

あと、三年。

それが過ぎれば、私はここで、一人で暮らしていく事になる。王族が離縁できない以上、死ぬまで『王子妃』である事は確かなのだから、王宮から出る事はない。もしかすると、クローディアスが結婚する折には、王子宮を明け渡さなければならないかもしれない。その時には、どこか、隠居先を見つけて貰えるだろうか？

ルーカス様がいる毎日が、『日常』になりつつある事が、怖い。

いつの日か、『日常』が壊れる事が、怖い。

だから、ちゃんと、『いつか来る日』を覚悟しておかなくては。

「あぁ、寝たようだな」

ベビーカーを押すルーカス様と共に庭の小径を歩いていると、クローディアスの様子を確認したルーカス様が、そう言った。

「随分と、はしゃいでいたようですから」

いつもとは違う時間、初めてルーカス様と沐浴した事にも、体力を使ったのだろう。

クローディアスは、小さな口を、むん、と引き結んで、なんだか難しい顔をして眠っている。

「リリエンヌ、少し話がしたい。東屋に向かうが、いいか？」

「はい、畏《かしこ》まりました」

王子宮は、厳重な警護に守られた王宮の中の、さらに囲われた地だ。庭は「安全な場所」とされて、私一人の時ならともかく、武官であるルーカス様が同行される時には、目の届く範囲に護衛はいない。もちろん、私が気づいていないだけで、声を上げればすぐに駆けつけられる距離で、守ってくれているのだろうけれど。

東屋は、小径を逸れた先にある。漆黒のアイアン造りのがっしりした東屋には、同じ素材で作られた丸テーブルと椅子が二脚据えられている。

妊娠中の私は、カンナに勧められるがまま、庭を散歩しては、ここで休憩していた。

「一つ、報告がある」

「はい」

ルーカス様は、クローディアスが眠るベビーカーを日陰に置き、危険がないか位置を念入りに確認すると、椅子に腰を下ろすなり、そう言った。

「アルバートが、マーティアス家に引き渡される」

「！」

「セディは、ロザリンドの妊娠が判明した時点で、違和感を抱いていたようでな。疑念が確たるものとなったのは、父上達に初めて面会をした時らしいが、その頃から、証拠集めを始めていたらしい。最後の一押しとなったのが、マーティアスの告白だったわけだ」

マーティアス卿が、ロザリンド様との関係を告白してからふた月。

ルーカス様達は、念入りに証拠集めをしていたという事だろう。

「さようですか……ロザリンド様は、納得なさっているのですか？」

不貞の子である証拠が揃っていれば、納得していようがいなかろうが、王籍に置いていくわけにはいかない。けれど、人の心など、簡単に割り切れるものではない筈だ。

そう思って問うと、ルーカス様は苦い顔をした。

「納得……そうだな、納得、はしている」

「納得、は？」

何か、引っ掛かる言い方だ。

「俺は、ロザリンドとの付き合いは長いが……あれが何を考えているのか、どんなつもりで行動していたのか、さっぱり分からん」

呼び名が「あれ」になっている。余程、ルーカス様は腹に据えかねているのだろう。

「あれはな、セディが証拠を揃えて提示した時、言い訳も抵抗もせずに、『仕方ないわね、じゃあ、アルバートはあげるわ』と言ったのだ」

「……え……？」

我が子を、あげる、って……

「別に、保身のための言い訳を聞きたかったわけではない。それで許される問題ではないからな。だが、何を考えた結果なのかは、知りたかった。ところが、アルバートをマーティアス家に渡す事に同意した後は、のらりくらりと煙に巻いて、真っ当に会話をしない。セディを裏切った、という認識があるのかどうかすら、分からん。最終的には、アルバートは王籍から出すのだから、それでいいだろう、と開き直った。王籍に入ったまま、一歳を迎えてしまえば、その存在が国民に周知される。その前に問題を解決しようと、セディが深く追及しなかったのも確かだ。ロザリンドは決して許されざるべき事をしたが……セディは考えるところがあるようで、ひとまず引いている」

「ロザリンド様は……アルバート殿下の事を……？」

「……あれは、我が子を我が子と思っていない」

……衝撃、だった。

気がついてはいた。ロザリンド様と私では、子供に対する向き合い方がまったく違う事は。私にとって、我が子は一番に守らなくてはならない存在だけれど、ロザリンド様は違う。

多分、それだけの事。

母になれば皆が皆、我が子を優先するわけではない。母親の数だけ、関係の築き方はある。頭では、分かっている。

でも……ロザリンド様は、望んでマーティアス卿の子を妊娠した筈だ。望んだ結果の子供を、あっさりと手放すなんて……

「……マーティアス卿は、どうなさるのですか」

彼は、辞職願を受け取って貰えない、と話していた。マーティアス卿の気持ちがロザリンド様にない以上、アルバートを迎え入れた後もロザリンド様に仕え、『秘密の恋人』になるように求められ続けるのは、あまりにも惨《むご》い。

「さすがに、セディが有無を言わせなかったからな、波風なくとは言わないが、ロザリンドの護衛騎士は辞した。アルバートの乳母達も仕事を失うわけだが、王宮に付いて来た乳母が、マーティアス家でも引き続き、世話をするらしい」

「さようですか」

あの乳母は、アルバートを大切に育てているように見えたから、一安心だ。彼女は彼女で、タウンゼント家の意向という大きな風に逆らうわけにはいかなかったのだろう。

「それで、だ」

話はそれだけかと思ったら、ルーカス様が、苦虫を噛み潰したような顔をした。

「アレン・マーティアスが、リリエンヌ、お前の護衛騎士を希望している」

「はい……？」

詳しく聞くと、ロザリンド様が迷惑を掛けた詫びと、曲がりなりにも一度は我が子と呼んだアルバートを今後世話する礼、という事で、セドリック様が次の就職先への口利きを約束したのだそうだ。マーティアス卿は元々、近衛騎士団所属だったから、近衛に戻る事を希望するだろうとお考えになったらしい。近衛はその性質上、一度辞職すると再度、所属する事は難しい。いわゆる、間諜とか危険思想とか、そういう心配があるから、という理由で。その無理難題も、王子権限で通す、という事だったらしいのだけれど……

「ヤツが希望したのは、お前の護衛騎士となる事だった」

「……まぁ」

なぜ、完璧王子妃の護衛騎士から、でき損ない王子妃の護衛騎士に……。近衛の方が、エリートなのに。

「お前の護衛騎士は、ハイネが思想や実力を厳しく精査したうえで採用している。そのうえで、これまでの諸々を踏まえても、危険性はないと判断された。だから、最終判断はお前に委ねる」

「ルーカス様がよろしければ、わたくしは問題ございません」

「……分かった」

ルーカス様の眉間の皺が、一層深くなった。ロザリンド様の信用は地に墜《お》ちたとはいえ、マーティアス卿が彼女のお相手だった事が、気に食わないのだろうか。

ともあれ。ゲームよりも早く、アルバートはマーティアス家で生活する事が決まった。母親のいない暮らしという意味では、ある意味、私も似たようなものだった。母は存命だけれど、私の出産ですっかり弱ってしまい、ベッドの住人だった。父と領地に移ってからは、少しずつ表に出ていると聞いているものの、思えば、数えるほどしか、顔を見た事もない。

この先、アルバートに母親の名が告げられる事は、恐らくないだろう。

母、という存在への思慕は抱くかもしれない。でも、物心つく前から父一人子一人であれば、『虹の彼方に』のアルバートのような、一見爽やかと見せ掛けつつのマザコンには、成長しないで済むのではないだろうか。

同時に、六歳の時に信頼していたアルバートと引き離される、というクローディアスのトラウマもまた、回避できた筈だ。私がいつまで、クローディアスの傍にいられるか分からない以上、不安の芽は摘めるものなら摘んでおきたい。

それが今、私にできる唯一の事なのだから。


護衛騎士として、マーティアス卿が王子宮へとやって来た日。

大きな秘密を告白し、望まない職から解放されたからなのか、彼は私に向かって晴れ晴れしく微笑んだうえで、騎士の誓いというものを受けて欲しい、と懇願した。

「騎士の誓い……？」

「はい。これは、騎士が主に仕えるための儀式のようなものです。リリエンヌ様は、ただ、『許す』と一言、仰《おつしや》っていただければ」

これまでについていた護衛騎士と、そのようなやりとりはなかったのだけれど……元・近衛だからなのだろうか。

「そう……それだけでいいのですか？」

「はい」

マーティアス卿は、私の前に片膝をついて跪き、帯剣していた剣を鞘ごと外して地面に突き立てた。

「私、アレン・マーティアスは、リリエンヌ・ラーエンハウアー様に騎士として剣を捧げる事を誓います」

「……許します」

そう応えると、心底嬉しそうに破顔する。

「お許しくださり、ありがとうございます」

「これから、よろしくお願いしますね、マーティアス卿」

そう呼ぶと、悲壮感漂う顔のマーティアス卿と目が合った。え……しょんぼり下がった尻尾と垂れた耳が見える……幻影……？

男らしく精悍な顔立ちと立派な体格であるだけに、その姿は私に罪悪感のようなものを抱かせる。

「リリエンヌ様……私は、貴女の騎士です。どうぞ、名でお呼び頂く栄誉を賜れませんか」

「名、ですか」

「はい。どうぞ、アレンとお呼びください」

「アレン卿？」

「いけません、従者である私をそのように呼ばれては。どうぞ、ただ、アレン、と」

「アレン……？」

「はい、なんでございましょうか、リリエンヌ様」

……ワンコだ……ワンコがいる……。ぶんぶんと音を立てて尻尾を振るワンコがいる……！

「えぇと……アレンは、ロザリンド様にも、騎士の誓いを立てたのですか？」

「いいえ？」

「え？」

「騎士の誓いは、生涯、唯一人と定めた主に捧げるものですから」

え、もしかして、これって、ロザリンド様にバレるとまずいやつでは……？

青褪《あおざ》めた私の顔を見て、マーティアス卿——アレンは、にっこりと爽やかに微笑んだ。でも……

多分、この人、見た目ほど、爽やかじゃないわ。絶対に、お腹真っ黒。

「ご心配なさらず。リリエンヌ様は、私がお守り致しますから」

その日以来、ロザリンド様と顔を合わせた事はない。それまでは、王子宮から出る数少ない機会があると、必ず出くわしていたというのに。実際のところ、私がロザリンド様と遭遇しない理由にアレンが関わっているのかどうかは不明だけれど、今現在、大きな心配なく過ごせているのは確かだ。

私の護衛騎士はアレンの他に十名いて、一日三交代制で基本二名がついてくれている。王宮の外に出る時にはその限りではないし、このところ、公務で外出する機会が増えているので、一回の動員人数はもう少し多い。でも、きちんと休暇を取って貰えるだけの人数で回している筈だ。

アレンは、王子宮の雇用という形ではなく、私個人に騎士の誓いを立てたため、彼等と扱いが異なるらしい。王子宮側で指定したシフトとは関係なく、アレン個人の裁量で、護衛につくのだ。

その結果、どうなったかというと……いつも、私の傍にいる。

アルバートの件で、私になんらかの恩義を感じているのかもしれないけれど、それにしても、一体、いつ休憩を取っているのかすら分からないくらいに、顔を見る。アルバートをマーティアス家で引き取ったというのに、自宅に帰っている気配がない。

そもそも、護衛騎士という職業柄、ゆっくり自宅で過ごす事が難しいのは分かる。

だからこそ、まとまった休暇を出しても、

「リリエンヌ様のお傍が、最も休まりますから」

と言って、休暇と称して私の傍で過ごす……

あの、ねぇ、アルバートは……？

どうやら、つい最近、騎士を退職したお父上が、アルバートをいたく気に入って、可愛がってくれているらしい。もちろん、事情をきちんと把握した祖父母に可愛がられているのは、いい事だと思う。でも……実の母に捨てられたような状態なのに、実の父が顔を見せないというのは、ちょっと……

アレンにそれとなく、アルバートに顔を見せなくていいのか尋ねたら、

「騎士の子であれば、父の顔を滅多に見られるものではありません。私もそうでした」

と言われた。

そう、なのかもしれないけれど……初めての面会時、アルバートの養育環境が心配だ、と話していた事を思うと、何かこう……しっくり来ない。

だからと言って、アルバートを王子宮で育てる事はできない。他にも子持ちの使用人はいるのだから。けれど、関わった以上、アルバートの将来が気に掛かるので、いずれはクローディアスの遊

び相手として召し上げるつもりでいる。ルーカス様には既に、打診済みだ。

「遊び相手、か」

「えぇ。最初は、クローディアスの乳兄弟になって貰えないか、と思ったのです。わたくしにはおりませんが、乳兄弟というのは、随分と心を許せる間柄のようですから。クローディアスは王子です。その身分ゆえに、対等に付き合える存在は希少です。幼い頃から共に育ち、互いを理解し合えるきょうだいのような者がいれば、心強いのではないか、と」

「ふむ」

「乳兄弟でしたら、相手方の爵位は問われません。ですが……アルバートはクローディアスの乳母の子ではございませんから、乳兄弟にはなれません」

「だから、遊び相手なのだな」

「はい。アルバートは、表向きはわたくしの護衛騎士の子というだけですから、各方面への根回しも必要になりますでしょう？　タウンゼント家側が、黙認してくださるかも分かりませんし……」

ルーカス様とセドリック様は、遊び相手兼将来の側近候補として、五公爵家の子息達と幼い頃から付き合いがあった。側近候補になるだけに、王族の遊び相手は高位貴族の子息から選ばれるため、子爵家子息でしかないアルバートをその中に入れるには、根回しが必要だ。

「そう、だな……確かに、アルバートはクローディアスにつけた方がいい。今は大人しくしているが、タウンゼント家が将来、口を出して来ないとも限らない。その時に、クローディアスの陣営に抱き込んでいる方が得策だ」

ルーカス様によると、アルバートを王籍から外す際に、母であるロザリンド様との関係を辿れないようにしてはあるらしい。けれど、タウンゼント一族の結束は固い。籍を取り扱う部署にいるタウンゼント一族の者が、なんらかの細工をしないとは言い切れないのだそうだ。

それに、今後、ロザリンド様に男児が生まれなかった場合、たとえ、マーティアス家が抵抗しようと、何かと理由をつけて取り上げ、返り咲かせる可能性もある。

「マーティアス、お前が、クローディアスの剣の師となれ。息子と一緒に教えている、という体を取ればいい」

「御意に」

背後に黙って控えていたアレンの同意も取れて、ホッと一安心した私に、ルーカス様は首を傾げた。

「だが、剣の稽古は、早くとも四歳を過ぎてからだ。遊び相手にしても、同じ事。随分と気の早い事だな？」

確かに、クローディアスもアルバートも、まだつかまり立ちも出来ない乳児だ。でも。

「あの……」

アレンに聞こえないように、小さく答える。

「……わたくしは、いつまで、クローディアスの傍にいられるか、分かりませんから……」

ルーカス様が、眉を顰《ひそ》める。

「……どういう意味だ？」

クローディアスを望外に可愛がってくれているルーカス様。今の彼ならば、クローディアスを任せる事ができる、と思う一方で、ルーカス様自身のために、私以外の真の妻が必要だ、とも思う。

ルーカス様は俯《うつむ》いた私を見て、大きく溜息を吐いた。

「リリエンヌ……何か、勘違いをしているようだ。お前がクローディアスの傍にありたいと思う限り、俺がその権利を取り上げる事はない」

「ですが……ルーカス様は……」

私を、妻とは思っていらっしゃらないではないですか。

そう言いたくて、でも、言えなくて、尻すぼみに声が小さくなっていく。

ルーカス様は何かを言い掛けたものの、執務に行かねばならず、そこで時間が来てしまった。

あの日以来、顔を何度か合わせたけれど、私達はお互いに触れられずにいる。


「クローディアス。今日は、久し振りにママとお散歩しましょうね」

ブルーグレーのサンボンネットとワンピースを身に着けた私は、クローディアスを連れて庭に来ていた。

このところ、公務が立て込んでいて、私がクローディアスと庭を散歩するのは一週間ぶり。普段は、ジェマイマ達が交代で連れて行ってくれているけれど、やはり、時間のある時には自分が付き合いたい。

それは、母親としての義務だからではなく、私がしたい事。

記憶を取り戻す前の私は、周囲に求められる事だけをしていた。

すれ違った人々にひそひそと、

「あれが人形姫よ。ただ笑っているだけのお飾りなら、誰にだってできるわ」

と陰口を叩かれているのを聞いた事が何度もあるけれど、そう言われても仕方がなかったと思う。

でも、今の私は、自ら何かをしたい、と望む事ができるようになっている。

結婚してラダナ夫人と物理的な距離が置けた事、何よりも最近知ったのだけれど、王子宮の使用人が悪意ある訪問者を遮断し、私の耳に余計な情報を入れないでくれていた事で、少しずつ、自我というものを取り戻す事ができたからだ。

彼らが独断でそのような行動を取るとは思えないから、ルーカス様のお考えだったのだろう。

私がまだ、過去の出来事を忘れていないのは確かだ。でも、ルーカス様は、私を嫌っているわけではない。むしろ、守ろうとしてくださっている。

不器用だけれど、本来は優しい方なのだ。それは、思い違いではないだろうから。

「きゃ～！　だっだぅ～！」

「クローディアス、ご機嫌さんね」

クローディアスは、生後七ヶ月になった。寝返りは、七ヶ月になる直前にようやく成功したので、ちょっと遅め。ふっくらムチムチさんだから、お尻が重かったのだろう、と思っている。

先月から、離乳食を始めた。クローディアスは食べる事が好きみたいで、毎回、匙を奪う勢いで食べてくれるのが嬉しい。基本的に王子宮の料理人が作ってくれるのだけれど、時間がある時には私も作る。何しろ、甘味を足す、と言って蜂蜜が使われていたのを見てしまったのだ。幸いにも、クローディアスに食べさせる前に気づいたものの、担当した料理人は、一歳未満の乳児に蜂蜜を与えてはいけない事を知らず、砂糖よりも体にいいと思っていたらしい。そうよね……前世でも確か、周知されてから五十年経ってなかったものね……。他国の話、という体裁で、哺乳力がなくなる可能性がある事、適切な治療をしないままその状態が続くと、稀《まれ》に死に至る事を丁寧に話して納得してもらった。私が厨房に入る事は、ハイネを筆頭に苦言を呈されたのだけれど、この蜂蜜事件を挙げて強引に許可を得たのだ。

体幹は大分しっかりしてきたものの、腰は完全には据わっていないので、お座りさせる時には倒れても大丈夫なように周りにクッションを敷き詰めている。

ベビーカーでのお散歩をお座りでするのは、まだ早いだろう。その日が来るのが、楽しみだ。ごろんと寝転がるクローディアスが眩しくないよう、幌《ほろ》をちょうどいい位置まで押し下げる。クローディアスは、ルーカス様手作りの小鳥の歯固めを熱心にがじがじと噛んでいる。そろそろ、下の前歯が生えるのかもしれない。歯が生えたら、授乳が大変だわ……

そんな事を考えながら、いつものようにベビーカーを押しつつ庭の小径を散策する私の五歩後ろを、ジェマイマとアレンがついてきていた。

その時だった。

「曲者！」

大声で呼ばわる声に驚いた私は、反射的に、ベビーカーの幌《ほろ》を一番下まで押し込んだ。カチリ、とロックが掛かる音がする。これで、正式な手順に則らなければ幌《ほろ》は開けられない。

続いて、駆け寄って来たアレンとジェマイマと共にベビーカーを取り囲み、周囲の気配を探る。傍についている筈の護衛が、まだ現れない。

思った以上に近くで、金属と金属がぶつかる音が高く響いた。クローディアスを連れてこの場を逃げ出すのは、難しそうだ。

「妃殿下……！」

蒼白となったジェマイマを安心させるために頷いて、ベビーカーを抱き込むように覆い被さる。ジェマイマも、震える足で同じようにしようとしたが、彼女は非戦闘員だ。何より、彼女にも幼い子供がいる。

「ジェマイマ、逃げなさい」

「ですが……っ」

「早く！　ハイネを呼んで！」

「は、はい……！」

仕事を与えれば、弾かれたようにジェマイマが走り去った。王子宮での狙いと言えば、クローディアスか私だろう。傍にさえいなければ、ジェマイマは大丈夫。

「リリエンヌ様！」

こちらを案じるアレンの声が、固くなっている。

複数箇所で同時に聞こえる剣戟と怒声。

おかしい。

ここは厳重な警備を敷かれた王宮の中の、さらに警備された王子宮だ。どうやって複数の不審者が、警備の目を欺《あざむ》いて侵入した……？

「まさか……」

アレンが小さく呟いたところで、何かが、ヒュッと空気を切り裂いた。反射的に振るわれたアレンの剣が、キン、と固く高い音を立て、弾いたものの。

「あ……っ」

飛来物は、一つではなかった。ベビーカーに覆い被さる私の二の腕に、どん、という激しい衝撃。勢いに押されて、体ごとベビーカーが揺れる。

真っ先に感じたのは、痛みではなく、熱さだった。震えそうになる体を押さえつけて、ちら、と視線をやると、服を突き破り二の腕に食い込んだ銀色が見える。

これは、もしかして、花祭りの時に私を狙ったものと同じ……？

あっという間に青味がかった色の服が、赤に染まっていく。

「くそ……！」

アレンが周囲に視線を走らせるが、人影はない。

またしても、ヒュッと音が聞こえ身を竦《すく》めたものの、アレンが剣を振り払うと、キン、と音を立てて弾かれた。

「……！」

木陰から走り出る、覆面姿の侵入者が三人。アレンが対峙する中、一人がこちらに回り込む。

「リリエンヌ様……！」

二人を同時に相手取りながら、アレンが背後の私の名を叫んだ。

無言でこちらに向かって走って来た侵入者が、私が怪我している方の腕を掴み、放り投げるように後ろに突き飛ばす。どすん、と勢いよく尻餅をついた。

「きゃぁ……っ」

続いて侵入者は、細身の剣をベビーカーに向けて振り下ろす。

「!?」

布製の幌《ほろ》を切り裂こうとしたのだろうけれど、その刃は阻まれる。予想外の手応えに、侵入者は動揺したようにたたらを踏み、幌《ほろ》を引き上げようと手を掛けた。しかし、ロックの掛かった幌《ほろ》はびくともしない。苛立ったのか、侵入者はベビーカーを、がん、と蹴りつけた！

止《や》めて、中にはクローディアスがいるのよ……！

「うぁあん！」

クローディアスの火が付いたように泣いている声が幌《ほろ》越しにくぐもって聞こえ、ぞわりと悪寒が走った。焦って四つん這いで這い寄る私を、険しく昏《くら》い目をした侵入者が睨みつける。

そのまま、今度は幌《ほろ》ではなく、バスケット部分を切りつけた。籐製のバスケットならば、鋭い切れ味の剣で破損した事だろう。

けれど。

「……なんだ、これは……!?」

無言だった侵入者が、内心の動揺を抑えきれなかったのか、声を漏らす。剣が弾き返された事に安堵する私の顔を見て、侵入者は一層、殺気立った。

良かった。前世の時代劇を参考に作った要塞型ベビーカー、仕事した……!

「どうなっている……!」

「いた……!」

乱暴に肩を掴まれ、髪が引っ張られた私の目に、痛みのあまり、涙が滲《にじ》む。ぶちぶちと音を立てて、髪が引きちぎられる。潤んだ視界の向こうで、二人の侵入者と切り結ぶアレンの姿が見えた。

戦闘の素人である私の目で見ても、侵入者は手練れだ。元・近衛のアレンであっても、同時に二人を相手取るのは厳しいのだろう、彼の肌には幾筋も切傷があり、血が流れていた。

「リリエンヌ様……!?」

痛みに声を上げた私に気を取られたのか、アレンの反応が遅れた。

カン……!

その隙を突かれ、高く放物線を描いて、アレンの剣が彼方へと飛んでいく。徒手空拳となった彼が、私に向かって剣を振りかざす侵入者を阻もうと、手を伸ばす姿が見えた。

頭上に高く上げられた侵入者の剣が、ぎら、と、陽光を反射する。やけにゆっくりと、軌跡を残しながら刃先が迫る。

――このまま、ここで、私は死ぬの……？

「あぁぁん！」

諦めそうになった私の耳に、クローディアスの泣く声が聞こえた。っダメだ、私が倒れては、クローディアスが……！

膝立ちでいざり寄って、せめても、と侵入者の前で両腕を大きく広げた。

「助けて、ルーカス様……！」

己の命すら、風前の灯の状況で。

私は無意識に、クローディアスを守ってくれる人——ルーカス様の名を、声の限りに叫んだ。

「リリエンヌ……！」

私の名を呼ぶ、声。

いつの間にか私に安心感をもたらすようになった低い声が、焦燥を帯びてか上擦っていた。

靴底が摩擦で擦り切れる焦げ臭い臭いと共に、ガチン！　と耳を劈く音が響く。恐る恐る目を開けると、目の前に見慣れた大きな背中があった。首筋に浮かぶ汗は、彼が急いで駆けつけてくれた事を示すのだろう。

侵入者の剣を己の剣で受け止めたルーカス様は、その勢いのまま、押し返し、裂帛の気合と共に体ごとねじ伏せる。

雄叫びと共に大勢の足音が聞こえ、怒号と荒い息遣いが交錯したかと思うと、気づいたら侵入者達は皆、地面に倒れ伏していた。

「ひっ捕らえよ！　一人たりとも逃すな！」

どこかで聞き覚えのある声と共に、視界の端を深緑の長い髪が横切る。

けれど、確認する間もなく、涙でぼやけた視界一杯にルーカス様がいた。

「リリエンヌ」

硬直した両腕にルーカス様がそっと触れた事で、体が強張《こわば》り、恐怖のあまり、ガチガチと震えている事に気がついた。

何度もルーカス様に擦られているうちに、腕から力が抜ける。飛来物の刺さった傷口から腕を伝って流れ落ちる血の熱さに、指先が冷え切っている事を知った。地面に打ち付けた体は土に汚れ、強打した全身に奇妙な痺れがあるけれど、痛みを感じない。

「リリエンヌ、もう大丈夫だ。遅くなってすまない」

「る……る、かす、さま……」

声が震えて、彼の名前すら、まともに呼べなかった。

「あぁ、俺だ、ここにいる」

ルーカス様は、私を落ち着かせようとしてか、ゆっくりと声を掛けて、その広い胸にやんわりと抱き込んでくれる。

「るーかすさま……！」

安堵したのか。

緊張の糸が切れたのか。

しゃくり上げるように嗚咽が喉から零れ落ち、胸に縋《すが》りついて指先に触れた服を握り締める。

「大丈夫だ」

何度も何度も、声を掛けながら背中を撫でてくれる大きな手に力が不意に抜けて、思わず、凭れかかってしまったけれど、肝心な事を思い出して跳ね起きた。

「クローディアス……！」

侵入者の目的は、クローディアスだ！

「ルーカス様、クロ、クローディアスが……！」

焦って言葉に詰まる私に返事をしたのは、ハイネだった。

「リリエンヌ様、若君はご無事でございます！」

ハイネの腕の中に、傷一つないクローディアス。

涙の痕《あと》こそあるものの、思ったよりも落ち着いている。ぐりぐりと涙と涎をハイネの上着にこすりつけているけれど、それすらも、ハイネは嬉しそうに目尻を下げた。

今度こそ、完全に脱力してふらつくと、すかさず、ルーカス様が抱き留めてくれる。

クローディアスを守り通した乳母車の仕掛け。

ルーカス様に、乳母車につけたい機能を尋ねられた時には、そんなものがいつ役に立つのかと首を傾げられたけれど……実際に今日、見事にクローディアスの身を守ってみせた。

あの日、籐で編まれた乳母車の籠を見て、

『もっと頑丈な素材はないものでしょうか……』

と問うてみたところ、ルーカス様は、言葉の意味が分からない、と言った。意味が分からない事を言うなと非難するのではなく、本当に分からないから聞いている、という声音で。

『頑丈、とは？』

『もしも、ですが。クローディアスが何者かに狙われた時、乳母車が剣をも通さなければ、何よりも安全な隠れ場所になるのではないか、と思いまして』

『剣を通さない……？』

『はい。たとえばですけれど、盾は剣を防ぎますでしょう？　そのような素材で籠を編む事ができれば、安心ではないでしょうか』

『なるほどな……』

説明すると、ふむ、と頷いただけでなく、王宮お抱えの学者に問い合わせてくれたのだ。

その結果、籐の細さまで引き延ばす事ができ、なおかつ、剣を防げる強度を持ちつつ、ある程度の柔軟性がある軽い金属を紹介して貰えたのだ。

これで籠を編む事で、「剣を通さない籠」が完成した。籐よりも随分と重くなるけれど、ゴムタイヤに変更した分、取り回ししやすいので、操作性は大差ない。

『あと、幌《ほろ》なのですが……普通の布ですと、それこそ、剣で容易に切り裂かれてしまいます。これも、何か方法があれば……』

『あぁ、ならば、裏に防刃素材の布を張り合わせればいい。俺の手袋はそういう仕様になっている』

『防刃素材の布というものがあるのですね！　では、幌《ほろ》にはそれを。あと……』

『他にも何かあるのか？』

『はい。幌《ほろ》で、完全に籠を覆えるようにしたいのです。幌《ほろ》を最後まで引き下げると、籠と噛み合い、固定できるようにならないでしょうか』

どうせなら、思いつく事はすべて、提案してみよう。実現するかどうかはともかくとして、私が何かを望む事を、存外、ルーカス様は楽しんでいるようだから。

『それは、何の目的だ？』

『もちろん、クローディアスを守るためです。切れない幌《ほろ》と籠の中にいれば、クローディアスを傷つける事は難しくなります。乳母車ごと連れ去られる危険性はありますが、あのような大きく目立つものを持ち歩く誘拐犯よりも、悪意を持ってクローディアスを傷つけようとする者の方が、可能性はあるのではないかと』

馬鹿な事を、と不興を買っても不思議はないと思っていた。

ベビーカーを使う年齢のクローディアスが、厳重な警備の王宮の外に出る事はない。王宮の近衛騎士や王子宮の護衛騎士、警邏の兵士達を、信用していないと思われても仕方ないのだから。

けれど。

『分かった、手配しよう』

ルーカス様はそう請け負って、結果、でき上がったベビーカーは、到底一般販売できるような代物ではない高価なものとなってしまった。

でも、確かに、クローディアスを守り通したのだ。

「リリエンヌ。お前の作った乳母車が、クローディアスを傷一つつけずに守った。もう、大丈夫だ。お前達を傷つける者は、すべて取り押さえた」

ハイネに抱かれたクローディアスを、瞬きもせず涙を拭う事もなく一心に見つめていると、ルーカス様が私を抱き締めたまま、耳元で、はっきり、ゆっくりと繰り返す。

「よ、かった……良かった、クローディアス……」

「安心しろ。クローディアスは、安全な場所に避難させる。お前は怪我をしているから、まずは、治療をせねば」

「はい……」

立ち上がろうとしたものの、震えて足にまったく力が入らない。

ルーカス様は痛ましそうに眉を顰《ひそ》めて、傷口に触れないようにそっと抱き上げてくれた。

「マーティアス、動けるか」

アレンを呼ぶ声に、彼もまた怪我を負っている事を思い出して確認しようとしたけれど、ルーカス様の大きな手で頭を押さえられて、そちらに顔を向ける事ができない。

「はい」

「広間を解放するから、負傷した者は移動させよ。ハイネ、医師の手配を」

「はい、既に呼びに行かせております」

「よし」

ルーカス様は大股で歩きながら、私を私室まで連れて行ってくれる。

そのまま、下ろされるのかと思いきや、なぜか私を抱きかかえたまま、椅子に腰を下ろした。痛めた右腕に触れないように横向きに座らされて、左半身に感じる温もりに縋《すが》るように身を寄せる。

寒い。

震えが止まらない体をルーカス様は抱き締めると、私を安堵させるためか、話を始めた。

「オスカーが、お前とクローディアスに危険が迫っていると知らせてくれたのだ」

「オスカーが……？」

やはり、先ほど見えた深緑の長い髪は、オスカーの物だったのか。

「花祭りで襲撃されただろう？ オスカーは、新人騎士時代の俺の直属の上司でな。俺の依頼で、犯人を追っていた。奴らの塒《ねぐら》は見つけたのだが、捕縛するには証拠が足りない。そのため、監視だけ行っていたのだが、今日になって、慌ただしく人が出入りしていると報告があった」

オスカーは一刻も早く伝えるため、騎士団関係者と分かる格好でルーカス様のもとに駆け込んでくれたそうだ。「だから、急ぎ、馬を駆って王子宮に駆け付けたのだ」と、ルーカス様は続ける。

「だが……すまない、間に合わずに怖い思いをさせた」

怖かった。けれど、助けに来てくれたから。

ふるふると首を横に振ると、ルーカス様はまた、ぎゅっと私を抱き締める。彼の体もまた震えている事に、初めて気がついた。

コンコン

その時、ノックと共に、医師の訪問が告げられた。

普段、騎士達の外傷を診ているという医師が、私の右腕を見て顔を顰《しか》める。

「妃殿下、袖を切らせて頂きます」

二の腕に血で張り付いた袖を医師が鋏で慎重に取り除くと、乾いた血も生々しい傷口が姿を見せた。皮膚にめり込むようにして、見覚えのある銀の玉が頭を覗かせている。

「傷口を洗います。痛みますがご容赦を」

「……っ」

流れ出た血を丁寧に洗い流されるけれど、ぴりぴりと痺れるような痛みに、思わず、下唇を噛んだ。ルーカス様に縋《すが》りつく指に、力が籠《こも》る。

「リリエンヌ。唇を噛むな、傷になる」

ルーカス様が、そっと親指で窘《たしな》めるように私の唇をなぞる。

「殿下、異物を除去します。妃殿下のお体を、しっかりと押さえてください」

「分かった」

私が何か言う前に、怪我をした右手がルーカス様の手に捉えられ、指を絡めるように繋がれた。

不安から縋《すが》る眼差しを向けると、顔を肩に押し付けるように強く抱きかかえられる。

「痛みが堪《こら》えられなければ、俺の肩を噛んでおけ」

噛む……!?

予想外の言葉に、肩が揺れる。異物の除去、と言われて、頭では何が起きるかイメージができるのだけれど、それ以上の痛みを伴うという事……？

これまでの私にとって、痛みとは、声を殺して耐えるものだった。ラダナ夫人が躾と称して扇で打擲《ちょうちゃく》する際に、声を上げると一層、ひどい折檻を受ける事になったから。

身構える間もなく、医師に鑷子《ピンセット》を、ぐり、と傷口に差し込まれ、痛みのあまり、肩が跳ね上がった。思わず、逃げを打とうとした体を、ルーカス様が繋いだ手で押し留め、一層強く顔を肩に押し付けられる。

「は……っ」

呼吸が、一瞬、止まった。

「～～～っ！」

声にならない悲鳴を上げそうになって、反射的に下唇を噛もうとした瞬間。

歯に伝わったのは、唇よりもずっと固い感触で。弾力のある熱と、厚い布地から感じる汗と鉄臭い血、そして、いつしか馴染んだルーカス様の香りに、彼の肩に噛みついている事に気がついた。

彼はきっと、私が唇を噛み切ろうとした事を察して、咄嗟に肩を噛ませたのだろう。

離れようとしても、強く頭を押し付けられて、逃れる事ができない。傷口を弄られる痛みに、何度も歯に力が入ったけれど、ルーカス様は一言も苦鳴を洩らさなかった。

「……摘出完了致しました」

ぷつん、と意識が途絶える瞬間、そう医師が告げるのが聞こえた。

寒い。

燃えるように熱いのに、体の芯が寒さで凍えている。

額にひやりとした感触があって、心地良さにホッと息を吐く。優しく髪が梳かれ、慈しむように頬をそっと撫でられた。

明らかに発熱して意識が朦朧とする中、重い瞼を開けられずにいると、小声で密やかに交わされる会話が聞こえる。

「殿下、夜間はわたくしが妃殿下の看病を致します」

カンナの声。普段は私を名で呼ぶ彼女は、ルーカス様の前でだけ、敬称をつける。

「いい。俺がやる」

「ですが……」

「こんな状態のリリエンヌから、目を離す事はできない。キースに襲撃者の背景調査を、ハイネに負傷者の代理の手配を指示するから、呼び出しておけ。到着したら、声を掛けるように」

「……畏《かしこ》まりました」

扉の閉まる音で、カンナが退室した事が分かる。

「……くそ……っ」

苛立たしげな溜息に続いて、どさりと椅子に腰を下ろす音。

「もう少しで、骨を傷つけるところだった、だと……？　怪我した事もなかろうに、こんなにたくさんの傷を負わされて……っ」

怒りを押し殺した声に、彼がどれほど心配してくれているのかが伝わって、「わたくしは大丈夫です」と声を掛けたいのに、体が思うように動かない。

「リリ……どうすれば、お前を守れるんだ……」

細く苦悩に満ちた声を聞きながら、私の意識は再び、闇に呑まれていった。


瞼に明るい光を感じて、目を開けた。途端に、ずくり、と右腕が痛んで、顔を顰《しか》める。同時に、
昨日の出来事を鮮明に思い出した。

「……リリエンヌ」

吐息と共に名を呼ばれ、視線を横に向けると、少しやつれた様子のルーカス様と目が合った。

昨夜、聞いた声は夢ではなかったのかもしれない。

「る、かすさま」

起き抜けで声が掠《かす》れ、けほり、と咳が出る。名を呼ぶ声が途切れたが、彼は気にする様子もなく、

「水を飲むか」

と、体を起こすために手を貸してくれた。

差し出されたコップを両手で受け取ろうとしたものの、痛みのせいなのか、右腕が強張《こわば》って動かない。戸惑いながら右手に目をやると、その手にルーカス様が大きな手を重ねた。

「傷は浅いものではない。動かさず安静にするように。だが、筋を痛めたわけではないから、傷が完治すれば元通りになる。安心しろ」

「はい……」

右利きの私は左手でコップを持つのが覚束ないうえ、全身にどこが痛いのかも分からない痛みが走るため、結局、ルーカス様に飲ませて貰う事になってしまった。

「思い出すのも辛いだろうが……後で、事情聴取のようなものがある」

「承知致しました」

「しばらくは、公務は休みだ」

「畏《かしこ》まりました」

昨日は、襲撃の混乱で周囲の状況がまったく見えていなかった。私が理解しているのは、クローディアスは傷一つ負わずに無事だった、という事のみ。

「クローディアスだが、」

ルーカス様の言葉に、知らず、体に力が入る。

「乳母達と共に、奥宮で保護されている。奥宮の中の、俺やセディであっても許可がなければ立ち入れない区画だから、王宮の中で最も安全性が高い」

奥宮は、王宮内でも両陛下のために厳重な警護を敷かれているエリアだ。私が奥宮で訪れた事があるのは、両陛下がプライベートで応接する部屋まで。警備の関係で、王宮内の詳しい情報は知らされていないけれど、身の安全を図るためには、何重ものセキュリティが必要なのだろう。

本来ならば、両陛下の御身を守るための場所。

ならばもう、クローディアスは安全だろうか。

「良かった……」

思わず、取り繕うのも忘れて心のままに呟くと、ルーカス様は、悔しそうな顔になった。

「本当ならば、お前も移動させるべきなのだが……」

濁された言葉の意味は、分かる。

クローディアスは、王家直系の子供。私は、ただの王子妃。

ルーカス様は私の保護も申し出てくださったのだろうけれど、両陛下の安全を優先すべき場所に問題を持ち込むな、との声が上がったのだと推測できる。

公務に携《たずさ》わるようになって、一部の貴族が、王子であるルーカス様やセドリック様を軽んじる態度を取る事に気がついた。以前、アナスターシャ様が口にしていた『半端者』という言葉。それは、お二人のお生まれの事情を把握している高位貴族が、両殿下を、王家と公爵家の血を継ぐ子供――クローディアス――までの繋ぎとしか考えていない事を指す言葉だったのだ。

上の者が口には出さずともお二人を軽く扱えば、下の者はそれに倣う。

五公爵家の娘であるのに私が軽んじられているのは、実家であるアーケンクロウ家の後ろ盾がないからだ。もしも、襲撃されたのがロザリンド様なら、対応はまったく違っただろう。

「警備の数は通常の倍に増やし、できる限りの手は打ってある。だが、この一件が片付くまでは、屋外に出ないで欲しい。宮の出入りは信頼できる者に監視させているが、昨日のような出来事があった後だ」

落ち着いた声音ながら、ルーカス様の拳が、震えている。あぁ……王子宮の襲撃は、私が思っている以上にずっと、彼の心を苦しめているのだ。

安全だと思っていた場所が、安全ではなかった。ルーカス様は王族のお一人ではあるけれど、近衛騎士団の団長として、王宮の、王族の身辺を守る責務がある。

けれど……もしも、侵入者の侵入ルートが私の想像通りならば、問題はそれだけに留まらない。

「午前のうちに、聴取の者をやる。恐らく、キースが担当する事になるだろう。それが済んだら、後はゆっくり休んでくれ。今のお前の仕事は、クローディアスの世話でも、公務でもない。傷を治し、周囲の者を安堵させる事だ」

そう言われて、王子宮の使用人の顔が次々と浮かんだ。彼らが、私が怪我を負った事に責任を感じ、体を案じてくれているだろう事は、容易に想像ができた。

「俺も今日は王宮に行かねばならんが、なるべく早く戻るようにする」

そう言い残して立ち去ろうとしたルーカス様は、一瞬、躊躇《ためら》ってから、私の頬に手を伸ばした。

「……お前が、助けを呼ぶ名に俺を選んでくれて良かった」

触れただけの指先の固さが、昨夜、私の頬を撫ぜた指を思い出させる。私が口を開く前に、ルーカス様は踵を返して、去って行った。

朝食は、カトラリーが上手に持てないので、すべて一口分ずつ、スプーンの上に盛り付けられていた。辛うじて、スプーンを口に運ぶだけなら左手でもできる。手間の掛かる事をしてくれた厨房の使用人に、感謝をしなくては。

朝食後、ルーカス様に伺っていた通り、キース様が聴取のために部屋を訪れた。キース様は五公爵家の一つであるメリアモール家のお生まれで、遊び相手からルーカス様の側近へとなった人物だ。

王家と五公爵家に生まれた同年代の子供達は、幼馴染として親しくしていると聞いた。キース様もまた、ロザリンド様とは浅からぬ仲だろう。

怪我をしているのは腕なのに、安静にして欲しい、と車椅子に乗せられて、寝室の隣にある居間で対応した。私の目からどのように見えていたのか、客観的に答えていく。

「最後に。リリエンヌ様の私見で構いません。彼らは、どこからどのように王宮に侵入したとお感じになりましたか？」

キース様は、少し吊り目がちな灰色の瞳を眇めた。彼と私はこれまで、ほとんど言葉を交わした事がない。私を、試しているのだろうか？

「ご心配なく。証拠もなしに鵜呑みにする事は致しません。様々な角度から物事を見たいという、参考意見です」

「はい……」

キース様は、メリアモール家の末子だ。優秀な兄達が公爵家の事はいいように取り計らってくれるから、のんびりとルークのお守《も》りができる、と、公言されている方だけれど、心の奥底まで見通すような鋭い視線は、お守《も》りではなく参謀のもの。メリアモール家が情報収集に長けた家だというのは、事実なのだろう。

「証拠など何もない、ただの勘……いえ、思い付きでよろしければ」

「もちろん、構いません。突拍子もないひらめきの方が、真実への近道かもしれませんし」

促すキース様の声に、すぅっと一息吸い込むと、私は襲撃の最中、思いついた『突拍子もない』話をしたのだった。

キース様が辞去された後、私は疲労感からベッドに沈み込んだ。

骨折したわけでもない、多少深くとも、たかだか傷一つ。地面を這いずった時に細かい擦り傷はできたけれど、沁《し》みるだけで、たいした事はない。

そう思っていたけれど、結果的に負ったのは傷口一つであったとしても、仕えてくれる者達を守らねばならない精神的負担や、クローディアスを庇うために体を盾にした肉体的負担、何よりも、目の前で剣が振り翳されるというかつて経験のない恐怖は、想像以上に心身を消耗させたらしい。

右腕は、相変わらず動かない。傷口一つで、ここまで思うに任せないとは知らなかった。産後も確かに体全体の動きが鈍かったけれど、それは、覚悟のうえの事だったから耐えられたのだろう。

ルーカス様は、筋を痛めたわけではない、と話されていた。いずれ、元通りに動く筈だ。

……いや、動いてくれなければ、クローディアスを抱っこできない。そんなの、ダメだ。

――ルーカス様。

追い詰められた私は、無意識に彼の名前を呼んでいた。

あの日、突然目の前にルーカス様の背中が現れた時には、切迫した状況のせいで幻覚が見えているのかと思った。まさか、本当に助けに現れるとは思っていなかった。一太刀で敵をねじ伏せた技量に、心底安堵を感じた。

ルーカス様がいてくだされば、大丈夫。

私に何かあったとしても、クローディアスを守り続けてくれるだろう。

そう安心感を抱くようになったのは、彼がいる毎日が、いつか来る未来を恐れながらも、日常になりつつあったからだ。

クローディアスが生まれてからのルーカス様は、私が「クローディアスのために」と提案する物事を、真剣に聞いたうえでできるだけ叶えてくれた。クローディアスの事だけではない。私の話に、耳を傾けてくれた。積み重ねた経験が、いつしか信頼へと変わっていた。

事件の後処理もあっただろうに、襲撃の恐怖に震え、傷の痛みに耐える私を、ずっと守るように抱いていてくれた。

それが、どれだけ心強かった事か。

痛みに耐えかねて、思い切り、ルーカス様の肩を噛んでしまっても、彼は痛みを表に出す事なく、私を宥めるように頭を撫で、背中を擦り、落ち着かせようと声を掛け続けてくれた。

やはり……本来のルーカス様は、優しい方、なのだろう。

私達の始まりは、最低だった。それが分かっているのに、ルーカス様を嫌いになれないのは、彼の中にある不器用な優しさに、気がついてしまったから。

優しくされた記憶がないから、優しさに飢えている。その自覚は、ある。

夫婦という関係性に縋《すが》っているのも、事実だ。

けれど、理屈ではなく、クローディアスと触れ合うルーカス様を見ていて抱く温かな気持ちが、確かに存在している。

この温かな気持ちを『好意』と呼ぶのであれば、好き、なのだろう。けれど、それがどのような意味合いの『好き』なのかは、分からない。これまでの私には、感情のやり取りをするような相手がいなかったのだから。

痛み止めの薬の作用か、鈍くなる思考の中、遠い記憶を思い出す。

幼い日の私は、時々しか会わせて貰えない母と、激務の父と、三人で暮らしていた。公爵家だから使用人は大勢いたものの、私付きは固定されておらず、日替わり当番制。恐らく、私に同情したり、逆にラダナ夫人に取り込まれたりしないようにするためだったのだと思う。年の離れた兄達は、家を訪問しても会っていくのは母だけ。私に声を掛ける事もなく、目を向ける事もない。

でも、それでも幼い私は、滅多に会えない両親と兄達を、確かに慕っていた。ただ、家族だから、というそれだけで。

家族、という生まれながらの関係性以外の人間関係を、知らなかったから。けれど、どれだけ慕っても視界にすら入れてくれない彼らに、私は静かに絶望していった。それが絶望なのだとすら、気づかないまま。

同じように愛して欲しいとは、思っていない。

ほんの一言、声を掛けてくれたら。

ほんの一瞬、目を合わせてくれたら。

それだけで、救われたのだと思う。

そんな小さな希望すら、叶う事はなかったし、叶えて欲しいと言える相手もいなかった。

……遠い日の絶望が、ひたひたと忍び寄って、私を深い闇に引きずり込もうとする。

王子妃となって初めて、名で呼び合える人ができた。新しい人間関係が作れるのではないか、と、自信も持ち始めていた。

でも。

明確に向けられた形ある悪意が、私の心と、僅かに抱き始めていた自信を、抉《えぐ》り取る。

あぁ、クローディアスの顔が見たい。

母である、と意識できないと、途端に私の気持ちは、錨を失ったかのように彷徨い出す。あの子のためならば己を強く保っていられるのに、一人になった途端に道を見失う。負の感情に絡め取られて、底のない沼へと沈み込んでいく……

ずくり。

右腕の傷が、鈍く痛む。額に押し当てた左手に、熱を感じた。また、熱が上がっているのかもしれない。


「ん……」

優しい温もりと穏やかな香りに包まれて、目を覚ました。昨日はざわざわと落ち着かなかった心が、凪いだように静かだ。全身が包まれるような安堵感に、思わず、ほぅ、と溜息を吐く。

それから、瞼を開けて。

夜明けの光が差し込む中、神々しいまでに美しい寝顔が視界に飛び込んで来て、あまりの眩しさに私は思わず、身を引いた……つもりだった。後ろに下がろうとしたのに、動けない。ちら、と視線をやると、長い腕でがっちりと腰を抑え込まれていて、自分が広い胸の中に抱き込まれている事を知る。

目の前、少しでも身動《みじろ》ぎすればぶつかりそうなところに、ルーカス様の寝顔がある。お疲れなのだろう、閉じた瞳の下にはうっすらと隈が浮かび、無精髭がまばらに生えているけれど、彼の美しさを損ねるものではない。

現実逃避のように、影ができるほどに長い睫毛を見つめているうち、思い出した。

私は、腕にクローディアスを抱いたまま、影のように黒く、目と口だけが浮かんで見える人物に、追われていたのだ。

今思えば、あれは夢だ。夢なのだけれど、夢の中ではそんな事に気がつかない。

クローディアスの体はずっしりと重く、何度抱え直しても、ずり落ちて来る。うまく動かない体を引きずるように、必死に逃げて逃げて、逃げ場のない袋小路に追い詰められた。にじり寄って来る敵から逃れるために、じりじりと後ろに下がっていったところで、背後から羽交い絞めにされて、クローディアスを奪われそうになった。どれだけ暴れようと、がっちりと抱え込まれて動けない。

クローディアスを奪われる恐怖のあまり、一人の名を呼んだ。……ルーカス様を。

そうしたら、ルーカス様が、颯爽と助けに来てくれたのだ。

敵に剣を向けるルーカス様。一撃の下に倒して、

『無事か。もう大丈夫だ』

と、言ってくれた。

なんでこんな夢を見たのかは、明白だ。襲われた衝撃は、自分が思っているよりも大きい、という事なのだろう。花祭りで狙われたのは事実だけれど、実際に被害を受ける前にルーカス様が守ってくださったから、本当の意味で命を脅かされる恐怖を理解していなかったのだ。

誰かの悪意を受ける事には、慣れた……と、思っていた。けれど、物理的に命を狙われるのは、また別次元の話だった。あの場にクローディアスがいなければ、私が抵抗しきれたかどうか、分からない。恐らく、クローディアスの安全が確保されていたら、すぐに諦めてしまった事だろう。

でも、ルーカス様を呼んだのは、夢の話。今の状況は一体、どういう事だ。

昨夜、私は確かに一人で寝た。カンナが、鎮静効果のある精油を焚いてくれた事を覚えている。

そして……あぁ、そうだ。悪夢に魘《うな》されている私に気づいたルーカス様に、起こされたのだ。

『随分と、魘《うな》されていた。怖い夢でも見たようだな……俺の名が聞こえたから、勝手に部屋に入らせて貰った』

ぎこちなく私の髪を梳いて、額に浮かんだ汗を拭ってくれて。

『あんな事があった後だ。また、お前が悪夢に魘《うな》されるのではないかと思うと、心配で眠れそうにない。お前が良ければ、だが……一緒に寝てくれるか』

悪夢と現実が入り乱れて混乱している中だったから、深く考える事もできなかった。ただでさえ疲れているルーカス様が眠れないのは困る、とふわふわした思考で考えて、よく理解できないままに頷くと、彼は私を抱き上げて、夫婦の寝室へと連れて行ってくれた。

『おいで。人肌の温もりと鼓動は、安心感をもたらすそうだ』

誘われるように、彼の腕を枕にその胸に抱き込まれて……眠り込んだ、らしい。

私達は夫婦なのだから、夫婦のベッドで共寝する事になんの問題もない。問題はない、のだけれど……あるとすれば、それは、私の心の問題だ。

人肌の温もりが心を安らげるものである事は、クローディアスを抱くようになって理解していた。腕の中の小さな温もりに癒されていた私は、大きな胸に包まれる温もりもまた心地良いのだという事を、今日、知ってしまった。

私は幼い頃から、不眠に悩まされる子供だった。真っ暗な部屋に圧し潰されそうで、布団に潜り込んで、怯えていた。

怖い、助けて。

そう呼べる相手もおらず、カーテンの隙間を恐れ、扉の隙間を恐れ、固く目を閉じて、ただただ時間が過ぎるのを待っている子供だったのだ。

それは、成長した今でも変わらない。私が不眠体質である事に気づいたカンナが、安眠効果のあるハーブティを淹れたり、部屋の香を変えたりしてくれたおかげで、以前よりは眠れるようになったとは思う。けれど、これまでとは明らかに違う。

……自分でも驚くほどに、昨夜はぐっすりと眠れたのだ。

腕枕をしたうえで、抱え込むように胸に抱き寄せられて。耳元に、低く私よりもゆったりとしたルーカス様の鼓動が聞こえる。これまでの幼子に対するような触れ合いとは違う親密な距離は、私に安心感と……このうえない絶望をもたらした。

今、与えられている温もりは、本来なら私に向けられるものではない。

たまたま、私が怪我をしたから。襲撃された事が原因で、魘《うな》されていたから。だから、ルーカス様は、他意なく添い寝してくださっているのだろう。怯える子供を、宥めるようなつもりで。私がどうすれば安心して落ち着いて寝られるのかを、考えてくださった結果だ。

でも……残酷だ。

私は、知らなかった心地良さを覚えてしまった。一度、与えられた温もりを、忘れられるのだろうか。

「……リリエンヌ？」

潜《ひそ》められた低い声に名を呼ばれて顔を上げると、ルーカス様が夜空色の瞳を細めて、私を見ていた。

「おはよう」

「……おはようございます」

普段は切れそうに鋭い美貌が、少し柔らかく見える。薄い唇が、眠たげに小さく欠伸をした。

「随分と早いな……まだ、起床時間まで間があるだろう？」

「あ……昨日はずっと横になっていたので、目が覚めてしまって……」

言われて、まだ、ルーカス様の起床時間には早かったのだと気づく。昨夜はお帰りが遅かったようだし、寝て頂かなくては。

「ルーカス様はどうぞ、お休みください」

「ん……そうさせて貰う……」

声にまだ、微睡みの気配が滲《にじ》んでいる。お疲れなのだろう。

私の安眠のために腕枕を提供するなんて、重くて寝苦しかったに違いない。そっと、ルーカス様の腕枕から逃れようとすると、腰に回された腕に力が籠《こも》った。

「どこに行く……？」

「え？　いえ……どこ、というわけでは。あの、重くはありませんか？」

「一緒に寝ると、約束しただろう……？」

そのまま、ルーカス様はもぞもぞと私に回した腕の位置を調整し直すと、広い胸に私の顔が当たるように抱え直して、再び、すぅ……っと寝息を立て始める。一層密着した温もりが、私の頬に熱を灯す。

なんで。

どうして。

どうしてこんな、まるで宝物のように、大事そうに抱き締めるの。

私は特別なのかもしれないと、勘違いしてしまう。望まれていないと分かっているのに、期待させるような事をしないで。

「……ひどい……」

顔が押し当てられた夜着から、清潔な石鹸の香りと入り混じって、ルーカス様の香りがふわりと鼻孔をくすぐる。普段なら私を安心させる香りが、今はひどく、私の精神を不安定にさせた。胸の中がぐちゃぐちゃで、じわり、と涙が浮かぶ。

ルーカス様の腕の中は、世界で一番安心できて、世界で一番混乱させる。

貴方は私を、どうなさりたいのですか。

ルーカス様が、帰って来ない。

無断外泊、というわけではない。王子宮襲撃事件の翌々日、大きな証言の裏取りのため、しばらく忙しくなるから帰宅できそうにない、という直筆のお手紙が届いた。くれぐれも自身の安全を最優先にして、宮の奥に籠《こも》っているように、と。

それ以降、毎日、律儀に様子伺いのメッセージが届くし、時々、お菓子も添えられている。多忙だというのに、それらのメッセージはルーカス様本人の手によるものだ。

武人なのに、というと偏見だけれど、ルーカス様の書く字は、意外に繊細だ。セドリック様の方が、豪快な字を書かれる。

結婚前、毎年、誕生日になるとお二人から連名で花が届いていた。婚約者候補に対する気配りというだけで特別な意味はないのだけれど、私の誕生日を祝ってくれるのは両殿下しかいなかったから、私はそれを密《ひそ》かに心待ちにしていた。毎年、頂いたメッセージカードを何度も取り出して眺めながら、字から受ける印象と、実際にお会いする印象が違うわ……と、思っていた事を思い出す。

お返事は、まだ字を書けるほどには右腕が回復していないので、カンナに代筆して貰っている。彼女の字がとても美しいものだから、今後、自筆でルーカス様にお手紙を書くのは躊躇《ためら》われる……と零したら、カンナは珍しく照れていた。なんでも、王族付きの侍女は、主人の代筆をする機会が多いから、字の練習はことさら熱心に取り組んだのだそうだ。

考えてみれば当たり前の話なのだけれど、何かになるために努力をしていたのは、王子妃候補だった私だけではない。

騎士達が己と周囲を守るために鍛錬するように、侍女は人の世話をするための技術を学ぶし、下働きしてくれている人々だって、市井の民だって、生きるために必要な努力をしてきた結果の場にいるわけで。中には、力が足りなかったり、機会を得られなかったりで、目標としていた場所に到達できなかった人もいるだろう。頭では分かっていたつもりだったけれど、今回、カンナの反応を見て、初めて真に迫って理解をした気がする。

私の場合は、血筋と身分で、最初から置かれる場所が決まっていた。『王子妃』としての外見の美しさや能力が不足している私であっても、優先されたのが血筋だったために、ここにいる。そして、ここにいる以上は、努力をしている人々への敬意を表して、王子妃の役割を全うしなくてはならない。

そのために、いずれは、自信を持って自筆のお手紙が書けるようになりたい、というのが、目標の一つになった。自己弁護すると、私の字は悪筆というわけではない。むしろ、お世話日誌に記す文字は、読みやすいと乳母チームからは評価されている。それは嬉しいのだけれど、私の書く字ってカクカクしていていかにも素っ気ないのだもの。文字にも可愛げというものがあるのね、と、カンナの書く字を見ているとしみじみと思ってしまう。

……つまりは、ルーカス様に可愛げを見せたい、という事だ。

口に出して語られる言葉と手紙に書かれる言葉とは、少し違う。ルーカス様の場合、手紙の方が雄弁だ。そのせいだろう、彼の気持ちが、私に向けられているように感じてしまうのは。だから、可愛げなどというものを、意識してしまうのだ。

ルーカス様は、私を『妻』として扱ってくださっている。傷の具合を心配し、精神的な不安を慮り、不自由ないかと尋ねてくださっている。それだけで満足なのに、「もっと確かな居場所が欲しい。ここにいていいのだと思える場所が欲しい」と、どんどん欲張りになっていく。

私がルーカス様に抱いているのは恐らく、独占欲だ。

クローディアスを守ってくれる人、私を心配してくれる人を、失いたくない。

そういう事なのだと思う。

ルーカス様は、王子宮襲撃事件後、警備を増員した。負傷して通常の勤務に当たれない騎士と兵士が多いため、信頼できる人員を集めるのに、相当な苦労があったらしい。ルーカス様が王子でありながら、難しい立場である事が窺える。

そうして集められた内の一人が、オスカーだった。彼女は騎士としてではなく、屋内で安静に過ごさなくてはならない私と仕立てやベビーグッズの打ち合わせをしている、という体《てい》で、宮に滞在してくれている。何かあったら駆けつけられる場所で待機している、との事なのだけれど、一日に一度は顔を出して言葉を交わしてくれるので、それがいい気分転換になっていた。

王子宮襲撃の時にも救援に来てくれていたのに、パニックになっていた私は、緑色の髪を見た気がする、程度で、オスカーの姿をこの目できちんと確認する事はできていない。見たかった、と零したら、

「……むしろ、リリエンヌ様にこそ、見て欲しくないわ……ワタシ、相当、ブチ切れてたから……」

と、濁された。

後からハイネに聞いたところによると、オスカーは大活躍で、五名捕縛した侵入者のうち二人を制圧したらしい。王宮内で帯剣出来る立場ではないため、素手で。……何者なの、オスカー。

傷を負った右腕は、少しずつではあるけれど動くようになってきた。肉が抉られたような傷なので、傷口は綺麗に治らない、と、医師には既に告げられている。包帯で隠れていて自分では見る事ができないから、どのような悲惨な状態なのかは分からない。

でも、クローディアスを護って負った名誉の負傷だし、あまりに目立って周囲に不快感を与えるようなら、公務の際のドレスはすべて二の腕を隠すデザインにすればいい。未婚のご令嬢でもないのだから、たいして気にしていないのだけれど、ルーカス様はそれはそれは言葉を尽くして心配し、守り切れなかったと謝ってくれた。

王子の身分にありながら、ご自身のお体にも消えない傷をお持ちなのに……と考えて、一度だけ見てしまったルーカス様の裸体が脳内に浮かんで、誰にも見られていないのに赤面した。

クローディアスにも、襲撃以来、会えていない。私はまだ外出の許可が下りていないし、侵入者を手引きした人物が捕縛されていない以上、クローディアスは安全な場所で保護されている事が望ましい。

……とはいえ、なんの心構えもないままに可愛い我が子に一週間会えなくなるのは、本当に辛い。クローディアスが傍にいるといないとで、自分の精神状態が大きく変わる事に気づいてしまったから、余計に。

クローディアス自身の精神状態については、あまり心配していない。元々、ジェマイマを始めとした乳母チームと私と、複数人で養育していた子だ。地方に公務で訪れる際は、それこそ一ヶ月単位で離れ離れになるものだし、私が常に傍にいるわけではない事を前提に、乳母チームと一丸になって養育してきた。だから、クローディアスにとっては、私がいなくとも日常と大差ない……筈だ。

クローディアスが母不在に泣きわめくよりも、穏やかに過ごしてくれている方がいいに決まっているのだけれど……ちょっぴり、いや、かなり切ないというのも本音。

……私の事、忘れていないかしら。

私がいなくても、信頼できる乳母チームや従者がいれば、クローディアスが安定した精神状態でいられる、というのは、いつか、私と離れてルーカス様の後継として育てられる日を想定して、狙いとしていたところではある。いずれはルーカス様と王宮に移るのだろう、おそらく三歳ぐらいの頃かな、そんな言葉で諦めた振りをしてきたけれど……結局のところ、私のしている事は『虹の彼方に』でロザリンド様がアルバートにしたのと同じ仕打ちなのかもしれない、と思い始めて、憂鬱になっている。

傍にいられる間に愛情をたっぷり注ぎ、周囲の人々にも愛されているのだから大丈夫、だなんて、何を根拠にそんな事を思ったのだろう？　クローディアスからしてみれば、「大好き」、「愛してる」、と挨拶のように繰り返していた母親と、ある日、別居する事になって、その後も滅多に会えなくなったら……母を恨まないでいられるだろうか。捨てられたと、思わないでいられるだろうか。

ルーカス様は以前、

「お前がクローディアスの傍にありたいと思う限り、俺がその権利を取り上げる事はない」

と、仰《おっしゃ》っていた。

今は、そう思ってくださっているかもしれない。けれど……ルーカス様が心を寄せる女性が現れたら、彼はきっと王子宮から出たくなる。その際には、後継であるクローディアスもお連れになるだろう。名ばかりの『妻』が後継を抱え込むような状況は、好ましくない筈だ。

その日を思うと……胸の中が、黒いもので覆われて、息が苦しくなる。

こんな時は、オスカーが何かを察知したように顔を出して笑わせてくれるのに、今日、彼女は久し振りに自宅に帰っていた。襲撃から一週間経って、比較的傷の浅かった兵士や騎士達が現場復帰している事から、半日程度なら宮を空けても問題ない、とハイネが判断した結果だ。

私はオスカーと交流する中で、人との会話が心を軽くする、という事を知ってしまった。王子妃となる前の私には、友人と呼べる人はいなかったからだ。

今後、『王子妃』と使用人の会話ではなく、『ただのリリエンヌ』と言葉を交わしてくれる人と、出会えるのだろうか。

「リリエンヌ様、マーティアス卿がおいでです」

カンナに呼ばれて顔を上げると、一週間ぶりに見るアレンが立っていた。

「リリエンヌ様」

アレンは、そう言うなり、床に片膝をついて跪いた。

彼の頬には大きなガーゼが当てられ、精悍な顔立ちを隠している。右腕を吊っているのは、骨折をしているという事だろう。騎士服を着ているから全身は確認できないけれど、襲撃時の記憶が正しければ、他にも少なくない深手を負っていた筈だ。

だからこそ、ルーカス様は私に、アレンの姿を見せまいとしたのだろうから。

「申し訳……ございません。御身に、重大なお怪我を負わせてしまいました。処罰は、いかようにもなさってください」

絞り出すように、アレンが口を開く。声音は強張《こわば》り、顔色も土気色だ。まだ、傷が痛むのではないだろうか。

「アレンのお陰で、救援が到着するまで持ち堪えられましたし、クローディアスを護《まも》る事ができました」

「ですが、」

「アレンが頑張ってくれたから、賊を取り押さえる事が叶いました。貴方は、わたくしの護衛騎士としての責を、十分に果たしてくれましたよ」

救援が早かったおかげで、怪我を負った者達は皆、命に別状はないそうだ。相当の深手を負って、あと少し処置が遅ければ危なかった者もいると聞いたから、不幸中の幸いだと思う。

「アレン、ありがとう」

微笑むと、アレンが泣きそうに顔を歪め、首を横に振る。

「ですが……リリエンヌ様の御身に、消えない傷跡が残る事態になってしまいました」

「まぁ、そのような事を気になさっていたの？」

職務に忠実なアレンの事だ、相当深く、責任を感じているのだろう。

「気にしないで、と言っても、アレンは気になるのでしょうね……でも、わたくしは結婚のお相手を探しているご令嬢とは異なりますし、傷一つで何かが変わってしまうような事はありませんわ」

言い終えた後に、くすり、と笑う。

「それに、ロザリンド様のように華やかな方ならともかく、わたくしのような者は、清潔で状況に合わせた身なりをしておけば、それでよいでしょう？　悪目立ちさえしなければ、地味なわたくしがどう装おうと誰も気にも留めないのだから、傷一つあったところで、何も問題はないわ」

完璧な王子妃ロザリンド様に傷跡が残ったら大騒ぎになるだろうけど、出来損ない王子妃の私に痕が残ったところで、それがなんだと言うのだろう。

けれど、アレンは愕然とした顔をして、壁際のカンナとアレンに付いて来たハイネもまた、目を大きく見開いた。

「じ、み……？」

アレンが、茫然としたように呟く。

「一体、なんの話を……どなたの事を、地味、だと仰《おっしゃ》っているのですか……？」

「？　わたくしよ？」

「な……っ！　だ、誰がリリエンヌ様にそのような事を……！」

「え……？」

アレンが、何を問題にしているのかが分からない。

だって、私が地味だというのは、事実でしょう？　何も持たない、何もできない、王子達と釣り合いの取れない憐れな王子妃。ずっと、そう言われて来たのだもの。

一歩ずつ、私なりに公務は頑張っているつもりだ。けれど、外見の評価なんて、急に変わるものではない。

「えぇと……王子妃教育のラダナ夫人と……学園ですれ違った方……確か、ロザリンド様といつも一緒にいらした方だったかしら……？　王宮でも、公務の準備をしていると、よくそう言われるわ。地味なうえに出来も悪い、ルーカス殿下がお可哀想だ、って……あら？　そういえば、あの方もタウンゼント一族の方だったわね……？」

言っているうちに、何か変だ、という気がしてきた。

もしかして……もしかしなくても……自己認識が歪むように、誘導されていた……？　お前は地味だ、お前は不出来だ、と言われ続けているうちに、実際以上に思い込んでいる、という事……？

ちら、と、アレンを見やると、彼は左手で顔を覆って天井を仰いでいた。ブツブツと聞こえる声は、

「あの女、やっぱりぶっ殺す……！」

という、やけに物騒なものだ。

壁際のハイネは完全に能面になっているし、カンナに関しては、にこにこしているのにこめかみに青筋を立てているという、大変恐ろしい状況で……

「あの……何か、変な事を言ってしまった……？」

室内の温度が五度くらい下がった気がして腕をさすりながら問うと、アレンは、この上なく胡散臭い爽やかな笑顔を私に向けた。

「いいえ。私には少々、受け止めかねただけです。……参考までにお伺いしたいのですが、ルーカス殿下はリリエンヌ様の事を、なんと仰《おっしゃ》っているのですか？」

アレンの問いに、必死に脳内ルーカス様語録を検索するけれど。彼の口から、私の評価に関する話が出た事はあったかしら？　う〜んう〜ん、と唸《うな》っている間にも、アレンの笑顔がどんどん黒くなっていく。

怖い。

寒い。

「あ、美しい、と言って頂けた事はあるわ」

「ちなみに、どのような時に？」

「えぇと……ルーカス様はお美しいです、と、わたくしがお話ししたら、美しいとはリリエンヌの事だろう、と」

言いながら、羞恥で頬に血が上るのが分かる。アレンの笑顔が怖すぎて、つい回答してしまった。

「なるほど……最低限の言葉は、お伝えしているのですね」

「……最低限？」

きょとんと目を見開くと、アレンの黒い笑顔の圧が増した。

「美しい、だなんて、リリエンヌ様がお美しいのは当然の事。そんな当たり前をただお伝えして、どうなるというのですか。リリエンヌ様のお美しさは、どれだけ言葉を尽くしても伝えきれないのですよ？」

「え？」

アレンの言葉の意味が分からない……困ってハイネとカンナに助けを求めたのに、逆に二人ともに、圧の強い笑顔を返されてしまう。

怖い。

いつも無表情のハイネが満面の笑みなんて、何をしたわけでもないのに、怖い。

「よろしいですか、リリエンヌ様。そもそも、我がハークリウス王国では、銀色の髪をお持ちの方は希少なのです。月の光を集めて編んだような美しい髪に、菫色の紫水晶のように輝く瞳は、正に地に舞い降りた月の妖精。清楚でありながら愛らしく、ほっそりと華奢な肢体が、どれだけ人の目を惹くのか、ご自覚がないと仰《おっしゃ》るのですか」

「……妖精……？」

「リリエンヌ様が学園にご在学中、幻のようにお姿を見る事が叶わない事から、密《ひそ》かに白雪姫と呼ばれていらした事もご存知ない？」

「……白雪姫……？」

「白雪のようにいつ姿が消えるとも判らない、清らかで可憐なそのお姿からです！　あまりにも透き通るお美しさから、決して人の手が触れてはならない、人と言葉を交わせば消えてしまわれる、と、遠巻きに崇められていた事も、まさか、ご存知ないと仰《おっしゃ》る？」

「……ぇえ？」

アレンの怒涛の褒め殺しに、こちらは息も絶え絶え……アレンが、私を本気で褒め殺そうとしている……！

「そしてリリエンヌ様、何よりも貴女のお美しさは、その心根にあるのですよ。心のお美しさが顔に出るとは、正に真実」

「あの……アレン……もういいから……」

「何を仰《おっしゃ》いますか！　ルーカス殿下が真実を十分にお伝えできていないのならば、私からお伝えせねば！　不出来だなどと、誰ですか、そのような世迷言をリリエンヌ様に吹き込んだのは！　救済院や母子寮での活動を通して、どれだけの民がリリエンヌ様をお慕いしているか、よくよく理解して頂かねばなりません！　私達がリリエンヌ様をお慕いする気持ちを、否定なさらないでください」

「さようでございます、リリエンヌ様。不肖、わたくしハイネも、微力ながら、マーティアス殿にお力添えを致します」

「わたくしも、リリエンヌ様付きの侍女として、リリエンヌ様には正しくご自分を評価なさって頂かなくてはなりません」

そこから始まった怒涛の褒め殺し大会は王子宮中の使用人を巻き込み、ルーカス様が一週間ぶりに帰宅する数時間後まで、続いたのだった。


ルーカス様は、帰宅直後、まっすぐに私の部屋に足を運んだ。

そこに、普段、決して表に出て来ない使用人達まで集まっている事に驚いた彼は、褒め殺し大会の原因を聞いた後、しばらく考えてから、「話がしたい」と人払いをした。

まだ言い足りなさそうな顔をしていたアレンも、ルーカス様の顔を見て、黙って部屋を辞す。

「リリエンヌ。俺の謝罪を聞いて欲しい。……許せ、とは言わない。許されぬ罪を犯した自覚はある。だが……何か誤解をさせてしまっているようだから、それだけ、解いておきたい」

「誤解……ですか？」

「あぁ。……お前は、俺がいずれ、クローディアスをお前から引き離すと思っているだろう？」

否定はできないものの頷く事もできず、黙り込んだ私を見て、ルーカス様はまず、ソファに腰を下ろした。続いて、立ったままの私に、ご自分の向かい側の席を勧める。

「長い話になると思う。質問や疑問は、その場で問い質《ただ》してくれて構わない。……聞いてくれるか？」

コクリと頷くと、ルーカス様は膝の上で両手指を組んで、話し始めた。

「まずは、謝罪させて欲しい。……結婚式の晩、お前に言った言葉は……あれは、あまりに不誠実で、お前の尊厳を貶《おとし》めるものだった。一度口から出た言葉を撤回する事はできない。だが、深く後悔している」

『リリエンヌ。初めに言っておく。今日を含め、今後一切、俺がお前を抱く事は、ない』。いつまでも、脳裏に焼き付いて離れない、拒絶の言葉。『夫婦らしく』あろうとすればするほど、思い出されて私を縛り付けた言葉。

けれど、ルーカス様がまったくの考えなしにあのような発言をされたとは、今の私には思えない。問うように見ると、ルーカス様は私が何を言いたいのか分かっているように、一つ頷いた。

「……あの時は、そうすべきだと思ったのだ。リリエンヌ……俺は、俺とセディは、結婚する前から、一刻も早くお前を王子妃の役割から解放する事こそが、俺達にできる贖罪だと思っていた」

「贖罪……？」

それから続いたルーカス様の話は、王家という血の鎖に雁字《がんじ》搦《がら》めにされた私達の呪いについて、彼らがどう考えて来たのか、というものだった。

国王ご夫妻が、互いに慈しみ合いながらも、子がない、という一点のみで責められ続けて来た事への不満。代理母から生まれたご自分達が、血の半分しか認められていない『半端者』であるとの劣等感。血を正統なものに回帰させるべく、五公爵家に娘の誕生を望んだ国家中枢の横暴への憤《いきどお》りと、生まれた娘への申し訳なさ。ラダナ夫人の教育が偏向している事に気づいていたものの、救いの手を差し述べようとした結果、さらに重い課題が課せられ、余計に苦しめてしまった事への後悔。

「お前に会える機会は少なかったが、成長するにつれて、笑顔の仮面を張り付けて、硝子玉のような瞳で己を護《まも》るようになった事に気がついた。それが行き過ぎた王子妃教育の弊害である事、タウンゼント家の企みである事も気がついていた。だが……お前も察しているだろうが、俺には、身分はあれど力がなく、何もできなかった。お前の扱いが不当だと周囲の大人達に訴えた事で、タウンゼント公の不興を買ったのだろうな。却《かえ》って負担を増やす事になって……いつしか、下手に動くべきではないと、諦めてしまった」

……そうか。お二人は、私のために、動いてくださっていたのか。

「王子妃となれば、ラダナ夫人とは物理的に距離が置けるし、ロザリンドとも立場が等しくなる。そもそもの目的である後継者さえ産んでくれれば、後は重責を下ろさせて、リリエンヌの好きにさせればいい。出産で体が弱った事にすれば、無理に公務に出る必要もない。宮の中で守っていれば、お前を虐げる者と接さずに済む。そうすれば、いつか、心から笑える日が来るのではないか。そんな事を、ずっと考えていた。たまの交流ですら、ロザリンドに邪魔をされ、言葉を交わして励ます事もできない。お前にとって俺は、生まれる前から押し付けられ、多大なる負荷を与え、友人の一人も作る事すら許さなかった邪魔者でしかない。よく知りもしない相手を、お前の負担でしかない俺を、愛せるようになるわけもない。破瓜《はか》の痛みは、辛いものと聞く。愛のない相手に、無理矢理抱かれる苦しみを味わわせたくない……だから、初夜を拒んだ」

ルーカス様は、息も切らさずにつらつらと述べると、ふ、と言葉を切った。

「……いや、それだけではないな。閨《ねや》の最中、お前が人形のような笑みを浮かべる想像をして、そんな顔をさせてしまう事に耐えられなかった」

義務としての子作りに励んでいる最中、ラダナ夫人に扇で叩かれながら身に着けた『王子妃の微笑み』を崩さない女。事実、私はルーカス様に「今後抱かない」宣言をされた時も、一ミリも表情を動かさず、あの微笑を浮かべていた。

私の微笑に罪悪感を抱いていたルーカス様が、私から目を背けたくなった理由は理解できる。

同時に、私がこれまで受けて来た対応が誤ったものだったと、ルーカス様自身も悔やまれている事に、救いを感じた。彼も、悩んでいたのだろう。

「……あの時は……どう、するのが正解なのか分からなくて……」

ずっと黙ったまま、ルーカス様の話を聞いていた私が口を開いたからか、ルーカス様は真剣な顔をこちらに向けてくれた。

「ラダナ夫人に、閨事《ねやごと》の話も聞いてはおりましたが……『殿下にお任せしなさい』としか伺っていなかったので……ルーカス様の仰《おっしゃ》る通りにさえすれば、それでいい、と、すべての責任をルーカス様に押しつけてしまったのです」

そうだ。結局、私は、自分の頭で考えて行動する、という王子妃の義務を放棄した。ルーカス様が、私の意思を尋ねてくれなかったせいだ、と、全責任をルーカス様に負わせて、従っただけなのだから私に責任はない、と、逃げたのだ。

「だが、俺は……王子として、夫としての責任を果たさず、俺に散らされるよりも負担は少なかろうと決めつけ、結果だけを求めた。……医師に、どのような処置を受けたのかも知らず……知る義務すら怠った。それは決して、お前一人が抱えねばならぬものではなかった」

そう言ってから、ルーカス様は、今はもう知っている、と付け加えた。自身が生まれた医療的な手法と聞いていたからなんの疑問もなく採用したが、想像していたよりもずっと辛そうな処置だった、事前に知っていれば、考え直した、と。

そもそも、ルーカス様達を医療的措置で妊娠した生みの母は、経産婦だったと聞いた。男性経験のまったくなかった私とは、状況が違う。

「……ええ、とても、恥ずかしく、屈辱的な思いを致しました」

私はもう、逃げてはいけない。ルーカス様が『夫』として向き合う心積もりならば、私は『妻』として、気持ちを偽ってはならない。

「……すまなかった。お前の体と心を、傷つけた」

「妊娠してからも、自分の体が自分一人のものではないという精神的な負担、体の変化や体調の不調への不安、妊婦であれば当然と言われても不安定な気持ちに振り回され、無事に後継を産まねばならないという責任の重さに潰されそうになり……辛かったです」

「本来ならば、その不安に寄り添わねばならなかったのに……お前一人に負わせてしまった。すまなかった……」

ルーカス様の形のいい眉が、どんどんとハの字に下がっていく。

振り返れば、なぜ、出産の最中に前世の記憶が蘇ったのか分かる。もうすぐ、後継を作る義務から解放される、という安堵と同時に、私は、お腹の中の存在を心底恐れていた。

このままでは、私と同じ子供が生まれてしまう。

家のために、と望まれながらも、誰からも愛されない子供を作ってしまう。

『もう一人の私』が、生まれてしまう――……

愛してあげたくても、どうすればいいのか、分からない。誰にも、愛された事がないから。

その絶望が、子に愛を注ぐ事のできる私――育児を経験した前世を、思い出させた。前世の記憶は、クローディアスを育てるために得たもの。クローディアスの不在で揺らぐ気持ちが、私にそれを教える。我が子を守らねば、という強い気持ちがあるから、私は立ち止まらずに、前を向けるのだ。

クローディアスと向き合う日々が、王子妃教育で摩耗し、表出できなくなってしまった自分の気持ちと向き合う時間をくれた。クローディアスに、「愛してる」、「大好き」と告げる言葉が、クローディアスが私に触れる小さな手が、私の中の凍りついた『リリエンヌ』を、抱き締め、愛を伝えてくれた。彼を心の底から愛おしく思う気持ちが、私の心もまた、癒し、慈しみ、育ててくれた。

愛を知らない私が、クローディアスを全力で愛する事ができるのは、我が子を愛した前世の記憶を思い出したからだ。

クローディアスを産む事で、私は、救いを手に入れた。

「……本当に……すまない……」

後悔に苛《さいな》まれたルーカス様が、下唇をぐっと噛む。膝に置いた手に力が入り、深く頭を下げた。

王子である彼が頭を垂れるのは、国王である陛下の前でのみ。

さら、と、黒髪が揺れるのを、私は見ていた。

「ですが、」

口を開くと、ルーカス様が顔を上げる。私の言葉を、一言も聞き漏らすまいと言うように。

私は、ルーカス様の顔をじっと見つめた。

「わたくしが最も辛かったのは、妻として認められなかった事でも、医療的な妊娠を求められた事でもございません」

「……っ」

はっ、とした顔で、ルーカス様が私を見る。恐らく彼は、初夜を拒み、医療で妊娠させた事が、二人の関係の歪みを大きくしたと思っていたのだろう。

でも、私が本当に辛かったのは。

「わたくしの思いを、尋ねて頂けなかった事です。他の誰でもない……わたくしの家族となる方に、心を持たざる者と扱われた事が、何よりも辛かった」

ルーカス様は、愕然とした顔をした。

「そ、うか……そう、だな……俺は、そんな事すら、お前に尋ねもしなかった……」

「今は、どのようにお思いですか？」

「……俺は過去、大きな過ちを犯した。許せとは言えない。だが、今後、お前の気持ちに耳を傾け続けると誓う。……本当に、すまなかった」

悄然《しょうぜん》と肩を落とす、ルーカス様。私達は、互いに未熟だった。もっと言葉を交わす事さえできていれば、ここまで悩まずに済んだのかもしれない。

過去は、変えられない。でも、今の彼となら、よりよい未来を、選べるのではないのだろうか。

「クローディアスに会えましたから。ですから、もういいのです。わたくしにクローディアスを授けてくださり、ありがとうございました」

綺麗事ではない。私は確かに、クローディアスに救われた。私達の始まりを否定する事は、クローディアスの存在を否定する事になる。

「っ、礼を言わねばならないのは俺の方だ。ずっと……ずっと、伝えたいと思っていたのに、機を逸してしまった。クローディアスを産んでくれて、慈しんで育ててくれて、ありがとう」

……あぁ。

すこん、と、何かが心の隙間にはまった音がした。

なんて単純なリリエンヌ。クローディアスがこの世に生まれ出た事を感謝されただけで、これまでのわだかまりが、溶けて消えたような気がする。

そうか。私はルーカス様に、クローディアスを産んだ事を、認めて欲しかったのか。

ルーカス様が、クローディアスを息子として愛おしみ、可愛がってくれている事は、十分に分かっていた。私をクローディアスの母として認めてくれている事も、理解していた。

でも、心のどこかにぽっかりと深い穴があったのはきっと、この一言が欲しかったせいなのだ。

「……ルーカス様は、クローディアスが誕生後、わたくしと離して王宮で育てるおつもりでしたでしょう？」

「っ、今は違う」

「承知しております。ですが、なぜ、お気持ちが変わったのか、伺っても？」

「……そもそも、お前とクローディアスを……赤ん坊を離そうと考えたのは、リリエンヌにとって、いくら乳母がいるとはいえ、育児は負担でしかないだろう、と、思い込んでいたからだ。愛のない男との間に生まれた子供を、お前の体を苦しめた子供を、疎《うと》みこそすれ、愛せるものだと思わなかった。お前を解放する事が、俺にできる贖罪なのだと、信じていたから……」

……ルーカス様の目に見えていた私は、余程、痛々しかったのだろう。

なんの感情も窺えない硝子玉の瞳で、ただ、完璧な笑顔を張り付けている少女。ルーカス様と私は、五つ、年が離れている。この年齢になればたいした差ではないけれど、十代の五歳は大きい。ルーカス様達にとって、私の姿が罪悪感を刺激するものであった事は、想像に難くない。

「……だが。クローディアスが生まれた時、リリエンヌが、涙を流しながらも本当に……心底、嬉しそうに微笑んだ姿を見て、引き離す事が正解なのか、分からなくなった」

「……ご覧に、なっていたのですか」

「あぁ」と、ルーカス様は頷いた。

「陣痛が始まったと、ハイネから連絡があってな。たまたま、その時に面会をしていた者に、初産は心細いものだから駆けつけろ、とけしかけられ……俺がいたところで、お前の助けになるわけもない、と思いながらも、宮を訪れたのだ」

「それは……お見苦しいところを……」

「見苦しいとは思わなかった。だが、驚かなかったと言ったら嘘になるな。まさか、お前が声を上げるなど、想像もつかなかったから。医師はお前を、我慢強い、これほどに静かなお産はない、と評していたし、既婚の部下も、出産時は皆、獣になるのだと言っていたが、それでも、苦しむお前の姿を目の当たりにして、出産というものを軽く考えていた事に初めて気づかされた。リリエンヌは……痛みですら、我慢をする癖がついているだろう？」

ちら、と、ルーカス様の視線が、私の右腕を見た。確かに、怪我の治療中も声を殺そうと唇を噛もうとする私を、ルーカス様は止めていた。

「俺は、クローディアスがリリエンヌの笑みを取り戻してくれた事に、感謝している。だから、お前がクローディアスと共にいる事で笑える以上、お前達を引き離す事は絶対にない」

ルーカス様はきっぱりと言うと、じっと私の顔を見る。じわじわと、ルーカス様の言葉の意味が脳内に浸み込んで来て、私はいつの間にか詰めていた息を、ほぅ、と、吐き出した。

「安心、致しました……」

そうか。クローディアスが、甘えたい盛りで私と離れる未来はないのか。

あぁ、でも。そうすると、ルーカス様は……？　ルーカス様のお心を癒す女性とは、お会いになれないという事……？

「……どうした？　何か、気に掛かる事があるのか……？」

私の眉が顰《ひそ》められた事に気づいたのだろう、ルーカス様が、どこか心配そうに問い掛ける。

「あの……」

このまま、クローディアスと離れる事がなければ、ルーカス様を誰にも奪われないのだ、という、昏《くら》い独占欲が湧き起こる。

そうすれば、私は『家族』を手に入れられる。父と、母と、息子と。ままごとのような、家族ごっこ。

ルーカス様は私のものにもならないけれど、でも、他の誰かが触れる事もない。

それは……幸せな事？　誰にとって？

「リリエンヌ？」

……誰も、幸せなんかじゃない。

「クローディアスと……この先、王子宮で暮らせる事は、理解致しました」

「あぁ」

「では……ルーカス様は……？　ルーカス様は、いつまで、王子宮にいらっしゃられるのですか……？」

そう問うと、ルーカス様の眉が顰《ひそ》められた。それは……悲しみ、とか、苦悩、といった形で。

「……それは、俺に王子宮から出て行って欲しい、という事か？」

「いいえ！　いいえ、そうではございません！」

思わず、弾かれたように返事をする。まさか、彼がこんなにも痛そうな声を出すとは、思わなかった。

「では、どういう意味なんだ……？」

「あの……あ、の……」

ルーカス様の目が、私の気持ちを聞きたいのだと、雄弁に語っている。

ごくり、と、唾を飲み込んで、私は閊《つか》えながら、なんとか言葉を綴った。

「あの……殿方は……心と体を癒すために、女性が、必要なのだと……そう、伺いました……ですが、クローディアスのいる宮では……ルーカス様は、その……」

私の言いたい事が伝わったのだろう。ルーカス様は一瞬、大きく目を見開いた後、深く溜息を吐く。その溜息の音が、怖い。

「それはつまり、お前は俺に、『秘密の恋人』を持て、と、そう言っているのだな？」

「そ……ういう、つもり、では……」

違う。そんな人、作って欲しくない。

けれど。

罪悪感から私を妻として扱ってくださってはいても、真の意味での妻ではない。私では、ルーカス様を癒す事ができないのだから。

顔を上げていられず俯《うつむ》くと、ルーカス様は平坦な声で問うた。

「……それは、お前の望みか？」

「わたくしの……望み……？」

なぜ、そんな事を聞くの。真の妻が必要なのは、ルーカス様なのに。

「お前は、クローディアスの『母』にはなれても、『妻』として俺を癒す役割は担えないから、他で発散して欲しい、と、そう言っているのではないのか……？」

「ちが……っ違います……！」

何か、根本的なところがずれている。互いを向いて会話しているのに、相手の言葉が届かない。

「ルーカス様は……ルーカス様は、わたくしを、妻としてご覧になっていらっしゃらないでしょう……？　わたくしでは、ルーカス様を癒す事ができません。クローディアスの母としてのわたくしがいれば、それで、」

「ちょっと待て」

ルーカス様は私の言葉を遮ると、額を押さえた。口の中で小さく何事か呟くと、

「リリエンヌ」

と、名を呼ぶ。その声音が真剣で、思わず、背筋が伸びた。

「……はい」

「伝わっているだろうと、そのうえで、俺を拒むのだろうと思っていたが……言葉にしなかった俺が、悪かったのだな。俺が、クローディアス誕生後、王子宮に足繁《あししげ》く通うようになったのはなぜか、分かるか？」

「？　クローディアスに、会いに来てくださっていたのでは……？」

「それは、理由の半分だ」

予想外の返事に、困惑する。

「残りは……？」

「お前の姿が、見たかった」

「！」

私を……？　なんのために……

「クローディアスの世話をして、嬉しそうに微笑むお前の姿が、見たかったんだ。クローディアスと触れ合っているお前は満ち足りた顔をしていて、その姿を見ているだけで、俺の心も穏やかになった。クローディアスのために不慣れな交渉を行い、新しい育児用品を開発していく姿に、誇らしさを感じた。……最初はただ、俺の積年の願い、お前の笑顔を取り戻す事が叶ったから、嬉しいのだと思っていたが……違った」

「違った……？」

「俺は、リリエンヌ……お前を愛している」

はっきりと告げられたけれど、言葉の意味が理解できない。彼は今、なんと言った……？

「で、も……」

愛している？　彼が？　私を？

到底、信じられなくて、曖昧に言葉を返すしかできなかった。

「お前は、美しい。少なくとも俺にとっては、これまで出会った女性の中で、最も美しい。だが、俺が惹かれたのは、クローディアスと接する時の母としての顔、公務で国民と触れ合う時の王子妃としての顔……そして、俺を頼り、時に見せるお前の素顔だ。お前の迷いも、弱さも、リリエンヌをリリエンヌたらしめているすべてを、愛している」

でも。

「でも……ルーカス様は、あの日、わたくしから、目を逸らされたではありませんか……」

思い掛けず、ルーカス様の裸体を見てしまったあの日。

キスされるかと思ったのに、彼は、自己嫌悪の表情を浮かべて去って行った。あれは、私に触れるつもりがなかった、という事ではなかったの……？

「あれ、は……お前の許しも同意も得ずに、また、傷つけるところだった、と己の愚かさに嫌気が差して……」

ルーカス様の言葉を聞いて、己に自信がなくて俯《うつむ》かせていた顔を思い切って上げる。

本当に……彼は、私を……？

「わたくしは……わたくしには、何もないのだと、何もできないのだと、言われて参りました。その、わたくしを……認めてくださるのですか……？」

振り絞った声は、私の怯えを示すように、震えていた。

変わり始めたと思ってはいても、私は私。十九年、奪われて来た尊厳を、一朝一夕に取り戻せる筈もない。

ルーカス様を信じたい気持ちと、信じられない気持ちの間で、揺れ動く。

「リリエンヌ。ロザリンドにとって、お前は脅威だった。確かに、ロザリンドは人目を惹く容姿を持っている。話術に長け、人脈作りを得手としている。だが、それは、リリエンヌ、お前もそうだ。ロザリンドとは異なる美点を、たくさん持っている。ロザリンドが、ラダナ夫人を始め、己の配下を使ってお前の認識を歪めねば安心できないくらいに、お前は魅力的だ。……だからこそ、マーティアス達、宮の者が、お前を慕うのだ。彼らの言葉は、何一つ、嘘でも世辞でもない。お前が自分の力で得た評価なのだ」

そう言われて、思い出す声がある。

「水仕事で荒れた手に気がついてハンドクリームを差し入れてくださったから、あかぎれが治った」と泣いていた洗濯場の女性。「誤った知識を指摘して頂いた事で、蜂蜜を加えた離乳食で若君を危険に晒《さら》さずに済んだ」と感謝していた厨房の男性。「暑い日の作業中、差し入れてくださったリリエンヌ様特製ドリンクのおかげで、今年は倒れる者がいなかった」と喜んでいた庭師の男性。

先ほど、王子宮の使用人達が集まって来た時には、狼狽《うろた》えてしまってきちんと受け止められなかったけれど、彼らは、私を本当に慕ってくれていたのか。

「公務でも、お前を高く評価する声は増えている。市井の民に寄り添い、その言葉を聞き、受け止め、対処方法を共に考えてくれる王子妃として、な。特に、これまで『当たり前の事』として流されてきた育児の負担を、育児用品を用いて軽減する考えは、働きながら幼子を育てる母親達から大きな支持を受けていると報告を受けた。お前には、彼らを支持基盤として取り込もうという意図はないだろう。だが、お前と関わった人々が影響を受け、お前を評価している気持ちは、受け止めるべきだ」

『私達が、リリエンヌ様をお慕いする気持ちを、否定なさらないでください』

少しずつ……少しずつ。アレンや王子宮の皆の言葉が、私の中で繋がっていく。

私にも、できる事がある。できた事がある。見てくれている人がいる。それは、今、目の前にいるルーカス様も一緒で。

そう思った途端、頬に熱が上った。

「……リリ」

ルーカス様が呼んでくれる愛称が、好きだ。

「想いを返せ、なんて、横暴な事は言わない。お前が俺を許せずとも、当然の事だ。だが……お前を愛する者が、お前を守りたいと願う者がいる事だけは、知っていて欲しかった」

ルーカス様がソファから立ち上がり、私の前で跪いた。その目が何かを希《こいねが》うように切実で、驚いて立ち上がろうとすると、ルーカス様は私の左手を軽く、けれど、絶対に逃すまいと掴まえる。

「お前とクローディアスを生涯愛し、守ると誓う」

私をまっすぐに見上げる瞳。それはきっと、本来ならば結婚式に交わされるべき約束。

「俺に癒しを与えられるのは、お前だけだ」

耳の先が、熱い。ルーカス様に視線が囚われて、動けない。

何かを言わなくては、と思って口を開くけれど、どう言葉にすればいいのか分からなくて、思い

直しては閉じる。

「……わ、たくし……」

ようやく出た声は、情けないほどに小さく掠《かす》れていた。けれど、ルーカス様が私に向き合ってくれたのならば、私も彼に、向き合わなくては。私達は、互いにあまりにも言葉が足りなかったのだから。

「わたくし、には……母が子を愛する以外の気持ちは、よく……分かりません」

ルーカス様に抱く独占欲。それが、彼が私に向けてくれているものと同じ感情に根差しているものなのか、今の私には分からない。

でも。

「でも……ルーカス様が、他の方に癒しを求めるのは……イヤ、です……」

ぽろり、と、頬を涙が零れ落ちた。自分で勧めておきながら、彼の隣に私以外の女性がいるところを想像するのは、身を切られるように辛い。

彼の側にいたい。その気持ちだけは、確かだから。

「……ルーカス様とクローディアスと、家族になりたい……わたくしの、『家族』が欲しい……」

血が繋がってはいても、家族の一員であると実感できなかったアーケンクロウ家の人々は、私の家族ではなかった。

「リリ」

私の気持ちを波立たせ、同時に安心させてくれるルーカス様の声。彼に呼ばれると、自分の名前が好きになれる。

「順番を誤ってしまったが、俺はこれからずっと、お前とクローディアスと、家族として暮らして行きたい。お前の夫として、隣に立つ権利をくれないか……？」

溢れるままに涙を流し、零れる嗚咽を堪えるように、震える右手で口元を押さえる。

「……っ」

何か言いたくて、でも、言葉にならなくて、せめて、と小さく頷くと、ルーカス様は微笑んで、私に頷き掛けてくれた。

「明日には、外出許可も下りるだろう。父上達に奥宮に入る許可を頂いて、クローディアスに会いに行こう」

「！　はい！」

ようやく、クローディアスに会える！　ルーカス様が、私とクローディアスを本当に大切に思ってくれているのだと不意に実感して、胸が詰まった。

「……リリ」

私の両手を大きな手で包み込むように握って、繰り返し、私の名を呼ぶルーカス様。軽く首を傾げて先を促すと、彼は私の目をまっすぐに見つめた。

「愛している」

返す言葉が見つからない。無言のままの私を、ルーカス様は責める事なく、微笑んだ。

「お前に負担でなければ、これからも、こうして気持ちを伝えていいか？」

恥ずかしい気はするけれど、彼の言葉は嬉しい。頷くと、両手を握る手に力が籠《こも》る。

「ありがとう」

ルーカス様に、思い掛けず愛を告げられた。

言われてみれば、ルーカス様の行動は、クローディアスだけではなく私への好意に基づいていた、と振り返る事ができるのだけれど、態度から汲《く》み取るというのは、私には難易度が高かった。

けれど、言葉は拙いながらも、彼とクローディアスと家族になりたいのだ、という今の私の希望を伝えられた事は、良かったと思っている。

私が抱いているルーカス様への好意が、夫に対して抱くもの、つまり恋慕として抱くものと、まったく同じものなのかと問われると、自信はない。何しろ、私はこれまで、他人に対して好意を持つ経験がなかったのだから。

でも、そう伝えてもルーカス様は、今はそれでいい、と仰《おっしゃ》った。夫として、家族として受け入れ、ルーカス様が私とクローディアスへの愛を伝える事を許してくれれば、それ以上を求める事はしない、と。

その夜は、『愛を伝える』一環として、ルーカス様と共寝した。夫婦としての触れ合いはない。口づけも、額に一つだけ。

私が魘《うな》されていた夜と同じく、そっと抱え込むように寄り添われて、心臓が破裂しそうに痛いのに、同時に絶対的な安心感に包まれるという、不思議な体験をする事になった。クローディアスの不在は、私の睡眠に大きな影響を与えていたけれど、夢を見る事もなくぐっすりと休む事ができたのは、触れた体温のおかげだったのだろう。

そして、今日。私は、十日ぶりにクローディアスに会う事ができた。

ルーカス様の気持ちを聞いて以降、どうにも二人でいるのはそわそわして落ち着かなくて、クローディアスを間に挟むと、安心する。

心配していたクローディアスの安全管理は、乳母チーム全員が奥宮に付き添う事ができたおかげで、関係者以外、近づかせない鉄壁の守りを敷いてくれた。クローディアスの置かれている状況をよく理解してくれている人々がいて、本当に良かった。

肝心のクローディアスは、十日間会わなかったとは思えないくらい、人見知りせずに私にくっついてにこにこ笑い、ルーカス様にも手を伸ばして抱っこをねだっていた。いや、抱っこした時に、いつもよりもぐりぐりの強さに圧があったから、もしかすると、会いに行けなかった事へのクローディアスなりの抗議だったのかもしれない。

ジェマイマによると、お座りが大分安定したらしい。赤ちゃんにとっての十日は成長の段階が進むだけの時間なのだ、と実感する。

私はまだ右腕が万全ではないので、抱っこはルーカス様に腕を添えられながらだったけれど、久し振りのクローディアスの甘い赤ちゃんの香りに、泣きたくなるくらいの幸福感に包まれた。

ルーカス様と、クローディアスと、私。

三人でちゃんと家族なのだと、心の奥底から染み入るように実感して、本当はちょっぴり涙が出た。早く、王子宮で一緒に暮らしたい。

クローディアスとの面会後、非公式の会議があるから着替えるように、と、控室に案内された。詳しい説明のないまま、授乳服から、謁見にも差し支えない格のドレスを身に着ける。

「……本来ならば、リリエンヌに聞かせたい話ではないのだが……王宮から膿《うみ》を出すために、協力して貰えるだろうか」

着替えの最中、セドリック様と打ち合わせをしていたというルーカス様は、躊躇《ためら》いながらそう言った。聞けば、王族と、五公爵家の当主夫妻全員が召喚されているという。

議題に上がるのは、先日の襲撃事件。被害者である私に、聞かせたくないと思うのも当然だ。証拠は可能な限り揃えたけれど、最後の一押しが不足しているため、直接、証言を求める、と言ったルーカス様は、固い表情を浮かべていた。

ルーカス様にエスコートされて入室した部屋には、既に、五公爵家当主と夫人が揃っていた。五公爵家当主夫妻と王族のみの会合とは、これまでに覚えのないシチュエーションだ。田舎の領地に引っ込んだアーケンクロウ公爵夫妻……私の両親がいる、という時点で、重要度が高い事が分かる。

その十人に、セドリック様とロザリンド様、ルーカス様と私、五公爵家子息である、リカルド様、イアソン様、キース様。五公爵家には他にもご子息がいらっしゃるけれど、この場にいらっしゃるのは、殿下方の側近である方のみのようだ。

部屋の中は、二十人近い人間がいると思えないくらいに、しん……と静まり返っている。

「待たせたかな？」

穏やかな声と共に、アナスターシャ様をエスコートして入室されたのは、フィリップ陛下だった。

「陛下。これは、一体、なんの騒ぎですかな？　五公爵家すべてを召集なさるとは、余程の大事が起きたのでしょうな」

陛下の前だというのに、苛立たしさを隠しもせずに発言したのは、赤みがかった金髪を後ろに丁寧に撫でつけた男性だった。

ロザリンド様のお父上、タウンゼント公爵だ。公務でお見掛けした事はあるけれど、こんなに近くでお会いするのは初めてだ。年の頃は、六十をいくつか過ぎているだろう。ロザリンド様のお父上と考えると少し年配に感じるけれど……あら？　そういえば、タウンゼント家にはロザリンド様以外のお子様はいらしたかしら……？

私のハークリウス王国貴族情報は、ラダナ夫人監修のもの。意図的に、タウンゼント家の情報が除かれていたのだろうか。

「あぁ、そうだね。王家を揺るがす大事だよ」

フィリップ陛下は、お言葉の内容にそぐわない落ち着いた表情で、そう告げる。

タウンゼント公爵の眉毛が、ぴくりと動いた。他の五公爵家当主も息を呑んだのか、静かな室内に掠《かす》れたような音が響く。

「まずは、リリエンヌ。怖い目に遭ったね。怪我はもう、大丈夫かな？」

陛下に向けた視界の隅で、お父様とお母様の眉が顰《ひそ》められた事に気がつく。……これは……陛下にご心配をお掛けするな、というお咎《とが》め……？

「ご心配痛み入ります、陛下。完治には今しばらく時間が要《い》るようですが、普段の生活に戻していく許可を得る事はできました」

「そう。それは良かった。無理せずに、まずは体を最優先にね」

「はい。お言葉感謝致します」

フィリップ陛下は、私に見舞いの言葉をくださると、セドリック様とルーカス様に順番に目を向けた。

「さぁ、ここからは息子達に任せよう。セドリック、ルーカス、頼んだよ」

普段呼んでいる愛称ではなく正式に名を呼ぶという事は、非公式ではあっても重要な会議だと、全員に伝わった筈だ。

「承知致しました」

セドリック様が席から立ち上がり、背後に控えていたリカルド様から、何やら紙の束を受け取る。

ルーカス様も立ち上がると、一度私の耳元に身を屈めて、

「辛くなったら、退席していい」

と、小さく声を掛けてくれた。

セドリック様が、コツ、と靴音を立てる。恐らく、耳目を集めるために、わざとやった事だ。

「既に聞いている者もいるだろうけど、先日、ルーカスの宮が、覆面を被った不審者に襲撃された。標的は、庭で散策していたリリエンヌと、乳母車に乗っていたルーカスの子」

推測ではなく、言い切るセドリック様。既に、侵入者から証言が取れているという事か。

事件について知らなかった人はいないのだろう。誰もが、難しい顔をして頷く。

「厳重な警備に守られた王宮の中の、さらに警備された王子宮への侵入者だからね。私達も、慎重に調査した。その結果を、今日、この場で報告したい」

セドリック様は、流暢に説明を開始した。

まずは、侵入者達の侵入ルートについて。私の予想通り、彼等は外部から侵入したのではなかった。

「近衛が捕縛した侵入者は五名。いずれも、私の宮の騎士として勤めていた者達だ。王宮の警備の目を掻い潜ったわけではない。最初から、王宮内を我が物顔で闊歩していたわけだ」

初めて、ざわり、と空気が揺れた。

それはそうだろう。どこよりも安全と思われていた王宮の中に、不穏分子が引き入れられていたのだから。王宮に出入りが許されている人物なのでは、との予想はキース様に告げたけれど、まさか、セドリック様の宮の騎士だとは思っていなかった。

彼らが着ていた制服は、セドリック様の宮の騎士のものであると広く認識されていたため、王宮内のどこを歩いていても、見咎《みとが》められる事はなかったのだという。同じように王子宮を守護する者同士、ルーカス様の宮に勤める警備兵達には、彼らへの信頼こそあれども、一抹の疑念もなかった。

それゆえに、警備の隙を突かれてしまったのだ。

「いずれも、ロザリンドについていた護衛騎士だった。……タウンゼント公爵、公の推薦で王子宮に勤めるようになった者達だな」

名指しされたタウンゼント公爵は、一瞬、言葉に詰まったように見えたけれど、すぐに立て直す。

「殿下がお調べになったのでしたら、そうなのでしょうな。リリエンヌ妃殿下を害せと私が指示する事などありえませぬが、そのような不心得者を王子宮に推薦したとは、確かに私の責任。申し開きもできませぬ」

「分かっているじゃないか、タウンゼント公爵。では、公には、王子宮襲撃の責を負って、爵位を退いて貰おうかな」

セドリック様は、笑っていない目で、唇をくい、と笑みの形に引き上げた。

「な……っ」

「申し開きもしないんだろう？　潔いな」

「で、ですが、後継ぎがおりませぬ！　タウンゼントは殿下の妃の実家でございます。タウンゼント家が途絶えてお困りになるのは、殿下でございましょう。そのようなご心配をお掛けしないよう、私は、ロザリンドの産む二人目以降の男児を、後継ぎに据えようと……っ！」

「……あぁ」

セドリック様は、何かに気づいたように声を上げると、ちら、とロザリンド様に視線を走らせる。

「そのような思惑があったのか？　それはすまないね、タウンゼント公爵。でも、ロザリンドが私の子を産む事はないよ」

きっぱりと言い切ったセドリック様に、五公爵家の当主夫妻達が、戸惑いの表情を浮かべた。

ロザリンド様の妊娠と出産は、公式発表されてこそいないものの、周知の事実。それなのに、産後一年も経っていない妻を冷めた顔で見やるセドリック様と、愕然とした表情を浮かべるロザリンド様の間には、どう見ても深い溝がある。

「ルーカスとリリエンヌの子供が、タウンゼント家に雇われた護衛騎士に襲われた理由について、詳細に説明する必要がありそうだね。簡単な話さ。今、王家の血を引く子供は、ルーカス夫妻の子供しかいないんだ」

「ちょ、ちょっと待って、セディ、」

焦ったように立ち上がろうとしたロザリンド様の肩を、背後に控えていたイアソン様が押さえた。たいして力を込めているようには見えないのに、ロザリンド様は身動きが取れない。

「確かにロザリンドは出産した。けれど、その子供の父親は、私ではなかったんだよ。大事《おおごと》だろう？　随分と王家を馬鹿にしたものだよね。婚姻前に他の男の子供を妊娠している娘が、何食わぬ顔をして嫁いで来るなんて」

「なんて事……！」、「まさか……」。思わず、といった様子で零れ落ちる言葉を聞きながら、セドリック様は口端を歪めて笑った。疑念と軽蔑の視線を向けられたロザリンド様が、顔を真っ赤にして、わなわなと震える。

「私の子ではないのに王籍に入れておくわけにはいかないから、除籍済みだ。あぁ、安心して欲しい。子供は、血の繋がった実の父親に引き取られている。随分と可愛がって貰っているようだよ。無理矢理、行為を強要された結果の子だというのにね。目の前からいなくなれば、責任から逃れられると思った誰かとは、大違いだろう？」

ロザリンド様は、ぎり、と下唇を噛むと、肩に置かれたイアソン様の手を乱暴に払って両腕を組み、憎々しげにセドリック様を睨みつけた。

「そもそもの話。私はね、初夜のロザリンドの様子に既に不審を抱いていたんだ。だから、咄嗟に避妊してるんだよ」

にこり、と、セドリック様が笑う。

「うそ……」

「気づいていなかっただろう？　君は、お酒を飲んでいたから。まぁ、避妊したと言っても、絶対に妊娠しないと決まっているわけでもない。だからね、あの子が私の子供である可能性も、もちろん、考えていた。そうであって欲しい、とも思っていたさ。だから……実に残念だ」

両陛下と面会した時のセドリック様の様子を思い出す。未知の存在への躊躇《ためら》いはあったけれど、子供への興味もまた、確かにお持ちだった。アルバートが我が子だったなら、きっと可愛がっていらしただろうに。

……もしかして、ゲームのアルバートが六歳になるまで王宮で育てられていたのは、セドリック様が、疑念を持ちつつも愛情もお持ちだったからなのだろうか。六歳になれば、外部との交流も頻繁になって来る。周囲の目を誤魔化しきれずに、手離す事になったのかもしれない。確認など、しようもないのだけれど。

「あぁ……それと、タウンゼント公爵。公がロザリンドの不貞を知っていただけでなく、むしろ、勧めていた事も把握しているからね。無駄な言い訳はしないように」

下を向くタウンゼント公爵に、セドリック様は手元の紙束を捲りながら、言葉を続ける。

「公およびタウンゼントに連なる者が行った事件は他にもある。王子宮だけではなく花祭りでも、リリエンヌを標的とした襲撃事件が起きた。幸いにも、ルーカスのお陰で大事にはならずに済んだけどね。現行犯で取り押さえられなかったから捕縛していないだけで、証拠は押さえている。後は、リリエンヌの王子妃教育を受け持っていた家庭教師。彼女がタウンゼント家の意向を受けて動いていた事も、証言が取れているよ。あぁ、もっと昔に遡れば、タウンゼント家の茶会に招かれた後に、子が流れた、という話もあるね」

ぴくり、と夫人達の肩が揺れた。

セドリック様は、そっぽを向いているロザリンド様、無言のタウンゼント公爵、微笑を浮かべているタウンゼント夫人に、順繰りに視線を向ける。

「ルーカスの宮に侵入した者達は、子供の殺害を第一目的に依頼されていたそうだよ。子供を手に掛けたうえで余裕があれば、リリエンヌも害する。王位継承者となりかねない子供と、ルーカスの子供をさらに産む可能性のある妃を弑《しい》する事で、確実にロザリンドの子供を王位に就ける……タウンゼントの起こした事件を踏まえれば、こういう動機だろうな、と思うのだけど……どうにも、チグハグでしっくり来ない。本気でそう考えているのなら、婚前の妊娠なんて、絶対に避けなくてはいけないだろう？」

タウンゼント公爵は、口を開こうとしない。

「王家の血を持たない、タウンゼントの濃い血を持つ子供を王位に就けたいのならば、念入りな工作が必要なのに杜撰に過ぎる……本当の目的は、一体、なんだ？」

その時だった。

「セドリック殿下」

ずっと沈黙を貫いていたお父様が、口を開いた。お父様は、今日の会合で最年長。確か、もうすぐ七十になるのだったか。職を私の兄に譲って領地に居を移されて以来、久し振りにお会いするけれど、姿勢良く、厳めしい顔立ちは長年務めた宰相というよりも武人に見える。

「これまでの流れを拝見するに、本日の会合は、口外無用かつ無礼講と思ってよろしいですか？」

「アーケンクロウ公爵。まぁ、そんな感じだね」

「……では、この場限りとして、発言をお許し頂けますかな？」

「いいよ。何か知ってるんだね？」

「恐らくは、これが動機の一端なのではないか、と……」

そう言うと、お父様は背筋を伸ばして、タウンゼント公爵をまっすぐに、鋭い視線で見やった。

「まさか、とは思うが……エドムント・タウンゼント。君はいまだに、アナスターシャの事を諦めていないのかね？」

アナスターシャ。

それは、お父様が妹のように可愛がっていた年下の叔母であり、ハークリウス王国王妃である方の名だ。

思わずアナスターシャ様の顔を見ると、アナスターシャ様は瞳に剣呑な光を浮かべていた。

「……諦める？」

俯《うつむ》いていたタウンゼント公爵は、謂《いわ》れのない指摘を受けた、という表情で、顔を上げる。

「アーケンクロウ公といえども、口にしてはならぬ言葉がありますぞ」

そうよね。いくらなんでも、既婚者、それも王妃への恋情を指摘されて、黙っていられる筈もない。

けれど。

「私がアナスターシャを諦める筈がございません。彼女に誤解されたら、どうするのですか。もうずっと、王宮から解放するための努力を続けているというのに」

衝撃的なタウンゼント公爵の言葉に、ギョッとした顔を見せなかったのは、お父様とタウンゼント夫人だけだった。

「やはり、そうか……」

「一体、どういう事なんだ、アーケンクロウ公爵」

まったくの想定外だったのだろう。混乱した様子のセドリック様の言葉を受けて、お父様は首を振る。

「私の把握している限り、エドムントはアナスターシャに四度、求婚しています」

「よん……!?」

貴族、中でも高位貴族の結婚は、恋愛感情よりも政略的な条件が優先されるものだ。求婚を断られるという事は、条件が合致しなかったという事。二度目の求婚ならまだしも、四度というのは、異例と言えた。

「一度目は、アナスターシャが十六になった年。君は、我が家にアナスターシャとの婚姻許可を求めに来たな。だが、その時点でアナスターシャは既に、レジナルド殿下と婚約を交わしていた。だから、諦めるように告げ、君は引き下がった。二度目。今度は、アナスターシャが学園を卒業する日。君は水色の花束を携えて、アナスターシャに求婚した。卒業の一週間後には、レジナルド殿下と結婚する事が決定していたのに。当然、アナスターシャは花束を受け取らなかった」

水色の花束、と聞いて、タウンゼント夫人以外の夫人達が、ざわめいた。

タウンゼント公爵は、ロザリンド様と同じく水色の瞳を持つ。学園の卒業式で、想いを寄せる異性に自分の髪や瞳から取った色の花を花束にして求婚するのが学園の伝統となっているのは、『虹の彼方に』の知識で知っていた。

「君は素直に引き下がって、アナスターシャは結婚した。だが、不運な事に、夫であるレジナルド殿下が流行り病を患い、結婚して一年を目前に亡くなられた。……その時も、君は、夫君を失ったアナスターシャは実家に戻されるだろうから、と、求婚に来たな。それが、三度目だ」

アナスターシャ様に、陛下とは再婚なのだと伺った事を思い出す。お父様がここで口にするという事は、絶対的な秘密というわけではないのだろう。

「父は君の執着を恐れ、埃を被った古い法を持ち出してまでレジナルド殿下とアナスターシャの結婚を無効にし、そのまま、王子妃候補として王宮に残れるように手配した。婚姻歴のある状態で実家に戻れば、たとえ、アナスターシャが望まずとも、求婚を断る事は難しいからな」

そう言ってから、お父様は、ちら、と、アナスターシャ様を見た。何も聞かされていなかったのだろうアナスターシャ様は、茫然としているように見える。

「レジナルド殿下の葬儀を終え、クリスト殿下を立太子すべく動いている最中、今度は、クリスト殿下が落馬事故で亡くなられた」

約四十五年前の出来事だ。二十年も生きていない私には、随分と遠い話にしか聞こえない。

「王宮を出るお心積もりだったフィリップ殿下に、なんとか思いとどまって頂くようお願いしたのは、父だ。殿下のお優しさが、国政という世界に向いていない事を、宰相だった父は十分に承知していた。だが……アナスターシャ可愛さに、フィリップ殿下に無理を願い出たのだ」

「〜〜〜〜！　やはり、先代アーケンクロウ公爵か！　そこまで、アナスターシャを王妃にしたかったか！」

黙って話を聞いていたタウンゼント公爵が、突然、吠える。その顔を眉を顰《ひそ》めて見やると、お父様は首を横に振った。

「違う。別に、王妃の座を望んだわけではない。アナスターシャが望むなら、寡婦として暮らすでも、他の男に嫁ぐでも、良かった。だが、エドムント。君がいる以上は、そのどちらも叶えられないと考えたから、父は無茶をしたのだ」

「何、」

「黙って聞き給え。フィリップ殿下とアナスターシャが結婚した数年後、君がアリッサと結婚した時には安心した。ようやく、諦めてくれたのだと思ってね。しかし、四度目が起きた。アナスターシャが子供を授からず、王家の後継者問題で王宮が揺れている頃だ。代理母出産という手法を取る事を五公爵家会議で報告した後、君はすぐにアリッサを離縁し、幼い息子共々、家から追い出したな」

現タウンゼント公爵夫人の名前はグリゼラ。彼女と違う名前が出て来たから内心驚いていたけれど、私が生まれる前にそんな事があったのか。けれど、跡継ぎになる息子を追い出すなんて、なぜ、そんな事を？

「そして、またしても、我が家を訪れた。『フィリップ陛下のご寵愛は、後継者を産んだ娘に向かう筈。王族は離縁できないが、それは書面上の話。傷心で王宮を離れるだろうアナスターシャの傍にいさせて欲しい』と。妊娠の負担や産後の事情を考え、代理母となるものの条件に、出産を経験済みの既婚女性と指定したにもかかわらず、だ」

「⁉」

ざわ、と、室内の空気が震えた。

タウンゼント公爵は、アナスターシャ様に異常に執着している。アナスターシャ様と彼が恋仲だった事実はないというのに。

「もちろん、フィリップ陛下とアナスターシャが、代理母出産の件で不仲になるような事はなかった。それを理解した君は、次にグリゼラと結婚し、ロザリンドを授かったな。今度こそ、アナスターシャは君の執着心から解放されると思ったが……」

お父様が、言葉を切る。

「それは、残念ながら思い違いだったようだ」

ふぅ、と溜息を吐くと、「少し話し過ぎた」と言って、お父様は喉を潤した。

「……アーケンクロウ公爵。つまり……タウンゼント公爵は……」

セドリック様の問いに、お父様は眉を顰《ひそ》めたまま、言う。

「フィリップ陛下のお子と五公爵家の子供を娶《めあ》わせて王家の血統を正統なものに回帰すべき。他の四家の意見を退け、一族の数の力を盾にそう強硬に主張したのは、エドムントです。我が子が王籍に入れば、面会目的で王宮に足繁《あししげ》く通え、アナスターシャに目通りする機会が増えます。それこそが、目的だったのでしょう。他の子供の誕生を阻んだのは、娘を確実に妃にし、アナスターシャに近づくため。リリエンヌを虐《しいた》げたのは、ロザリンドに権力を握らせ、自分達に都合よく事を進めるため。そう考えれば、これまでの辻褄が合うのでは」

ロザリンド様のためでも、タウンゼント一族のためでもない。

タウンゼント公爵は、ただ……己の執着のためだけに、動いていたという事？

「そんな……！　そんな事のために、あの子は……！」

悲鳴を上げたのは、ハルクシュール夫人だった。隣で、キッスリング夫人もハンカチを握りしめている。セドリック様が話していた『流れた子供』。その母が誰なのか、分かってしまう。

決して、人前で感情を溢れさせてはいけない、と教育されている夫人達の悲哀は、失われた子供に向けたものだ。多くの母親は、子供への確かな深い愛情を持っている。それが、この世に生まれ出る前に天へと帰った子供であっても。

「王家に近づこうとするのは、タウンゼント一族が王権を掌握するためだと考え、いざ行動に移そうとしたら制止できるようにと警戒して来た。が……どうにも、君の行動は、権力を求めているにしては、不可思議な事が多かった。何が目的なのか掴み切れずに悩んでいたが、まさか、ただ、恋心のためにこのような行動を繰り返していたなどと、思いもよらなんだ」

お父様は、苦い溜息を吐いた。

「……ただの恋心、ですって？」

その時、口を開いたのは、じっと黙って話を聞いていたタウンゼント夫人だった。

彼女は目の前で、夫が他の女性を手に入れるために行動してきた、と聞いても、何も感じていないように、表情を変えない。けれど、その瞳だけが爛々と不気味に輝いて見える。

「真実愛し、運命に定められた方のお傍にいたいと願う事の、何が不可思議なのです？　公爵家だからと政略結婚を強いられて、愛する方と添えないなど、間違っておりますわ。わたくし達はただ、その歪みを是正しようとしただけの事。褒められこそすれ、咎《とが》められる謂《いわ》れはございません」

「……歪み？」

そう問うたのは、誰だったのか。

「ええ、歪みです。エドムント様が初めてアナスターシャ様に愛を告げたのは、エドムント様が十三歳、アナスターシャ様が十四歳の頃。エドムント様が愛を乞い、将来を共にして欲しいと願った時、アナスターシャ様はこう仰《おっしゃ》ったそうですわ。『貴方のお気持ちは嬉しいけれど、わたくしには今、縁談が持ち上がっておりますの』」

歌うようなタウンゼント夫人の声に、知らず、聞き入ってしまう。

「エドムント様はね、そのお返事で分かったそうなのです。『アナスターシャも私と同じ気持ちで求めてくれているのに、公爵家というしがらみから、政略結婚をせねばならないのだ。なんとしても、アナスターシャを助けよう』」

告白を断ったアナスターシャ様の回答は、貴族女性として限りなく満点のものだ。

親しくもない仲の相手と、貴族は基本、否定形で会話をしない。どこで揚げ足を取られたり、恨みを買ったりするか分からないし、その真意はともかくとして、相手を必要以上に傷つける必要もない。

それを、生粋の貴族教育を受け、ましてや五公爵家というハークリウス王国を支える大貴族家の嫡男であるタウンゼント公爵が、理解できなかったとは思えない。つまりは、アナスターシャ様の意図を理解したうえで、拒絶を受け入れられずに曲解したという事なのだろう。

そして、タウンゼント公爵は実際に、その信念に基づいて行動して来た、という事。——五十年の、長きにわたって。

「……アナスターシャ、その話は、聞いていないぞ」

「だって、ちゃんとお断りしたのだもの……それに、お兄様はあの当時、お忙しくてあまり家に帰ってらっしゃらなかったじゃない」

本当は叔母と甥の関係だけれど、年齢は、お父様の方が上だ。アナスターシャ様は、お父様の事を「お兄様」と呼んでいたのか。アナスターシャ様がお父様に話す声は、どこか拗ねているように聞こえる。たとえ年を重ねても、兄妹のように育った関係は変わらない。

タウンゼント夫人は、周囲の動揺をよそに、ぺらぺらと話し続ける。彼女はなぜ、夫が長年にわたり他の女性を想い続けていると知っていて、こんなにも平然としているのか。

「エドムント様は、正式に求婚に行った時に初めて、レジナルド殿下との婚約が水面下で調っている事を知りました。五公爵家が望む縁談はまず、成立します。ですが、五公爵家であっても、お相手が王族ではお断りになどなれない。だから、アナスターシャ様のご意思にかかわらず、エドムント様の求婚が受けられないのだと、憤《いきどお》りを新たにしたそうでございます。そこで、エドムント様は、お二人の間にお子ができる前に、と行動なさったのです」

……行動……？　まさか……アナスターシャ様が仰《おっしゃ》っていた、暗殺の可能性……？

「……まさか、とは思うけれど……レジナルド様が流行り病でお倒れになった理由、とは仰《おっしゃ》いませんわよね……タウンゼント公？」

アナスターシャ様が、タウンゼント公爵を見据える。アナスターシャ様は私に、今でもレジナルド殿下をお慕いしていると仰《おっしゃ》っていらした。レジナルド殿下の死は、暗殺だったのではと疑っている、と。

タウンゼント公爵は、慌てるでも焦るでもなく、しっかりと頷いて、アナスターシャ様を『取り戻す』ために、いかに自分が手を尽くして来たか、語り始めた。

「もちろん、すべては、君を王宮から解放するためだ」

タウンゼント公爵（当時はまだ、公爵ではなかったけれど）は、レジナルド殿下がお亡くなりになれば、アナスターシャ様がアーケンクロウ家にお戻りになる、と考えた。王族は離縁できないけれど、配偶者が亡くなった場合は別の話で、お子がいなければ姻族関係が終了される。お子のいない妃が、そのまま王族として王宮に残る事はないのだ。

そこで、流行り病に罹《かか》った者の遺留物を王宮に密《ひそ》かに持ち込み、レジナルド殿下の所持品に混入させた。

計算違いだったのは、レジナルド殿下だけではなくアナスターシャ様もまた、生死の境を彷徨った事。幸いにもアナスターシャ様は一命を取り留めたものの、病後は酷く衰弱してしまう。体も弱り、夫君を亡くされたアナスターシャ様は、養生のためにもすぐにアーケンクロウ家に戻られると考えたタウンゼント公爵は、即求婚に訪れた。

けれど、そこでお爺様が古い法を持ち出してレジナルド殿下とアナスターシャ様の結婚を無効にし、王子妃候補としての地位を維持した。アナスターシャ様は、クリスト殿下の婚約者候補として、王宮に残る事になったのだ。

アーケンクロウ家の対応を見たタウンゼント公爵は、次の王太子となるクリスト殿下もまた、排除する事を考える。前回と同じ方法ではまたしてもアナスターシャ様に感染する可能性があると危惧して、人為的に落馬事故を起こした。第三王子だったフィリップ陛下は神職となる事が決まっており、表に姿をお見せになっていなかった事から、ご健在だった先王陛下の王弟殿下が即位なさるだろう、と、候補として考えていなかったのだ。

しかし、タウンゼント公爵の予想に反し、クリスト殿下亡き後、フィリップ陛下の立太子とアナスターシャ様との婚姻が、同時に発表された。

タウンゼント公爵は、またしてもアナスターシャ様が王家の犠牲になったと嘆き、アナスターシャ様の解放をさらに強く望むようになった。一方で、タウンゼント家の爵位を継ぐ条件として、アリッサ様というタウンゼント一族キーラン伯爵家のご令嬢を迎え、一男を儲けた。

タウンゼント公爵の想いが悪い方向に強化されてしまったのは、フィリップ陛下とアナスターシャ様の間に、お子が授からなかった事が理由らしい。お子ができない＝白い結婚、と決めつけた。なぜなら、王族の結婚に、後継者の誕生は必要なものだからだ。義務であるお子を授からないのだから、アナスターシャ様はフィリップ陛下を拒んでいる、アナスターシャ様の愛は自分にある、と、都合よく解釈した。

そして、どうしても王家直系の後継者が必要だ、と代理母出産が計画された時に、タウンゼント公爵はアナスターシャ様を慰めるため、身辺整理として妻子を離縁、キーラン家に戻してしまった。妻子がいては、アナスターシャ様が遠慮して頼れないから、と。

ところが、代理母計画が始まっても、一向にアナスターシャ様が頼って来る気配がない。いまだに王家に囚われているのか、ならば、別の方法で近づこう、と考えたタウンゼント公爵は、いずれ代理母が授かる陛下のお子と同年代の子供を持ち、王家とより強固な繋がりを作るために、今度はグリゼラ様と結婚する。

グリゼラ様は、タウンゼント公爵よりも二十歳近くお若い。けれど、すべてを承知のうえでタウンゼント公爵に嫁ぎ、ロザリンド様を儲けたのだと言う。

「グリゼラ……貴女、まさか……まさか、貴女もなの……？」

震える声で呆然と発言したのは、キッスリング夫人。

五公爵家の夫人の中では、タウンゼント夫人とキッスリング夫人が最も若く、四十代半ばだと思われた。名を呼び捨てにしているという事は、学園で個人的な交流があったのかもしれない。

「どういう意味だ、ブリンダ」

キッスリング公爵に尋ねられた夫人は、少し躊躇《ためら》った後に、

「……グリゼラは、陛下に憧れていて……」

と、小さく答えた。

タウンゼント夫人は、にこり、と嬉しそうに笑って、フィリップ陛下に紅潮した顔を向ける。

「憧れ、だなんて、嫌ですわ。わたくしは、陛下を心よりお慕いし、愛しておりますもの。陛下こそ、わたくしの運命の人なのです」

陛下の顔が、真っ青になった。同時に、パキッと何か乾いたものが割れる音がする。アナスターシャ様の手元で、扇が真っ二つに折れている……

アナスターシャ様によれば、陛下は幼い頃から、色欲絡みの視線に晒《さら》され続けて来たという。そんな陛下にとって、タウンゼント夫人が恍惚と向ける視線は、恐怖以外の何物でもない筈だ。

「わたくしが、陛下のご尊顔を初めて拝したのは、十三歳、学園に入学した年でした。その年は、開校二百周年記念で、陛下からご祝辞を頂いたのですわ。わたくし、その記念式典で、雷に打たれたような衝撃を覚えましたわ」

今でもとても整った容貌の陛下だから、お若い頃はなおさらだろう。美しい人に視線を奪われる心理は、私にも分かるけれど。

「わたくしが陛下への恋に落ちた時点で、陛下は既にご結婚なさっていました。我が国に側室制度がない事は知っておりましたが、諦めきれずに、この美しい方のお傍にありたいと、令嬢教育に熱心に取り組みました」

恐らく、キッスリング夫人は、その様子を見た事があるから、先ほどの発言になったのだ。

「陛下もまた、わたくしを求めてくださっていると確信したのは、わたくしの社交界デビューの時です」

ありえない発言に、場の視線はすべて、陛下に向かう。陛下は、蒼白な顔でぶんぶんと勢いよく首を横に振り、アナスターシャ様の細い背に隠れるように、にじり寄っていた。

アナスターシャ様が、陛下を守るように、タウンゼント夫人の視線を遮っている。

「社交界デビューの夜会で、両親と共にお目通りさせて頂いた時に、陛下は、こう仰《おっしゃ》いました。

『ハミルトン令嬢は、婚約の話が進んでいるそうだね』」

室内が、しーんと静まる。タウンゼント夫人は満足そうに微笑んで、話の続きをしない。

「他には？」

焦れたのかセドリック様が問うと、不思議そうに首を傾げた。

「この一言ですわ。ですが、その後すぐに、婚約は白紙に戻ったのです」

タウンゼント公爵以外の人々の脳裏に、疑問が渦巻いているのが見て取れる。

「お分かりになりませんか？　陛下が婚約について言及なさった後に、婚約が白紙に戻ったのですよ？　つまりは陛下が、わたくしを嫁がせたくないがために、婚約をお認めにならなかった、という事ではありませんか！」

嬉々としてタウンゼント夫人は話すものの、なぜ、そうした理解になるのかが分からない。

陛下が震える声で、

「婚約を認めなかったのではなく、相手方から引き下げられたのだ……」

と口にする。けれど、その声は、タウンゼント夫人の耳に届いていないようだった。

ともあれ、この経験から、タウンゼント夫人の中では、言葉を交わした事がほとんどないにもかかわらず、陛下と彼女は相思相愛の仲である、と固く信じられるようになってしまった。

陛下は王族だから、離縁できない。愛のない王妃であっても、側室を持つ事もできない。

どうすれば、陛下の傍にいられるのか、慰めになれるのか、と悩んでいるところに、アナスターシャ様を慕うタウンゼント公から声を掛けられる。『運命の人』を取り戻そう、と意気投合して、互いの目的のために同盟を組んだのだそうだ。

「わたくし達は、夫婦であって夫婦ではありませんの。目的を同じくする同志なのですわ。ですから陛下、ご心配なさらないでくださいませね？　わたくしの心はずっと、陛下だけに捧げられておりますから」

陛下を見つめる眼差しは、正に恋する乙女だ。しかし、その目を向けられている陛下は恐怖に震えている。青褪《あおざ》めた陛下をまったく気にしていない辺り、彼女が愛しているのは誰なのだろう。

「子供の一件も、すべては陛下とアナスターシャ様の御為です」

ころころと、タウンゼント夫人が笑う。

「エドムント様は、アナスターシャ様を長年縛り付けて来た王家のお血筋が続く事を願ってはおりません。わたくしは、わたくし以外の女性により授けられた陛下のお子を認めてはおりません。崇高な愛のためですもの。皆様も、お分かりでしょう？　今こそ、歪みが正されるべき時なのです」

ルーカス様とセドリック様の存在を否定し、ルーカス様の子供であるクローディアスの存在をも否定しておきながら、罪悪感の欠片もない笑顔に、背筋がぞっとした。

「……そう。つまり、レジナルド様とクリスト様は、私を寡婦として実家に引き戻すために弑《しい》され、生まれて来る筈だった子供達は、ロザリンドを王子妃として送り込むために弑《しい》され、リリエンヌもまた、王家の子を望まぬようにするために虐げられて来たのですね」

アナスターシャ様の声が、抑えきれぬ怒りに震えている。

「すべては、私とフィリップを、貴方達が手に入れるために」

問われたタウンゼント公爵夫妻は、どこか陶然と頷く。自分達が糾弾されているのだとは、欠片も考えていない顔で。

タウンゼント公は、あくまで運命の人――アナスターシャ様を手に入れるためだけに、行動していた。

王族の殺害も、生まれる筈だった命を奪った事も、私を虐げた事も、彼にとっては、己の道を妨げるものを排除しただけ、なのだろう。それが正しい事なのだと信じているから、こんなにも、罪の意識がない。

「そう……そうなの……レジナルド様は、私のせいでお亡くなりになったの……」

アナスターシャ様の声が、低く地を這う。

「それは違うよ、アン、兄上は君をお守りになったんだ」

「でも、フィル……！」

アナスターシャ様は、陛下の肩に縋《すが》りついた後、キッ、とタウンゼント公を睨みつけた。

「人殺し……！　レジナルド様を、クリスト様を返して……！　レジナルド様を……私の子供を返して……！」

涙と共にぶつけられた怒りの叫びに、タウンゼント公爵は初めて、不安そうに顔を歪める。

「子供……？　アナスターシャ、子供がいたのか……？」

「そうよ！　私とレジナルド様の赤ちゃん！　流行り病のせいで失ってしまった私のお腹の赤ちゃんよ！　そのせいで……その後の妊娠が難しくなって……」

唇を噛むアナスターシャ様の肩に、陛下がそっと手を回す。その姿を、タウンゼント夫人もまた、愕然とした顔で見ていた。

「愛のない、結婚だったのでは……」

迷い子のような、心細げな声。

アナスターシャ様が妊娠していたというたった一つの事実だけで、タウンゼント公爵から、絶対的な自信が損なわれていた。

「ねぇ、誰か一度でも貴方にそんな事を言った？　アナスターシャは、大嫌いなレジナルド様のところに、王命で無理矢理嫁がされるのだと。そんな事、あるわけないわよね？　レジナルド様は私の初恋で、憧れの方で、願って願って結婚できたのですもの……！　私は一度だって、貴方を異性として見た事はないわ。助けて欲しいと願った事もないわ。それなのに……私から愛するレジナルド様ばかりか、赤ちゃんまで奪った……！　私は、貴方が憎い。私の気持ちなんて欠片も考えてくれない貴方を、心の底から憎んでいる……！」

アナスターシャ様の殺意すら籠《こも》った視線を受けて、タウンゼント公爵は茫然と目を見開いた。

彼にとって、これまでのすべては、『運命の人』の手を取るためにして来た事なのだ。アナスターシャ様が喜んでくれる、と信じていたからこそ、躊躇なく、他者を痛めつけて来たのだろう。

そのアナスターシャ様に、こんなにも憎まれていると、考えた事もなかったらしい。

「そして、グリゼラ。貴女の事も許さない。フィルは私の夫よ。レジナルド様と赤ちゃんを失って、ボロボロだった私を支え続けてくれたフィルは、私の大切な旦那様なの。何を勝手な事を言ってくれてるのよ。一方的に慕うだけならまだしも、フィルのためとか、間違っても彼に貴女の想いを押し付けないでちょうだい。運命の人？　真実の愛？　笑わせないで！　貴女のしている事は、泥棒猫以下。誰も望んでいない身勝手で醜い欲望なだけだわ！」

アナスターシャ様は、怒りに任せてタウンゼント夫人も糾弾する。その手をずっと陛下は握り続け、背に片手を添えて寄り添っていた。二人の姿は、誰がどう見ても長年支え合って来た夫婦そのものだ。愛のない形式だけの夫婦だと言える者は、一人もいない。

「そんな……陛下……？」

縋《すが》るように陛下を見つめるタウンゼント夫人からは、先ほどまでの輝きが消え、一気に老け込んだように見えた。

「……タウンゼント夫人。私は貴女を、ハミルトン令嬢、タウンゼント夫人として以外に認識した事はない。私にとってアナスターシャは、唯一の女性だ。彼女以外に捧げる愛は、持っていないのだよ」

すべてを言い切ったからか、嗚咽を上げて激しく泣き出したアナスターシャ様を胸に抱き寄せた陛下が、アナスターシャ様の髪に唇を寄せ、静かに、けれど、確かな怒りを込めてタウンゼント夫人に告げると、彼女は、糸が切れたように崩れ落ちた。その横には、ブツブツと何事かを呟きながら、虚空を見つめているタウンゼント公爵がいる。

何十年と、独《ひと》り善《よ》がりな思いだけで行動してきたタウンゼント公爵夫妻。自分のすべてだった『運命の人』からの激しい拒絶に、心が壊れてしまったのだろう。

「……これで、真相解明はできた、と言っていいかな。……国王夫妻への横恋慕が、一連の事件の動機だなんて……こんな事、誰が想像できるというんだ……」

セドリック様が、顔を顰《しか》めて重い溜息を吐くと、片手を上げて指示を出した。

「タウンゼント公爵夫妻を拘束、幽閉するように」

警備担当のイアソン様が動き出したのを見て、セドリック様はロザリンド様にも声を掛ける。

「あぁ、ロザリンド。君も、幽閉されるからね」

「……は……？」

ロザリンド様が、強張《こわば》った声を上げる。

「わたくし、も……？　なんで……？　今の話を聞いていたでしょう？　おかしいのは両親よ。すべて、あの人達の企てなの。わたくしは、何も悪くないじゃない……！　タウンゼント一族の子を産むように仕向けたのは、お父様よ……！」

「タウンゼント公爵が、はっきりとそう指示したのか？」

「そ、れは………」

言葉に詰まって下唇を噛んだかと思うと、ロザリンド様は、何かを思いついたように、パッと表情を明るくした。

「そうだわ！　ねぇ、すべてを水に流しましょう？　両親は、わたくしに貴方の子を産ませたくなかったみたいだけれど、もう問題ないもの。わたくしが、貴方の子を産めばいいのでしょう？」

セドリック様は、呆れたような表情を隠しもしない。

「水に流すかどうかは、被害者が決める事であって、加害者である君が求める事じゃない。子供の一件はどうあれ、護衛騎士に指示してリリエンヌを襲わせたのは、君だよね？　花祭りの時にリリエンヌが狙われたのも、君の指示だろう？」

セドリック様に否定された事に苛立ったロザリンド様が、キッと私を睨みつける。

「リリエンヌ、リリエンヌ、リリエンヌ！　なんでこの子ばっかり気にするのよ！　わたくしこそ、この国で最も美しく、最も賢く、最も敬われるべきなの！　なのに、分を弁《わきま》えないで目立とうとするから、身のほどを知らしめてやっただけよ！　感謝して欲しいくらいだわ！　それに、結局は死ななかったんだから、何もしてないのと一緒じゃない！」

ロザリンド様にぶつけられた言葉に、私を侮蔑する刺がたっぷりと含まれているのは分かった。

これまでの私は、ロザリンド様に憎しみをぶつけられる事への悲しみや恐ろしさが先に立っていたけれど、今は、子供が癇癪を起こしているようにしか聞こえない。

もっと私を見て！　もっと私を好きになって！　もっと！　もっと！

ロザリンド様は、両親の歪んだ愛に晒《さら》されて、正しく愛情を受け取る方法も、伝える方法も、ご存知なかったのだろう。彼女もまた、私とは異なる形ではあるけれど、被害者だ。

私は、家族に愛されなかった事で、正常な自尊心も、自己肯定感も得られなかった。

ロザリンド様は、己の恋を叶えるための道具としか見てくれなかったタウンゼント公爵夫妻に、肥大した自尊心と、絶対的な愛情を求める渇望を植え付けられたのかもしれない。

私を睨みつけるロザリンド様の視線を、無言でルーカス様が遮る。

この会合の主導権をセドリック様に渡しているらしいルーカス様は、これまで一言も口を開いていないけれど、一体、どのような表情を浮かべたのだろうか、ロザリンド様がびくりと肩を竦《すく》ませた。

「君は、両親の罪を分かったうえで、利用してきたよね？　両親に便乗して君が犯してきた犯罪が、なかった事にはならない」

セドリック様の指摘に、ロザリンド様が顔を歪め、唇を噛む。

「でも、わたくしは王子妃よ！　王族は離縁できないでしょう……!?」

「知らなかった？　王族は確かに離縁できない。でもね、例外があるんだ。相手が婚姻前に罪を犯していた事が判明すると、婚姻無効にできるんだよ。さすがに、犯罪者を王家に入れるわけにはいかないからね。救済措置があるのさ」

「婚姻前の……罪……？」

「そう。もちろん、身に覚えがあるよね？　犯罪者にされたくないのなら、『病死』するという手もある。後継者のないままに妃が死んだら、私は新たな妃を娶《めと》る事が可能なんだよ」

「びょう、し……って、セディ……？　うそ、よね……？」

表向きには『病死』と公表するけれど、自裁を求める、という事だ。

「さすがに私も、君に死を宣告するのは、ちょっと心が痛むかなぁ。だったら、犯罪者として貴族籍剥奪の方がよくない？　安心して。対外的には、強姦罪よりももうちょっとまともな理由をつけるから」

ロザリンド様が息を呑んで、セドリック様を睨みつける。そうかと思えば、わざとらしく目を潤ませて、縋《すが》るように身を寄せた。

「セディ……？　わたくしはこれまで、こんな子よりもずっと、王子妃として役立って来たわ。わたくしの事を、美しいって、賢いって、言ったじゃない……思い出して。貴方は、わたくしを愛しているでしょう……？」

「う〜ん……」

セドリック様が、どろどろと濁った空気の中で、場違いなくらい、にっこりと笑う。

「私はこれまでずっと君に、態度を改めるように忠告して来たよ。子供の一件が判明した後も、やり直す機会をあげたよね？　でも、君は反省するどころか、ますます暴走した。リリエンヌと次代の王族が狙われた以上、無罪放免なんてありえないのは分かるだろう」

諭すように、穏やかな言葉。

「確かにこれまで、君は婚約者として、王子妃として、王家に貢献してくれた。だから、君が張り切ってくれるなら、美しいでも賢いでも、なんでも口にしたさ。やり直す機会を与えたのは、君が王子妃の責務さえ果たしてくれるなら、一度は目を瞑《つむ》ってもいい、と思うくらいには、君の能力を評価していたからだ。だけど、ローズ、ロザリンド。勘違いはしないで欲しい」

微笑みながら、言葉だけは鋭く、切り捨てる。

「我儘で強引で、常にこちらの意思に関係なく引っ張り回し、世界の中心になりたがる君を愛した事は、一度もないよ」

対照的にロザリンド様は、目を見開いて凍り付いた。けれど、次の瞬間、気を取り直したように、ルーカス様に甘えた視線を向ける。

「る、ルーク……？　貴方を選んでも、いいのよ……？」

「俺が望んでいるのは、リリエンヌだけだ」

「……！」

イアソン様が部屋の外に立つ護衛騎士を呼んで、言葉を失ったタウンゼント公爵夫妻とロザリンド様は、部屋から連れ出される。

そうして、警備の手厚い王宮の一室で、処分決定まで親子バラバラに幽閉される事となったのだった。


五十年の長きにわたって王家と五公爵家を蝕んでいた妄執は、こうして白日の下に晒《さら》された。

あまりに濃密な時間に息が詰まる思いがしたけれど、会合の間、目を怒らせて拳を握りしめていたルーカス様が、私にはずっと案じるような視線を向けてくれていたのが、嬉しかった。

タウンゼント公爵夫妻の一方的な気持ちの押し付けは、決して、愛とは呼べないものだ。想い慕っても返って来ない気持ちは、いつしか醜悪な化け物へと変化してしまった。

彼らには、自分の恋が叶わない現実を受け入れる強さがなかった。もしかすると、挫折というものを一度も経験した事がなかったのかもしれない。一度は沼の底まで沈んだとしても、悲しみを受け入れて、そこから立ち上がる事ができなかったのだ。だからこそ、自分に都合がいい妄想の世界に逃げ込んだ。

それは、誰もがなりえる姿に見えた。

私はまだ、ルーカス様に抱く仄かな想いに、名を付けられないでいる。ルーカス様も、無理に想いを返そうとしなくていい、と言ってくださっている。

けれど、不変のものなどない。その変化が好ましいものならば良いけれど、そうとは限らない。

私の想いも、ルーカス様の想いも、これから先、どう変化していくのか分からない。確かだと、永遠と言い切れるものなど、この世界には、何も、ない……

鉛のようにどろりとしたものが喉にへばりついたようで、知らず、顔が下を向く。

「リリ」

低く柔らかな声が耳に届いて、顔を上げた。

いつの間にか、ルーカス様が私の傍に来て、心配そうに顔を覗き込んでいる。相変わらず、表情の変化は乏しいけれど、彼の心情をいつの間にか読み取れるようになっていた。

「辛い思いをさせた。今日はもう、宮に戻って休んだ方がいい」

この後は、しばらく休憩を置いてから、タウンゼント公爵夫妻とロザリンド様の処遇について、話し合いをするらしい。政治に直接関わる事のない女性達は、ここで退室だ。

「……クローディアスと一緒に、ルーカス様をお待ちしていてもよろしいですか？」

たとえ、自宅である王子宮であっても、今、一人になるのは、恐ろしかった。形の捉えられない妄執が、どこまでも追ってきそうで。

「時間が掛かるかもしれないぞ？」

「ええ、構いません」

「分かった。俺も……リリを、一人にしておくのは心配だ」

そっと、頬を大きな手が包み込む。その温もりが、心を落ち着けてくれた。

「……リリエンヌ」

聞き馴染みのない、けれど、優しい女性の声に名を呼ばれて、ルーカス様と顔を向けると、お父様とお母様――アーケンクロウ公爵夫妻――が、並んでこちらを見ていた。お母様の目に涙が浮かんでいるのは、きっと、気のせいではない。随分と白くなっているけれど、黒髪に青い瞳のお父様と、銀髪に紫の瞳のお母様。こうして見ると、確かにお母様と私の血は繋がっているのだと分かる。

ルーカス様が、すっ、と私を庇うように前に出る。

「ルーカス殿下……」

お父様の重々しい声に、ルーカス様は、固い声で答えた。

「公らの事情は、聞いている。王家を護《まも》るためだった、と。だが、それでリリエンヌへの仕打ちが許されるわけではない事も分かろう？」

お父様は、タウンゼント公爵の動きを王家への反逆と考えていた。だから、王家を護《まも》るために、生まれた私をロザリンド様を牽制する材料にした。二人の王子に対して一人の令嬢を娶《めと》る選択肢しかなければ、タウンゼント家の権力はより強化されてしまうから。

お爺様がアナスターシャ様を護るため、望んでいらっしゃらないフィリップ陛下を立太子して、婚姻を結ばせた事への負い目もあったのかもしれない。

いずれにせよ、お父様は、父親としての立場ではなく、臣下としての立場を優先なさった。

……頭では、そうすべきお立場だったのだと思う。お父様は五公爵家の当主であり、現王妃の甥。王家と近しい五公爵家の中でも、最も深い関係性にある。

けれど、納得できるかと言われれば……頷く事は、できない。私は、人質という名の下、捨てられたのだから。

「承知、しております。覚悟のうえで、リリエンヌの人生から目を背けて参りました。許されるとは思っておりません。ですが……遠くからでよろしいのです。一目、お子のお姿を見せて頂く事は叶いませんか」

ルーカス様が、気遣うように私の顔を見る。

クローディアスは、彼の子でもある。父親であるルーカス様が判断する事もできるけれど、私の意思を確認してくれているのだ。それに、小さく頷いた。

私自身は、両親からの愛情を期待する事を、とうの昔に止めている。期待は、絶望へと変化した。けれど、私が絶望したからといって、クローディアスと実の祖父母の交流を妨げてはならないとも思っている。

両親は領地に住んでいるし、クローディアスは王子だ。今後、顔を合わせる機会など、数えるほどしかないだろう。その数少ない機会は、友好的なものである方がいい。クローディアスには、父方の祖父母である国王陛下夫妻と、母方の祖父母であるアーケンクロウ公爵夫妻に愛されている、と思いながら、育って欲しいのだ。

欺瞞かもしれない。でも、私と両親の関係と、クローディアスと祖父母の関係は、異なるものなのだから。

「……分かった」

そう言うとルーカス様は護衛騎士に何事かを伝達して、陛下との個人的な面会時にお呼びが掛かるまで待機する小部屋へと、私達を誘導した。

部屋の片端に両親が、反対の端に私とルーカス様が腰を下ろす。ルーカス様は、私の怪我を心配しているのか、両親との久方振りの対面を気にしているのか、常よりも距離が近い。

戸惑っていると、くすり、と笑う声がした。

「眉唾でしたが……殿下がリリエンヌを大切にしてくださっているという噂は、事実だったのですね」

お父様の言葉に思わず目を見開く私を見て、ルーカス様は小さく肩を竦《すく》める。

「今さら返せと言われても、返さんぞ」

「リリエンヌが不幸そうならば、考えたやもしれませぬが……今のリリエンヌにとって、殿下のお傍こそが居場所でございましょう」

「そうでありたいな。リリ、お前はどうしたい？」

ここで、あえて両親に呼ばれた事もない愛称で呼ぶのは、両親への牽制なのだろう。

「わたくしは……ルーカス様とクローディアスと、共に在りたいです」

私の『家族』は、ルーカス様とクローディアスなのだから。

そう想いを込めて口を開くと、ルーカス様は満足そうに、両親は少しだけ寂しそうに頷いた。

「お子は、クローディアス殿下と仰《おっしゃ》るのですな」

「あぁ」

「リリエンヌが、熱心に育児に励んでいるとか」

「乳母顔負けに世話をしている。クローディアスも、よく懐いている」

どこか自慢げなルーカス様の横顔をぼんやりと見ていると、お母様に名を呼ばれる。

「リリエンヌ……怪我をした、と聞いたけれど、大丈夫なのですか？」

「右の二の腕に、痕が残るようです」

「痕が……」

お母様の顔が、青褪《あおざ》める。貴族女性にとって、傷跡が瑕疵《かし》になる事は理解しているのだけれど、それが私自身の価値を下げる、とは、まだ上手く呑み込めない。ずっと、自分は無価値だと思っていたから、価値が下がる、と言われても、これよりも下はない、と思ってしまうのだ。

そんな私の気持ちを察したのか、ルーカス様がそっと、手を握ってくれた。

「リリエンヌの傷は、息子を守った事による名誉の負傷。讃えられこそすれ、貶《おとし》められるものではない。……無論、負った痛みを思えば、腸《はらわた》が煮えくり返るが」

ルーカス様の言葉に、お父様も難しい顔で頷く。恐らくは、犯人達に処罰という名の報復が科せられる。

「リリエンヌ。貴女はきっと、わたくしの知らない所でも、アーケンクロウの娘というだけで翻弄されてきたのでしょう。わたくし達の選択は正しくなかったと、重々分かっています。けれど、許しは乞いません。過去は取り戻せず、貴女を傷つけた事実がなかった事になるわけではないのですから。それでも……知っておいて欲しいのです。貴女は、わたくしとお父様に望まれて、生まれた子供です」

謝罪とは、厄介なものだ。被害者の感情の整理にかかわらず、一方的に許しを求められている気になる。許せない己に、罪悪感すら抱く事もある。

だからこそ、ルーカス様は何度も「許す必要はない」と繰り返すのだし、お母様は「許しは乞わない」と言うのだろう。

「……どうか、一つだけ。ありがとう。生き延びてくれて、心から、感謝しています。生まれて来てくれて……ありがとう」

そう言って、深々と頭を下げるお母様の隣で、お父様もまた、静かに頭を下げた。

私が、クローディアスを産んだ時に感じた感謝。

生まれてくれてありがとう、と思わず零した本音と同じものを、両親もまた、感じていたのか。

その後に望んでいた未来が、まったく違うものであったとしても、その瞬間の思いだけは、共通していたのかもしれない。

私は、最初から『要らない子供』として生まれたわけではなかった。けれど、だからと言って、アーケンクロウ家の人々を、私の家族と認めたわけでもない。

私にとって、『家族』とは、ルーカス様とクローディアスだ。

今後のアーケンクロウ家との付き合いをどうするべきなのか、今の私には、判断できない。でも、一人で悩む事はない。私はもう、私の事を案じ、相談に乗ってくれる人々がいる事を、知っているのだから。

ジェマイマに連れて来られたクローディアスが、私の様子がいつもと違う事に気づいたのか、ルーカス様の腕に抱かれながら、しきりにこちらに手を伸ばす。

「まー！　まー！　まんまー！」

「あらあら、ママ、って呼んだわ」

お母様の言葉に、弾《はじ》かれるように顔を上げる。

ママ。

初めて、ママ、って呼んでくれたね、クローディアス。

思わず瞳を潤ませた私の肩を抱き寄せ、ルーカス様がクローディアスと共に抱き締めてくれる。

……そうだ。過去は、変えられない。Ifは、存在しない。

私はここから、幸せになるしかないのだ。


五十年にわたる一連の事件は、ルーカス様達の幾度もの話し合いの結果、国王夫妻への横恋慕を除き、ほぼ事実が公表された。

レジナルド殿下の流行り病、クリスト殿下の落馬事故、いずれもが、タウンゼント公爵による暗殺であり、タウンゼント一族が王位簒奪を狙っていたのだ、と。

ただし、アルバートの身の安全を考え、ロザリンド様による性犯罪の事実は伏せて、婚前の自由恋愛の結果、父親が誰か知れない不貞の子を産んだ、という形に収められた。不貞の子であると判明し、セドリック様に糾弾されて逆上したロザリンド様が、私とクローディアスを襲撃した、というのが、王子宮襲撃事件の真実となる。

セドリック様は、妃となる令嬢に裏切られた王子、という汚名を着る事となったけれど、当面、結婚する気はないし構わない、と、どこか晴れやかな顔を見せた。

この事件を始め、ゴロゴロと芋蔓式に出て来た諸事件は徹底的に洗い出され、関係者が処分された。あまりにも人数が多いうえに王宮内部の官吏も大勢含まれていたので、ルーカス様達は大忙しだった。

私はその間、安全が確保されたとして奥宮から戻って来たクローディアスと、王子宮で過ごしていた。すべてが終わるまでは公務も危険という事で、外に出られなかったのだ。元々がインドア人間だから苦にならないと思っていたのに、公務で市井の人々の話を聞くのは自分で思っていたよりも楽しかったようで、いつ外出許可が下りるのか、と、そわそわした気持ちで待つ事になった。

厳戒令が解かれた事で、オスカーもまた、普段の生活に戻ってしまった。毎日のお喋りが楽しかったから、少し寂しかったけれど、

「ワタシ達の仲じゃない。いつでも殿下の愚痴聞くわよ〜。ワタシ、これでも元・上司だし」

と、パチン、と音の立ちそうなウィンクと共に言われたら、笑ってしまった。

「不敬かもだけど、リリエンヌ様はもう、ワタシにとってもう一人の妹みたいなものなの。妹には、絶対に幸せになって欲しいのよ」

穏やかに微笑んで大きな手で頭を撫でてくれたから、なんだか、これから、なんでもできる気がしてくる。私はもう、一人じゃない。

肝心の処分について。

エドムント・タウンゼントは、五十年の妄想を木っ端微塵に破壊された結果、虚ろになってし

まった。何にも反応せず、食事もせず、眠らない。ただただ、壁の一点を見つめていたのだそうだ。やはり彼には、叶わなかった恋を受け止めるだけの強さがなかったらしい。

過去形なのは、既に彼が故人だから。

ルーカス様達は、会合終了後、即座にアントン・キーラン様を呼び出した。エドムントと前妻との間に生まれた一人息子だ。彼は、八歳の時にタウンゼント家からキーラン家に戻され、以降、タウンゼント家からはまったく音信不通だったのだという。

キーラン家はタウンゼント家の傍系だけれど、この一件で距離を置いており、一族との関わりを絶っていたのだとか。そのため、呼び出した目的であるタウンゼント家当主の打診に、アントン様が即座に頷いたわけではない。けれど、セドリック様がこれまでの経緯と、タウンゼント家を取り潰す事で領地民が被る被害について腹を割って話した事で、決断してくれた。

これに伴い、お父様は長男のマーカスお兄様に爵位を譲り、アントン・キーラン改めアントン・タウンゼント様の指導役となった。前公爵が他家の指導役になるなんて前代未聞だけれど、それだけ、ありえない出来事が続いたという事だ。

アントン様はこれまでのタウンゼント家のあれこれに一切関わっていないとはいえ、貴族社会では今、タウンゼント家に逆風が吹いている。降爵して伯爵家になるうえ、領地も削られ、相当なご苦労があるだろう事は確かなので、他の四家と協力して支えていくらしい。

無事にタウンゼント家の家督が譲られた後に、エドムントは処刑。むしろ、既に心が死んでいた彼にとって、肉体的な死は救いだったかもしれない。

グリゼラ・タウンゼントもまた、別の世界へ旅立ってしまった。

彼女の場合は、常に、フィリップ陛下の幻覚が見えているようだ。精神の病を発症した人々を収容する施設に移送され、鉄格子の嵌った部屋の中でずっと、幻覚の陛下とお喋りをしている。

グリゼラの実家であるハミルトン家は現在、彼女の兄が家督を継いでいるのだけれど、彼女の状況を知っても、迷惑を掛けた謝罪のみで、引き取るとは言わなかった。

グリゼラの妄想が始まった婚約、これは、ハミルトン伯爵の親友との間に結ばれたものだった。婚約を結ぶまでは貞淑な淑女として振る舞っていたのに、婚約が結ばれた途端に口を開けば陛下の事しか話さなくなって、これはダメだ、と、白紙撤回されたというのが真相。

そんな経緯なので、ハミルトン伯爵は妹の犯した事件を聞いても、疑いもせずに納得した。そして、別の世界に飛び立ってしまった妹に、最低限の責任すら負えないとは……と、怒りを見せたそうだ。

収容施設に様子を見に行ったアナスターシャ様は、幻覚の陛下とお喋りしているグリゼラを見て、

「フィルが、あんな甘い睦言を囁くわけないでしょ。ほんと、フィルのどこを見てたんだか。結局、顔しか興味ないんじゃない」

と、毒づいていた。

レジナルド殿下を今でも慕っているのだ、と仰《おっしゃ》っていたアナスターシャ様だけれど、ご自分が考えていらっしゃる以上に、フィリップ陛下を愛してらっしゃるのだろうな、と思う。その愛が男女の愛ではないのだとしても、世界で唯一人の人に向ける愛である事は確かだ。

最後に、ロザリンド・ラーエンハウアー改めロザリンド。

彼女は王籍のみならず貴族籍も剥奪され、家名を失ったうえで、戒律が厳しい女子修道院に終生幽閉される事になった。もちろん、脱走できないように監視付き。改心する事を望むけれど、可能性は低いだろうね、とは、セドリック様談。改心したところで、貴族籍に戻れるわけではないのだけれど。

処分決定の直前、彼女はこれまでの事を洗い浚いすべて、ぶちまけた。その中には、セドリック様達が証拠を押さえられなかったオセアの歓迎式典の一件も含まれていた。

セドリック様曰く、「わたくしはなんにも悪くない」との主張がすべてだったそうだ。

私は選ばれた人間、皆が私を崇めるのが当然、なんで私が責められないといけないの。

多少、やり過ぎた部分があったとしても、それが何？　悪いのは両親、私じゃない。

……つまり、自分の過去を受け止め、罪を償う気はない、という事だ。

でも、ロザリンド情報により、ずるずるとたくさんの王家転覆を目論《もくろ》む人達が処分できたので、随分と風通しがよくなったらしい。

その中の一人に、ラダナ夫人もいた。

彼女は自分の夫の出世栄達のために、私を不当に貶《おとし》め、過剰な課題を与え、心を殺した事を認めた。ただ、反省する事はなかった。

絶対に無理な難度や量の課題を与えても、食いついてくる事に腹を立てた。やっているうちに、歯止めが効かなくなった。

求められた事をしただけなのだから、私は悪くない。

潔く責任を認めてくれればいいのに、自分の取った行動の責任を、人になすりつける人が多すぎる。

他の人々が王家転覆を企む理由も、民が虐げられている義憤で、とか、市民権の向上を目指して、といったものではなかった。実際、フィリップ陛下の治める我が国で、重税や労役により民が虐げられている事実はない。外国との戦争も国内での争いもないから、人命は損なわれていないし、農地も荒らされていない。普通に生活するだけなら、誰もが食うに困る事はない。

であるにもかかわらず、多くの人がエドムント・タウンゼントに協力をしたのは、タウンゼント一族の血を引く王子を王位に就ける事こそ、タウンゼント家の野望だと思っていたから。

貴族社会で既に力を持っているタウンゼント家がより強力な力を得るのなら、早いうちに協力体制を示す事で甘い汁を吸おう、という極めて利己的な理由だから、酌量の余地はない。

これもまた、長く平和が続いた弊害なのだと、セドリック様は仰《おっしゃ》っていた。

色んな話をしたロザリンドだけれど、彼女の口からは一言も、アルバートについての話は出なかった。元気でいるのか、とも、大きくなってね、とも。本当に、一言も。

自分が出産した事すら、忘れてるのかもね、と、セドリック様は複雑そうな顔でポツリと言った。

アルバートは、マーティアス家で大切に育てられている。アレンの両親が健在なのだけれど、アレンの幼少期そっくりのアルバートを、目に入れても痛くないほどに可愛がっているのだ。特にお父さんが、アレンが幼い頃に傍で成長を見届けられなかった代わりとばかりに、熱心に育児に参加している。

結局、ロザリンドがアレンに執着していたのは、彼女好みのタウンゼント一族の子息の中で、どれだけ誘っても靡かなかった、隙を見せなかった、自分を見てくれなかった、という事が理由と聞いた。

一族の子息は皆、ロザリンドを褒め称えるのが当然。多少、反応があっさりしていても、寄り添って微笑み、押し倒せば、抵抗できない。

そんな中、アレンは彼女に一切の興味を示さず、むしろ嫌悪を示し、逃げ続けた。私を庇うような発言が度々あった事もあり、リリエンヌを慕うなんて許せない、なんとしても自分なしではいられなくしてやる、と、意地になったらしい。つまりは、恋情ですらなかったのだから、彼の子供に対する執着もないのだろうか。

それもこれも、両親の歪んだ愛を見続けたせいなのだとすると、彼女も被害者だ。でも、アルバートとアレンにとっての加害者はロザリンドなのだという事も、忘れてはいけない。

自意識過剰のきらいはあっても、彼女の王子妃としての能力は本物だった。どこかで立ち止まる事ができていれば、私を敵視する必要もなく、実力で望んだ地位を得られただろうに。

タウンゼント家の大粛清で貴族社会は大荒れに荒れるかと思ったけれど、事前の根回しと、王族殺害、王位簒奪未遂、托卵を企んだ事への衝撃で、粛々と処分は進められた。

花祭りの襲撃者は、オスカーが顔見知りの騎士達総動員で一網打尽にしてくれた。

騎士のオスカーって、絶対素敵！　と騒いだら、少し照れたように笑って、

「女性騎士がいてもいいと思わない？」

と話していた。

それはそれで、似合うだろうな。


そんな感じで、バタバタしている間に、クローディアスが、十ケ月を迎えた。

まんま、ぱっぱ、と言えるようになっただけじゃなくて、お名前を呼ぶと、

「あい！」

と、むっちむちの手を挙げるのが、とっても可愛い。

初めて、

「ぱっぱ！」

と呼ばれた時に、ルーカス様は両手で顔を覆って崩れ落ち、しばらく、噛み締めていた。そんなルーカス様も、可愛い。

ハイハイがどうにも上手くできなくて、座った姿勢でおしりをずりずりと引きずって移動するのもまた、可愛い。

結論。

何をしていても、うちの子は可愛い。旦那様も、普段は美しいけれど、たまに可愛い。

私もまた、二十歳の誕生日を迎えた。

ハークリウス王国では平民は十六歳で社会に出るのが一般的だし、貴族も学園を卒業する十八歳

から成人として扱われるから、二十歳というのは何の節目でもないのだけれど、私にとっては、人生が、ガラリと変わった節目の年になった。

ずっと、家族にも、夫にも、仕えてくれている周囲の人々にも、愛されるわけがないと思っていた。私には何もできないし、なんの価値もないのだから、仕方がない事なのだと。

けれど、クローディアスが生まれて、この世界を舞台にした乙女ゲームの記憶を思い出し、なんとしてもクローディアスをヤンデレ化させないために、と、自分にできる精一杯で頑張っていたら、少しずつ少しずつ、変化が現れた。

最大の変化は、ルーカス様と言葉を交わし、心が通じた事だ。

そんな、今夜。

私とルーカス様は、改めて、夫婦となる。

明るみに出たあれこれの事件の後始末に駆け回っていたルーカス様は、王子宮に帰れない日も多かったものの、帰って来られる日は私に腕枕をして、抱き締めて眠ってくれた。私が時折、襲撃事件の悪夢で魘《うな》される事が原因だったのだけれど、いつの間にかルーカス様のお顔が間近にあるドキドキよりも、抱き締められている安心感の方が勝つようになった。

人は容易に変化に慣れてしまうのだな、と恐ろしくなる。

私はルーカス様の温もりに心落ち着くけれど、ルーカス様は、どうなのだろう？

ただ、共寝するだけでいいのだろうか？

私ばかりが与えられているだけで、いいのだろうか？

でも、妻としての義務なのだから、と、私が断崖から飛び降りる気持ちで閨《ねや》に誘おうとした時、ルーカス様は、無理はするな、と仰《おつしや》った。

義務感から、肌を許す必要はない。

妻として、女性として、愛おしく、求めているのは事実だけれど、絶対に傷つけたくないし、無理をさせるのは本意ではない。

心から求める日が来るまで、待つ。

一生、その日が来ない事も覚悟している。

そう穏やかな顔で言うのを聞いて、あぁ、私はこの人が愛しいのだ、と、理解した。

クローディアスへの愛しさとは、少し異なる。クローディアスは成長し、いずれ、私の手を離れる。彼が自身の足で立ち、自分の幸せを見つけられるように、育てていく。

けれど、ルーカス様とは生涯、手を携えて寄り添っていきたい。

そう、思えた。

ルーカス様は、不器用な方だ。人の心の機微にも疎《うと》いようだし、気遣いも分かりにくい。でも、そんな彼だからこそ、愛おしい。

私達はどちらも不完全で、互いが不完全だと分かっているからこそ、支え合えるのではないだろうか。そう思ったら、素直に「本当の夫婦になりたい」と伝える事ができた。

ルーカス様は驚いたように、でも、とても嬉しそうに微笑んで、

「その日は、特別な日にしよう」

と、仰《おっしゃ》った。

そんな事を思いながら、カンナにいつもよりもさらに念入りに肌を磨かれ、ほんのりと香る香油をつけられた私は、忙しない鼓動と共に夫婦の寝室へと足を踏み入れた。

ルーカス様は先にベッドに腰掛けていて、私に優しく、手を差し伸べる。

「リリ、おいで」

呼ばれるままに近づくと、ルーカス様の長い腕が私の腰を捕まえて、あっという間に膝の上に抱き上げられていた。

「誕生日おめでとう。こうして、面と向かって祝うのは初めての事だな。本当なら一番早く祝いたかったのだが……」

苦笑するルーカス様は、一昨日から、残党狩りの指示で王宮を空けていた。

「いいえ、ルーカス様。こうして、お顔を見せて頂いただけで」

「贈り物も何がいいのか悩んだ結果、リリの希望を聞こうと思って、用意していないんだ」

「でも、わたくし……本当に今、欲しい物がないのです」

元々物欲がある方ではないし、今は、日々成長するクローディアスの物を用意する事で、満たされている。

「だが、それでは俺の気が済まない」

「……では、一つ、お願いをしてもよろしいですか？」

「お前の望みなら、全力で叶えよう」

「どうか……どうか、ルーカス様を癒すお役目は……わたくし以外に、与えないでくださいませ……」

言い切ってから、羞恥に俯《うつむ》く。ルーカス様が息を呑む音が、やけに大きく聞こえた。

「リリ……それは、俺への贈り物だ。お前への贈り物がしたいのに」

「わたくしは、ルーカス様とクローディアスがわたくしの手の届く範囲にいてくれさえすれば、それでよいのです。ですから、どうか、」

言葉は途中で、ルーカス様の唇に塞がれた。

これまでにも、クローディアスにするような触れるだけの軽いキスは、瞼や額やこめかみに何度もくれていたけれど、これは、違う。角度を変えて、幾度も重ねられる柔らかな熱。

触れる場所が変わるだけで、こんなにも心を満たすのか。

「リリ。俺達の始まりは、最悪なものだった。だが……どうか、今日ここで、やり直す機会を与えてくれ。……お前を、愛している。生涯大切にすると、改めて誓う」

「ルーカス様……わたくしも……」

愛しい気持ちを言葉にするのは、難しい。クローディアスになら、簡単に言えてしまうのに。

言葉の代わりに、おずおずとルーカス様の広い背に腕を回してギュッと抱き締めると、ルーカス様もまた、きつく抱き締め返してくれた。

結婚式を挙げてから、もうすぐ二年が経つ、今夜。

私達は初めて結ばれ、本当の意味での夫婦になった。

＊＊＊

「クロード兄様、お帰りなさ〜い！」

学園の校外学習で三日間、留守にしていたクローディアスの帰宅を、今年十歳になったヴィオレッタが満面の笑みで出迎える。

「ただいま、ヴィー。いい子にしてたかい？」

「はい！　オスカーに教わって、刺繍も完成させました」

自慢げにハンカチを掲げるヴィオレッタの銀髪を優しく撫でると、クローディアスはソファに座っている私の前へと足を運んだ。

「母上、ただいま帰りました」

「お帰りなさい、クローディアス。雨が続いたけれど、何も問題は起きなかった？　今回の校外学習は、どうだったかしら？」

「そうですね……」

王家を揺るがした大事件から、十四年。

クローディアスは、十五歳になった。……そう、乙女ゲーム『虹の彼方に』の開始時期になったのだ。

ゲームストーリー通りなら、クローディアスは、新入生であるヒロインと校外学習のグループが同じになる事で出会う。一目惚れ、というような劇的な出会いではないけれど、クローディアスのこれまでの生活にいなかったタイプのヒロインに、興味を惹かれていくのだ。

ここまで、私はクローディアスのヤンデレ化フラグを叩き折るために、思いつく事をあれこれとやってきた。

まずは、クローディアスを全身全霊で愛した。ゲームのクローディアスがヤンデレになるのは、両親から愛されずに育つからだ。

私の勢いにルーカス様も巻き込まれた結果、クローディアスは、王家のこれまでの育児に囚われず、両親にたっぷり愛されて育った、と自負している。何しろ、私は、代々王族の教育を担当している、という家庭教師と正面切って戦ったのだ。

王族は他の貴族の上に立つ存在だから、下の身分の者に感謝や謝罪をしてはいけない、という教育がされている。簡単に頭を下げては、威厳が保てないとかなんとか。

だから、それはおかしい、人として一番大事なのは、「ごめんなさい」と「ありがとう」を素直に言える事！　と、徹底抗戦した。

威厳なんて後からついてくるもの。ふんぞり返らないと見えない威厳なんて、そんなメッキは容易に剥がれ落ちる。上辺では従う振りをしていても、腹の中では見下されてしまう。

子供達を、そんな裸の王様にはしたくないのだ。

最終的に、家庭教師は「時代が変わった……」と辞職。今、子供達を導いてくれているのは、若い世代の教師達だ。彼らは、私の考えに共感してくれるし、私が自ら育児に携《たずさ》わる姿勢にも理解を示してくれるので、私の思う育児ができている。

親ばかだけれど、素直な子供達は、接する人々に好意的に受け止められていると思う。

また、ゲーム上ではクローディアスが六歳の時に、唯一心を許していた従兄のアルバートが、セドリック様の実子ではない事が露見して引き離される、という出来事がある筈だった。

実際には、クローディアスと同じく攻略対象者であるアルバート・マーティアスは一歳になる前に実父アレンの元に引き取られており、六歳の時点では何も起こっていない。さらに、ロザリンド様との関係を隠す目的で名前をアルフレッドと改名したため、ゲームの攻略対象者とは別人状態だ。

ルーカス様と約束した通り、クローディアスが四歳になってから、私の護衛騎士であるアレンが、剣の指導をしてくれている。その際にアルフレッドを伴っていたので、二人は剣の修業を共にする仲間であり、遊び友達であり、今では親友と呼べる仲になった。

アルフレッドは将来、クローディアスの護衛騎士になる事が目標だそうで、学園でも常に行動を共にしている。見た目だけに関して言えば父親のアレンにそっくりだけれど、爽やかそうな外見に反してお腹真っ黒なアレンに対し、アルフレッドは見た目通りの好青年。あまりにもまっすぐ過ぎるので、王族の傍に控えるには素直過ぎる、と、アレンが頭を抱えているものの、それはまた、別の話。

ちなみにアレンは、王子宮襲撃事件で頬に受けた傷跡が残ってちょっとワイルドな風貌へと変化した。アレン本人は、私を守れなかった戒め、と言っている。でも、私は、アレンのお腹の黒さが絶妙に表現された、と、密《ひそ》かに思っている。

現時点で私が把握している『攻略対象者』は、クローディアスとアルフレッドの二人だけだけれど、二人に関して言えば、随分とゲームとは設定が変わっている。

だから、ゲームストーリーと同じようには進行しないと思うものの……世の中にはゲームの強制力という恐ろしい言葉もあるので、怖いのだ。

何げない顔をしながらも、出会いイベントがあったのではないかと恐る恐る尋ねると、クローディアスは、パッと顔を明るくした。

「あぁ、面白い一年生に会いました」

「一年生？」

「はい」

……え、それってやっぱり、ヒロイン？　ヒロインなの？

「アイク・フォートナスと言うのですが」

「フォートナス伯爵家のご子息かしら？」

「ええ」

フォートナス伯爵家と言えば、メリアモール家の分家筋。夜会で伯爵夫妻と言葉を交わした事はあるけれど、ご子息が今年入学とは把握していなかった。

アイク……アイク・フォートナス……？

……思い出した。インテリ担当、ヒロインと同級生の伯爵家子息。深い青の髪に灰色の瞳、そして眼鏡。分かりやすく頭が切れそうな外見の彼もまた、ツンデレな攻略対象者だ。イメージカラーは、青。

……あら？

ヒロインの一年生時の校外学習って、同一グループに三人も攻略対象者がいたかしら？

クローディアスとアルフレッドは常に一緒だから、校外学習のグループも一緒な筈。前世の記憶を取り戻してから長いので、元々曖昧だった記憶が、さらに曖昧になっている。

「フォートナス伯のご子息の何が、面白かったの？」

「彼は、発明に興味があるようでして。この世にまだない便利な品を作る事に関心を持っているのです。ですから、母上をいたく尊敬しているようですよ」

「……わたくし？」

疑問が声に滲《にじ》むと、クローディアスは頷いた。

「ええ。母上は、育児を助け、子供の安全を守るための道具を、数多くお作りになっているでしょう。アイクの母君は母上の思想に影響を受け、母上の作られた育児用品を使って、自ら育児に関わられたそうなのです。そのような経験から、これまでにない発想をどのような形で思いつくのか、一度お話を伺いたい、と熱心に迫られました。母上の美しさ、聡明さを讃えられる事は数多あれど、発明家としての母上についてのみ、言及されたのは初めてですよ」

くすくすと、おかしそうに笑うクローディアス。

アイクは、頭が良い分、周囲を馬鹿にしたところのある冷めたキャラクターで、人に教えを乞うような素直さはなかった筈。

……どうやら、アイクもなんだかゲームとは少し違うような……？

「そ、そうなの。えぇと……そう、女生徒！　どなたか、素敵な方はいらした？」

「女生徒……ですか……？」

「まぁ、お母様！　クロード兄様には私がおりますのよ」

「あぁ、そうだね、ヴィー。私はお前のお守りで手が塞がっている」

「子守が必要な赤ちゃんではありませんわ！　私は立派なレディです！」

ぷん、と頬を膨らますヴィオレッタに、

「レディはほっぺを膨らませたりしないものだよ。お帰りなさい、兄上」

次男のエドワーズが、おっとりと声を掛ける。

「母上、兄上の両手が母上とヴィーのために空いている事は、母上が最もよくご存知でしょうに」

エドワーズはまだ十二歳だというのに、発言が大人顔負けだ。

「えぇ、そうですよ、母上。母上を越える女性が現れるまでは、私の最優先は家族です」

にっこりと笑うクローディアスの笑顔は、我が息子ながらとても美しい。けれど、前世のスチルで見たクローディアスとは、まったく違う。

幼い頃から剣術の指導を受け、アルフレッドと走り回っているからなのか、クローディアスはすくすくと成長し、十五歳である今の時点で、ルーカス様にもう少しで追いつきそうなところまで背が伸びた。同年代の中では、長身の方だ。背だけが伸びたわけではなく、成長途上の体には、しなやかな筋肉もまた、きちんとついている。

顔立ちが私に似ているので、体が少年から青年へと変わろうとしているのに、どこか中性的に見えるけれど、ゲームのクローディアスのように女性に見間違えられる事はない。

ルーカス様譲りの艶《つや》やかな黒髪を、剣の邪魔だ、と短髪にしているのもあるだろう。顔を構成するパーツが同じでも、体格と髪型が違うとまったく印象が異なるのだ。

「クローディアス。いくらお前でも、リリは渡せない」

そうやんわりと言いながら、背後から私の肩に手を置いたのはルーカス様だった。

「お帰りなさい、ルーカス様」

「ただいま、リリ」

振り返った私の頬に、キスを一つ。

「お父様、私も！」

「あぁ、もちろんだ。ただいま、ヴィオレッタ、いい子にしてたか？」

ルーカス様は、駆け寄ったヴィオレッタを軽く抱擁して、頬にキス。続いて、エドワーズ、クローディアスの順に、抱擁した。

「父上、今日はお帰りが早かったのですね」

「クローディアスが帰宅すると聞いたからな。執務を早く切り上げた」

この十四年、色々あった。

大きな出来事の一つが、ロザリンド脱走事件。

女子修道院ではあったけれど、力仕事や護衛で男性は存在する。彼女は、修道院に移ってから一年もしないうちに、そのうちの一人を籠絡して脱走を図ったのだ。

……セドリック様はそれも織り込み済みだったらしく、籠絡された……と思われたのは、彼の送り込んだ人物だったため、即座に捕縛。反省の色が見られない極悪犯として扱われ、牢獄送りになった。

その二年後に、複数の看守との間にトラブルを起こし、看守同士がロザリンドを巡って刃傷沙汰、巻き込まれて死亡したと聞いた。

セドリック様は、不定期に様子を見に行っていらしたようだけれど、最後まで彼女の口からは反省も謝罪もなかったらしい。亡くなった経緯を考えても、ご自分が世界の中心でありたい、という気持ちを、捨てきれなかったのだと思う。

アーケンクロウ家との距離感は、多少、近くなっただろうか。

両親とは新年の挨拶としてカードを交わすくらいだけれど、三人の兄達とは、十四年前の大粛清の最中、彼らが王子宮を訪れて以来、付き合いが続いている。

「リリエンヌ。恐らく、父上も母上も、ご自分の口で語る事はないだろう。けれど、お前には、真実を知る権利があると思う」

そんな切り出し方をした長兄マーカスは、私がタウンゼント家を牽制するための人質となったもう一つの理由を話してくれた。

「タウンゼントに権力が集中する事を避けるために、父上達はお前の誕生を望んだ。アーケンクロウの全力をもってすれば、お前を屋敷に閉じ込め、囲い込んで育てる事も可能だったかもしれないが、大切にすればするほど、ふとした隙を突かれて命を奪われる危険性が高い。何しろ、タウンゼント家は武門の家。表には出せぬ仕事をする者を、多く抱えているからな。だから、表向き、我が家は五公爵家の義務を果たしただけ、という顔をする必要があった。お前と距離を取る事で、リリエンヌにはアーケンクロウの後ろ盾がない、タウンゼントが自由に動かせる手駒が二つになった、殺すよりも生かしておいた方が使える、と信じさせた。父上達は、お前の命を守ろうとしたのだ」

『生き延びてくれて、心から、感謝しています』。

そう、お母様が言っていた事を思い出す。

私が生まれた時点で成人していたお兄様達は、お父様とお母様の計画と思惑を理解していた。なので、私が生まれてからも、まったく接触しなかった。

命を守るためだけならば、私を攫って国外に逃亡する事もできた。けれど、それではタウンゼント家を牽制できず、お父様の目的が果たせない。両親と私の板挟みになったお兄様達は、既に結婚して子供を儲けていたり、婚約者がいたり……と、他にも守らねばならない存在がいて、私のためだけに動ける立場ではなかった。

「お前の命を守るには、ただ、見守るしかなかった……」

……そう、涙ながらに四十絡み《イケオジ》の男三人に告白され、床に擦りつかんばかりに頭を下げられる気持ちを、誰か分かってくれるだろうか……お父様に似て厳しい表情を常に浮かべている印象だったのだけれど、あれはお仕事仕様との事。

「許されるとは思っていない。いいや、お前は、私達を許してはいけない。だが、お前を愛する人間が、お前に尽くしたい人間が、いるのだと覚えておいておくれ」

　想いの押し付けだ、と言う人もいるだろう。でも、まったく接点がなかったからなのか、お兄様達の事を、私は自分で思っているほどには恨んでいなかったらしい。

　お兄様達とは、エドワーズが生まれた頃から、お茶をするようになった。初めての訪問以降、時折、子供用の本や玩具を持って来てくださるようになったのだけれど、当初は受け取るだけでお帰り頂いていたのを、お礼代わりにお茶に誘って以来の習慣だ。

　お父様からマーカスお兄様に代替わりし、アーケンクロウ家と私の交流が始まった事と、王宮内の人員整理が行われて、私のそれまでの生育環境について知る人が減った結果、今では、私の背後にアーケンクロウ家の後ろ盾がある、と認識されるようになっている。

　私自身の事は別にいいのだけれど、子供達が、かつてのルーカス様達のように一部の貴族から軽んじられる事がないのは、本当に良かったと思う。能力の不足を批判されるのならともかく、出自や後ろ盾の有無で態度を変えられるのは頂けない。

　アナスターシャ様がレジナルド殿下とご結婚なさっていた事実が知られていないように、人々の記憶というものは、案外、簡単に変わってしまうものだ。当人は決して、忘れ去っていなくとも。

　両親とは結局、直接顔を合わせたのは一度きり。お父様は三年ほど、タウンゼント家の指導役を務めた後、領地から出て来る事がなくなった。折々に手紙や贈り物が届くので、子供達は母方の祖父母を認識しているし、それで十分だと思っている。

　また、五年前には、アナスターシャ様がお亡くなりになった。

それから一年も経たないうちに、今度はフィリップ陛下が後を追うように亡くなられ、ルーカス様が王位に就いた。セドリック様が独身を貫かれており、後継のお子がいないからだ。

フィリップ陛下が生前、最後に纏められた法案が、王族の婚姻に関するものだった。

ハークリウス王家では長く、政略結婚が結ばれてきた。権力のバランスや、強化しなくてはならない関係を考慮し、実際に結婚する二人の意思は考慮されてこなかった。政略を優先するため、幼い頃に婚約を結んだ結果、長い交流期間で互いに深く理解し合えたケースもあれば、他の異性に心を奪われ関係が破綻したケースもあった。

過去の様々なケースを取り上げて、第一に優先されるべきものは夫婦が互いに支え合っていく覚悟なのだと、フィリップ陛下は主張された。托卵問題が実際に発生した事から反論できる者はおらず、王族本人の結婚の意思を優先するよう、法律が改定されている。

加えて、王族の妃となる女性に求められる条件も、緩和された。妃となる女性に必要な教養は、幅広く深い。そもそもは、それを理由として下位貴族の女性では不適格とされていたのが、いつしか流れる血が高貴ではない、という解釈になっていた事も、フィリップ陛下は指摘された。

問題なのは生まれた家の爵位ではなく、本人の資質とやる気だ、という事だ。

つまり、資質さえあれば、クローディアスが下位貴族の令嬢であるヒロインを妃として迎え入れる事が可能になったのだ。

だから、彼女との出会いを気に掛けていたのだけれど……どうやら、クローディアスに恋愛はまだ早いらしい。そこはかとなく、マザコンの気配が漂っているのが気になるものの……反抗期になって、「うっせぇ、クソババア！」とか言われるよりはいい。クローディアスにクソババアとか言われたら、私はきっと、ショックで寝込む。

これら一連の改定により、王族が結婚する義務がなくなった。努力義務、といったところだ。

そのため、セドリック様から結婚なさる気が消え失せてしまった事は、問題と言えば問題で……とはいえ、セドリック様ご自身は日々、楽しそうに過ごされているし、お仕事はバリバリこなされているので、これも一つの生き方なのだろう。

結婚の義務がない、という事は、王家の血筋が絶える可能性がある、という事でもある。

その点をどうするのかと、ルーカス様に尋ねたら、

「いつまでも、王政に拘《こだわ》る必要もないだろう」

との返答があった。

実際、ルーカス様とセドリック様は、引退されたオセアの元・国家元首レギウス様を招聘《しょうへい》して、共和制について学ばれている最中だ。

身分の差がなかったオセアと異なり、貴族と平民という階級制度のあるハークリウス王国で共和制に移行するのは、容易な事ではない。平民と貴族の教育格差が大きく、現状のまま、共和制に移行すると、平民の生活が守り切れるか不明だからだ。平民階級からも官吏が生まれなければ、階級差を埋める事は難しい。

その点を鑑みて、義務教育を始めた。まだ、始めて数年だけれど、能力と希望があれば高等教育を受けられるように、順次、門戸を開いていく事になっている。

クローディアスの代になれば、国の行く先の選択肢は広がる事だろう。

王政を続けるにせよ、共和制に移行するにせよ、この国の子供達が皆、笑って過ごせるようになって欲しい、と願う。

息子達と挨拶を終えたルーカス様が、黙り込んだ私を案じるように、顔を覗き込んでくれた。

なんでもない、と首を振って、微笑みを返す。

「久し振りに、五人が揃って嬉しいです」

「リリ、六人、だろう？」

ルーカス様が、私のお腹にそっと、手を当てた。

そう。私のお腹には現在、赤ちゃんがいる。

第三子となる長女ヴィオレッタの出産後、生まれる前に天に帰ってしまった子が一人。十年ぶりの出産になるうえに、そんな事情もあって、ルーカス様の心配性が加速している。

改めて、赤ちゃんを授かるのは奇跡であり、また、無事に出産できるのも奇跡であり、健康に育つのも奇跡なのだと知った。

二人の人間が夫婦となり、子供が生まれ、家族が増えていく。

その過程は私達にとって容易なものではなく、躓き、傷つき、何度も泣いた。けれど今、胸を張って言えるのは、それらすべてを含めて、家族になれて良かった、という事だ。

ルーカス様と想いが通じ合った事。

可愛い子供達を授かった事。

釦《ボタン》を掛け違えたままでは、得られなかった時間だ。

きっかけは、私が前世の記憶を取り戻した事だった。

可愛い息子を、私の価値観では幸福と思えないエンディングに向かわせたくない、というエゴで動いた結果が、今の光景だ。

「ルーカス様」

三日ぶりのクローディアスが嬉しくて、兄が大好きなヴィオレッタとエドワーズが纏わりついている様子を見ながら、隣に座るルーカス様に話し掛ける。

「どうした？」

「わたくし……幸せです」

意図せず、言葉が零れ落ちた。突然の私の言葉に、ルーカス様は驚いたように目を見開く。

結婚して、十六年。

初めて、告げた言葉だった。

もうすぐ四十に手が届くルーカス様は、お若い頃の鋭く切れそうな美貌から、落ち着きの感じられる美貌へと変化している。相変わらず美しいそのお顔を見つめると、ルーカス様は、ふ、と優しく微笑んだ。

その瞳が、僅かに潤んでいる。

「あぁ……そうだな。私も、幸せだ」

そうして、子供達の目がこちらを向いていない隙に、唇にキスをくれた。

「愛してるよ、リリ」

「はい……わたくしも、」

『愛しております、ルーカス様』

言葉にならない部分を、いつも、ルーカス様は微笑んで受け止めてくれる。

クローディアスが、どのような愛を見つけるのかは、分からない。

けれど、愛情と幸福を知っているクローディアスなのだから、彼にとって最も良い道を選ぶだろう。

「あ、虹……！」

ヴィオレッタが、嬉しそうに声を上げる。

窓の外を見ると、いつの間にか雨が止み、太陽が姿を覗かせていた。見た事もないくらいに立派な虹が、王宮の大きな窓を横切るように掛かっている。

『虹の彼方に』。

子供達が、それぞれの虹を見つけて、幸福になりますように。

そう願って、存在を主張するように動いたお腹を、そっと撫ぜた。

この作品に対する皆様のご意見・ご感想をお待ちしております。

おハガキ・お手紙は以下の宛先にお送りください。

【宛先】

〒150-6019 東京都渋谷区恵比寿 4-20-3 恵比寿ｶﾞｰﾃﾞﾝﾌﾟﾚｲｽﾀﾜｰ 19F
（株）アルファポリス　書籍感想係

メールフォームでのご意見・ご感想は右のＱＲコードから、
あるいは以下のワードで検索をかけてください。

アルファポリス　書籍の感想　検索

ご感想はこちらから

本書は、「アルファポリス」（https://www.alphapolis.co.jp/）に掲載されていたものを、
改稿、加筆のうえ、書籍化したものです。

乙女《おとめ》ゲーム攻略対象者《こうりゃくたいしょうしゃ》の母《はは》になりました。

緋田鞠（ひだ まり）

2024年 10月 5日初版発行

編集－本丸菜々
編集長－倉持真理
発行者－梶本雄介
発行所－株式会社アルファポリス
〒150-6019 東京都渋谷区恵比寿4-20-3 恵比寿ｶﾞｰﾃﾞﾝﾌﾟﾚｲｽﾀﾜｰ19F
TEL 03-6277-1601（営業） 03-6277-1602（編集）
URL https://www.alphapolis.co.jp/
発売元－株式会社星雲社（共同出版社・流通責任出版社）
〒112-0005 東京都文京区水道1-3-30
TEL 03-3868-3275
装丁・本文イラスト－志田
装丁デザイン－AFTERGLOW
（レーベルフォーマットデザイン－ansyyqdesign）
印刷－中央精版印刷株式会社

価格はカバーに表示されてあります。

落丁乱丁の場合はアルファポリスまでご連絡ください。

送料は小社負担でお取り替えします。


ISBN978-4-434-34527-2 C0093